Kadokawa Fantastic Novels
賢者大叔的
異世界生活日記
8
Kotobuki Yasukiyo
寿安清

瑟雷絲緹娜
茨維特
庫洛伊薩斯
Characters

路瑟伊
亞特
夏克緹
莉莎

「沒、沒事！那、那個……
你剛剛說會保護我……」
傑羅斯
路賽莉絲
「我是說了啊？
如果是為了保護路賽莉絲小姐，
我會阻止阿爾特姆皇國
那些人給妳看的。」

賢者大叔的異世界生活日記

8

Kotobuki Yasukiyo

寿安清

Kadokawa Fantastic Novels

Contents

序章　路瑟伊的記憶

少女比任何人都期待這一天的來臨。
她急迫地動著背上小小的翅膀，不顧一切地跑在鋪有石板的通路上。
一路經過了好幾根漆成朱紅色的柱子，急著趕往她最喜歡的母親身邊。
她無法按捺住興奮的心情，只有情緒衝在前頭，身體的移動速度卻沒她想得那麼快。這雖然是一種心境上的感覺，但年紀還小的少女是不可能理解這件事的。
她的心思全放在拚命地往前跑上頭，就算腳絆在一起好幾次，少女仍一心往媽媽所在的房間邁進。

這天，少女成了姊姊。
昨晚母親有了產兆，家裡的人們忙得團團轉。
大約一個月以前，負責照顧她的侍女告訴她：「您的弟妹再過不久就要出生了。路瑟伊大小姐要當姊姊了喔。」
聽到這句話的時候，少女——路瑟伊在床上蹦蹦跳跳了好幾次，以此來表示自己的喜悅。
從聽說有了弟妹的那一刻開始，路瑟伊便引頸期盼著這一天的到來。
她有想說給弟妹聽的故事。有想讓弟妹聽的歌和音樂。還有自己非常喜歡，想帶弟妹去的地方。

儘管還不知道會是弟弟還是妹妹，幼小的她仍去學習許許多多的事情，並記了下來，為了這一天做準備。

極度怕生的路瑟伊難得做出如此積極的行動，讓周遭的人們都用溫暖的眼神守護著少女的身影。

路菲伊爾族的精神成長速度本來就比較快，心靈比身體更早熟。

他們在三歲的時候就有等同於人族十歲時的智能，所以路瑟伊才能在弟妹出生的這一天到來之前準備各式各樣的計畫。

然而她畢竟是個孩子，所以沒注意到自己的計畫有個嚴重的破綻。

說故事給剛出生的嬰兒聽，嬰兒也聽不懂。雖然這麼做好像能讓孩子學習語言的速度變快，但以現階段來說是個不太有意義的行為。

儘管如此，想為了即將出生的弟妹做點什麼，這也是出自於少女的溫柔吧。

雖然在走廊跌倒了三次還撞上了人，她還是想辦法抵達了母親的房間。

她在房間前調整急促的呼吸，緩緩地推開門。

這扇門對孩子來說有些沉重。

『父親大人、母親大人！』

平時沉穩的路瑟伊難得充滿活力的出聲，叫喚她最喜歡的父母。

然而她進了房裡後，卻發現裡頭的氣氛非常奇怪。

父親「拉馮．伊瑪拉」苦惱地抱著頭，臉上帶著路瑟伊至今從未見過的恐怖表情，周遭的人們態度也十分冷漠。

『為什麼……這到底是怎麼回事！』

『我也不清楚……可是，這……』

『不，梅亞也是皇族。要外出必須獲得許可才行……更別說是帶人族進來了，根本不可能。』

『收買隨侍的人……這也辦不到呢。真要說起來，財務都是交給直屬於財務官的職員和侍女在管理的。外出時也會有護衛跟著……既然如此，這是……』

『妖精的惡作劇（調換兒）嗎……』

路瑟伊無法理解父親他們說的話。

聽不懂難解話語的路瑟伊悄悄地從房間的邊緣繞了進去，看到了剛生下來的嬰兒身影。

接著她便了解大人們面色凝重的理由了。

不，應該說這個理由出現了。

『沒有……翅膀？』

剛生下來的嬰兒——妹妹身上沒有身為路菲伊爾族特徵的翅膀。

明明父親和母親都有翅膀的，這太奇怪了。

所以她才知道大人們是在對此感到疑惑。

從這天起，外頭開始出現針對伊瑪拉家的流言蜚語，也有在公眾場合不經大腦地說出惡意中傷話語的人，連身為母親娘家的皇家都遭受波及，最後成了要母親梅亞扛下一切罪過的狀況。

雖然決定要流放梅亞是一年後的事了，但在實際要流放她的那一天到來之前，梅亞忽然從大家的面前消失了。

在那之後便沒人再有她的消息。

◇◇◇◇◇◇

『是夢啊……為什麼現在會作這種夢……』

那是個令人懷念又悲傷的夢。

自從那天之後，父親拉馮便埋首於工作中，路瑟伊作為家裡的繼承人，也勤奮地進行嚴格的鍛鍊與學習。

像是在不知不覺間忘了母親梅亞的存在過著日子，一直到了今天。

『事到如今……那對我等而言，已經等同於毫無意義的過去了。不過……』

當時皇室周遭流傳著嫁入伊瑪拉家的皇族公主梅亞在外頭與人私通，生下了人族之子的傳聞。

然而那早就確定是無憑無據的臆測了。

梅亞是皇族出身，沒有護衛隨行不許外出，周圍總是有同族的人守著她，而且還有密探一直跟著她，說起來她根本就沒辦法搞外遇。

假設她真的辦到了，那就代表梅亞周遭的人全都是協助她的共犯，這怎麼想都是不可能的事。

不過這似乎還是無法改變世人對她的評價，結果，為了避開那些懷疑的眼神，梅亞還是被處以流放之刑。

『母親如今在哪裡……不，我沒有知道這件事的權利吧……』

「黑天將軍」並非浪得虛名，現在的路瑟伊甚至有能夠動用諜報部門的權力。只要利用自己的地位，要調查母親的下落也不是難事，但她至今都沒有這麼做。理由是她害怕知道真相。

更何況一想到母親說不定已經不在這世上了，讓她不管怎樣都無法踏出那一步。光是去思考這件事，心情便沉重了起來。

「路瑟伊將軍。從皇都來了緊急聯絡……啊，您正在休息嗎？」

「抱歉，我小睡了一下……」

「不會，是因為您最近很忙碌吧。就算疲勞一口氣湧上來也不奇怪。」

「這馬車搭起來也沒舒適到會讓人想睡啊。所以說緊急聯絡是？」

「請看這個……看來是和魔物有關的事情。詳細的情報都寫在這個卷軸上了。」

路瑟伊接過部下手中的卷軸後，當場打開確認其中的內容。

「有災害級的魔物從邪神的爪痕移動過來了……？而且是用高速移動的話，是那玩意吧……又有麻煩的傢伙從那頭過來了。」

邪神的爪痕是在舊時代時因邪神的攻擊所造成的地形。

以直線貫穿山脈的那一擊的痕跡，至今仍保留著當時的樣貌，訴說著邪神有多強大。

這個爪痕成了從法芙蘭大深綠地帶現身的魔物的通道。

「是……那個嗎。該如何處置？」

「進入戒備狀態就好。接下來那些什麼神的使者會打倒那玩意的吧。」

「他們會全滅吧？我認為修托馬爾要塞的存在根本沒有幫助。」

「我會同情敵國的。因為我也不想和那玩意作戰……」

「我完全同意。」

雖然是緊急事態，但路瑟伊他們不是很在意的樣子。

這也不奇怪。路菲伊爾族總是在建在邪神爪痕的防衛基地和災害級的魔物作戰，不是會為了這種事情而有所動搖的民族。

因為以種族來說他們是最強的種族。

「比起那個，現在客人比較重要吧？好了，休息也差不多該結束了。我去負責監視勇者們搭的馬車吧。」

「那麼我去將進入戒備狀態的命令傳達至前線。」

部下再度為了報告飛奔而去。

沒錯，眼下的優先事項是將索利斯提亞魔法王國的客人平安護送至皇都。

畢竟接下來對方就會成為他們的近鄰了。

第一話　大叔抵達皇都阿斯拉

天空上布滿烏雲。

在雷電交加的滂沱大雨中，那個從空中俯視著地面。

噁心地蠢動的巨大肉塊，樣貌簡直就像是用臟器拼成的醜陋人頭。那就是後來被稱為邪神的不祥生命體。

數萬以上的鋼鐵軍團擋在那東西的正下方，朝著肉塊擊出強烈的光束。

有六隻腳的鋼鐵魔導戰車以及發出巨響飛行著的戰鬥機。發出攻擊的全是集結了魔導技術精髓所造出的最強武器，然而在邪神的面前卻沒有任何意義。

攻擊被看不見的牆給擋了下來，無論是導彈還是砲彈都無法貫穿那面牆。

肉塊將莫大的魔力聚集在宛如巨大嘴巴的開口處，放出了蘊含強大破壞力的光束後，地面上的鋼鐵軍團便瞬間消失在火焰當中。

那是場一面倒的戰役。不，正確來說不能稱作戰役，而是單方面的蹂躪。

就像大象踩死地面上的螞蟻那樣，巨大的肉塊殘忍地殲滅地上的軍隊。那景象對全人類而言都是場惡夢。

火焰席捲大地，火焰和熱能產生的火風暴吞噬了在地上的士兵們。彈藥用盡的戰鬥機使出自殺式攻擊，直接撞上邪神後爆破消逝。儘管他們緊咬著邪神不放，拚命的想要阻止祂的攻勢，邪神仍像是在嘲笑這些奮戰的士兵們一樣，若無其事的待在那裡。

悲痛的念頭和決心都顯得空虛無謂，士兵們白白失去了性命。

有如要洗刷這些戰士們的憾恨，無數的強力光箭從衛星軌道上射向邪神，威力媲美核子彈的巨大爆炸與震波摧殘了整個戰場。

可是不管是具有多麼強大威力的兵器，都無法對邪神造成任何傷害。

邪神那可怕的身影從爆炸的火焰中出現，讓眾多的戰士們露出了絕望的神情。

光線再度聚集在邪神的開口處，光束一邊撕裂大地一邊筆直地劃過戰場，將擁有超過數萬人口的都市從地上抹滅。地面因餘熱而化為熔岩，有如海嘯般吞沒了地表。

其破壞力不僅消滅了一座都市，連都市背後的山脈都一併掃去。

怪物再度放出的一擊分裂成無數的攻擊並擴展開來，鎖定了位於這個星球上各處的軍事設施。設施伴隨著巨大的爆炸被摧毀。這景象透過軍事衛星紀錄在各都市的中樞系統裡。從這份紀錄可以得知，被攻擊的軍事設施中設有召喚勇者的魔法陣。戰後大陸全都沙漠化了吧，原因是自然界魔力的大量流失。

於是在被稱作第三防衛戰線的此處展開的戰役，多種族聯軍僅僅三個小時便敗北了。

這是被後世稱作「邪神戰爭」，高度文明期末期的對邪神戰的部分紀錄。

雖然從異世界召喚來的勇者封印了邪神的紀錄並未保留下來，但是戰後各地出現了生長異常的生物，使得人類可生存的區域逐漸縮小。

文明也急速的衰退，最後人類勉強在受限的領域中生存下來，直至今日。

◇◇◇◇◇◇◇

「「「「這種怪物，根本不可能打得贏吧？」」」」

「啊，你們果然也這麼想？我也覺得辦不到呢～太強了啊……」

看了投影出來的影像，勇者們全都異口同聲的吐槽。

他們看的是保存在伊薩．蘭特的古代戰爭紀錄影片。是因為傑羅斯擁有城鎮管理者的權限才能夠帶出來的東西。

傑羅斯的手中握著水晶球，投影出紀錄下來的影像。

雖然他是因為在馬車裡實在太閒了，才用看電影的心情和勇者們一起看了這份紀錄影像，但影像中的邪神實在不是人類可以對應的存在。

而且勇者們本來是為了和邪神戰鬥而被召喚過來的，然而不管怎麼想，都找不到他們能夠獲勝的要素。不，那種東西根本就不存在，怎麼可能會有。

「這個可不是靠等級就能解決的問題啊……」

「別開玩笑了……要跟這種東西戰鬥的話，在梅提斯聖法神國發動革命還輕鬆多了。」

「我……想逃走。我們變成俘虜真是太好了～淳。」

「我也和妳想的一樣，由香里。根本不可能打贏這種東西啊，強過頭了吧。」

了解到邪神那超乎預期的威脅性，勇者們這才知道自己正要被推去和非常不得了的對手戰鬥。就算有奇幻世界必備的聖劍或大魔法，他們也不認為自己能夠獲勝。

邪神的力量就是如此壓倒性的強大，到了武器的優劣或等級差距沒有任何意義的程度。

「討厭啦～我……想回去原本的世界。」

「由香里……大家都想回去啊。」

「田代說得沒錯。我也不想和那種怪物作戰。」

「神薙……你之前不是說要打倒邪神嗎？」

「不可能……那已經是生物兵器了吧。而且是有如最強的終極兵器失控般的東西。」

勇者「神薙悟」、「坂本康太」、「山崎由香里」、「田代淳」變得想要逃離身為勇者的立場了。實際看到這種紀錄影像，不管是誰都會想逃吧。

邪神不是勇者能夠打倒的存在。不像神官們所說的，是用劍或魔法就能輕鬆打倒的對手。一擊就能摧毀大量的高度文明兵器，其力量之強已是超越人智的等級。

「四神教沒跟你們提起什麼聖劍或是聖遺物之類的東西嗎？按照勇者的傳說，是用七個神聖的武器來封住邪神之力的吧？」

「用神聖武器封住邪神之力……我沒聽過這個說法。他們是有拿聖劍給我們看，可是聖劍破破爛爛的，不像藏有什麼強大力量的樣子。」

就算用威力遠遠凌駕於大範圍殲滅魔法的粒子兵器直擊，也無法毀滅邪神。不如說那對邪神根本毫髮無傷。

要是用劍、魔法，或是向神祈禱就能打贏邪神，那四神教應該早就征服世界了。

「你是指勇者的武器不是用來打倒邪神，而是用來封印邪神的裝置嗎？」

「雖然不確定，但應該是這樣吧。至少就算到了生產職業頂點的『神工』等級，也做不出能夠打贏這種對手的武器吶。」

「神工」是指把職業技能練到「神」階的生產職，傑羅斯當然也是其中之一。然而就算有如此高階的技術，他也不覺得能夠做出足以打倒邪神的武器。他們在「Sword and Sorcery」中之所以能夠打贏邪神，恐怕是因為在別的世界法則中，導致邪神處於無法發揮真正實力的狀態下吧。不是這樣的話，儘管是大賢者級的魔導士，也不可能單憑五個人就打贏邪神。

「邪神……不會出現吧？雖然聽說已經復活了。」

「誰知道……這我們也很難說。不過實際上好像有哪裡的山麓被摧毀了。」

「…………」

勇者們在說的是最近由於傑羅斯使出的重力魔法「暴食之深淵」所造成的損害。不過傑羅斯也不可能在這個時候說出「犯人就是叔叔我喔～」這種話。

而且他現在還在培養液裡培育著邪神。總覺得待在這裡有點尷尬。

「邪神啊……要是那種東西現身了，我等也無可奈何吧。」

負責監視勇者們而坐在馬車上的路瑟伊也低聲說道。

對於將一族逼到瀕臨滅絕的邪神，她的表情因恐懼而有些不安。

「舊時代有著高度的魔法——不，該說是魔導科學文明吧，就連那種高度文明的兵器都完全派不上用場。也就是說當作除了封印邪神之外別無他法比較好吧～」

「雖然是無關緊要的事，不過她還好嗎？從剛剛開始就連一句話都沒說……」

「「「「…………」」」」

因為路瑟伊這句話，傑羅斯等人的視線全都聚集到了「姬島佳乃」的身上。

她現在徹底化成了灰。

「以為已經死了的青梅竹馬，同時也是初戀對象還活著是不錯啦，可是對方卻和敵國的公主陷入熱戀，而且公主的外觀看起來還是個小——十分年幼，這點想必對她的精神造成了格外嚴重的打擊吧。看來她也沒想到青梅竹馬會是個蘿莉控……」

「你……剛剛是不是想說小女孩？」

她滿腦子全是復仇，靠著仇恨之火活到了現在，那份心意卻被以某方面來說相當過分的真相給擊碎了，所以也不能怪她會變成這樣。她需要花上一點時間才能振作起來吧。

雖然曾暫時打起精神，但隨著時間經過，她又再度憂鬱了起來，現在則像是某個燃燒殆盡的拳擊手。不是因為好好的打了一場，而是以別的意義上來說陷入了深沉的絕望之中。

「我說了什麼不好的事情嗎？可是我說的是事實，這也是沒辦法的事……」

「一方面也是因為當事人心裡還有疙瘩吧。就算是事實，那個事實也未必能被接受。她之前還為此繃緊了神經的話，那就更難接受了……」

現實超乎想像的殘酷。也超乎想像的亂來。

「風間那傢伙……既然活著的話至少給個聯絡吧。是說那傢伙原來是蘿莉控啊……」

「我是很想附和，可是他沒辦法聯絡吧。不過這樣就確定姬島是自由之身了……好！」

「啊～你是叫神薙嗎？在這個世界上一夫多妻或一妻多夫都是很普通的事，她有可能會變成風間的第二個妻子喔？」

「「什、什麼──────！」」

沒錯，這個異世界有所謂的戀愛症候群。所以多妻或多夫的家庭也不在少數，根據狀況不同，要開後宮也不是夢想。至今為止都不知道這件事的神薙悟和坂本康太不禁握拳擺出了勝利姿勢。看來男人的夢想真是單純到了極點。

但是和姬島佳乃成為親密戀人的目標也瞬間消失了。他們正處於對下半身非常老實的年紀。順帶一提，梅提斯聖法神國基本上是一夫一妻制，每當戀愛症候群發作時就必須支付高額的賠償金。而且這還不是當事人之間的事，不知為何是要支付給神殿。

神殿以違背神的教誨這個藉口為由，從受自然法則刺激而行動的民眾身上榨取莫大的財富。這行為當然也讓人民們累積了許多不滿。

「我、我心裡只有由香里一個人喔。」

「我好高興喔，淳！」

「「「現充給我去爆炸啦！」」」

包含大叔在內的三位男性渾身都是憎恨他人幸福的嫉妒之火。那模樣有夠醜陋。

單身漢的心非常狹隘。

「是說差不多快到阿斯拉城了。勇者們將要接受盤查。我等雖然和你們無冤無仇，但你們心裡應該有數吧？我等雖然沒有隨意斬首你們的打算，但希望你們還是多注意一下自己的行為。畢竟我等的文化和你們的不同。我希望能避免因為無心之舉而演變成雙方必須拔劍相對的狀況。」

「我了解。我們被梅提斯聖法神國騙了。為了思考今後的立場，我們也需要一些時間。」

「嗯。我等並未打算給予你們不好的待遇。也會盡可能的尊重你們的意志。」

阿爾特姆皇國採行人道主義。

這種類似日本作風，尊重人命的行事方針讓勇者們全都放心了不少。

「抵達皇宮之後就沒我的事了。我是不是觀光一下就打道回府呢～」

「咦？傑羅斯先生在這裡就要和我們分開了嗎？」

意外的，最早對此產生反應的是燃燒殆盡的佳乃。

「我原本就只是接下了護衛伊爾漢斯伯爵的委託而已喔。委託人也說抵達城鎮後我就可以自由行動了。要是有什麼少見的東西，我是想買些當土產啦。」

「很遺憾，但這個國家沒有可以當成土產的東西喔？因為大家光是生活就用盡全力了。不過我想今後會出現許多東西吧。」

「因為位於山岳地帶，我就有想說會不會是這樣……沒想到真的沒有特產啊。」

「頂多只有起司或是優格吧。肉也是我國自豪的品項。最近也有在生產名為冰淇淋的東西。再來就是生牛奶糖吧？」

「是哪裡的家庭牧場嗎？雖然用洗衣機挖的話或許能挖出溫泉，但能不能成為觀光景點還是很難說吧？」

「「「「為什麼是洗衣機？」」」」

勇者們不知道傑羅斯用試做的洗衣機挖出溫泉的事，無法理解他這話的意思而困惑著。唉，會有這種反應也是理所當然的吧。

馬車載著疑惑的勇者們，最終抵達了被群山環繞的城鎮。

◇◇◇◇◇◇◇

阿爾特姆皇國的皇都，「阿斯拉」。

那是個以西洋風與東方風的建築技術混合打造而成，非常奇妙的城鎮。

硬要說的話比較接近中式風格，然而不管和地球上的哪一種文化都不一樣。

在巨大的城牆上建有東方風的建築物，層層堆疊的紅色磚瓦十分優美。

穿過城門後，是一片周遭被城牆給圍住的正方形空間。城門的深處還有一道門，各處都精心打造了外敵攻來時可以從四面八方迎擊的設施。

說是動畫常見的假中式風格應該比較好理解吧。士兵的裝備看來也是採用了在西洋風的鎧甲上添加許多具有東方文化感的設計。簡直像是遊戲裡的裝備。

「這是唐風建築吧？雖然用磚瓦建造這點有些不同……你說呢？神薙。」

「你還真清楚啊，坂本。我只知道京都。莫非這裡的街道也是採用棋盤式規劃嗎？」

「雖然是說到棋盤我才剛好想到，但有在賣圍棋或將棋呢～該不會是哪個勇者在賣吧？有的東西還賣得很貴呢。」

「不，我們不知道這件事喔？」

「我們伙伴之間是有討論過要是販售西洋棋一類的東西應該可以大賺一筆的事，可是那些東西早就流通在市面上了。」

「原來如此，這樣的話應該是前代的勇者們做的吧？也有可能是更久以前的勇者們就是了。」

勇者們想的事情似乎都一樣。

在這種情況下，勇者中的笨蛋情侶田代淳和山崎由香里進入了兩人世界。

『那件衣服感覺很適合由香里呢。』、『咦～穿那樣太不好意思了啦～』、『不會啦，只要想成是旗袍就很普通了。』、『可是腿會被人看到耶～一個不小心，可能連內褲都會……』、『那我可不想讓別人看到呢～要讓人看的話只能讓我看喔。』、『討厭～你好色喔♡』傳來了這些甜膩的對話。

「總覺得超～不爽的……」

「我也這麼想，神薙……沒有地方可以埋了他們嗎？」

「呵呵呵……山崎同學看起來很幸福呢。真想把我的不幸稍微分一些給她啊……」

青澀的年輕情侶，讓單身漢以及受了情傷的人更加的憤怒。

當事人雖然沒有惡意，但已經足以燃起嫉妒之火以及黑暗的負面能量了。

大叔看了也覺得有些煩躁。

「嗯，根據我聽到的說法，這裡比伊薩拉斯王國豐饒吧？機會難得，我想吃點什麼特殊的料理呢。

路瑟伊小姐有什麼推薦的嗎？」

「取走蠶絲後，把在蠶繭中的蛹拿去油炸後製成的『炸蠶蛹』怎麼樣？把『殺手蜂』或『巨蟻』的幼蟲拿去燉，也能煮出很美味的湯。」

「啊～我印象中確實是有用油炸過之後會整個膨脹起來的幼蟲料理～」

在「Sword and Sorcery」裡也有一些珍奇料理，他記得那些料理意外的都很好吃。

炸幼蟲因為外觀看起來跟炸麵包一樣是金黃色的，看起來一點都不像蟲，很容易入口。要是不知道，應該會誤以為是用麵糰裹起來的蔬菜湯吧。

『嗯～……出現了我有印象的料理呢。果然可以認為「Sword and Sorcery」是以這個世界為基礎構成的吧。不過遊戲裡沒有勇者這種玩意啊……咦？』

這時傑羅斯忽然想到一件和勇者有關，令他很在意的事情。

「我記得你們說過，風間是魔導士對吧？他是怎樣學會魔法的？我不覺得厭惡魔導士的梅提斯聖法神國會從國外進口魔法卷軸……」

「咦？魔法不是只要等級上升，就會自然習得的東西嗎？」

佳乃用問句回應大叔這單純的疑問。

「這不是遊戲，不可能會有那種事吧。詳細的說明我就省略不提了，不過要購買魔法卷軸來記住魔法才行。既然這樣……他應該是透過某些管道取得卷軸，自己學會的吧？還真行啊，風間。他是哪來的主角啊？」

魔導士必須藉由購買魔法卷軸來學習魔法。可是魔法卷軸本身在梅提斯聖法神國就是違禁品，所以照理來說風間卓實應該沒辦法習得新的魔法。

這樣一來，想必他是自己去找出藏在某處的魔法卷軸，在不為人知的情況下讓自己變強的吧。正如同大叔所言，這就像是故事的主角會採取的行動。

「話說回來……傑羅斯先生的等級比我們還高對吧？你是有去某個迷宮裡練等嗎？如果有什麼可以迅速升級的方法，希望你可以告訴我們。」

「我來到這個世界的條件和你們不一樣，等級本來就很高喔？唉，大部分的迷宮我應該都能獨自攻略吧～雖然是贏不了邪神啦。」

『『『『勇者存在的意義到底是……』』』』

勇者們就算有再優秀的能力，被召喚到這裡來的時候都只有LV1。而且就算身體等級提升了，要是技能等級還是很低，就根本不可能贏過轉生者。然而儘管是勇者，要提升技能等級也必須先經過同等的鍛鍊才行。

結果勇者們的身體等級雖然超過了500，但因為技能等級很低，得不到技能的補正效果，導致他們只有不上不下的實力。

技能等級也練到滿的話，勇者們在這個世界可以發揮出超人水準的實力吧。

「技能等級很難提升呢。如果是戰鬥職的話還好說，生產職只能不斷地反覆失敗的過程，而且也很花錢。原來如此，是因為技能等級低，沒得到什麼補正效果，你們才會一直這麼弱啊。像神薙明明是劍士，卻完全不成對手。」

「完全找不到話來反駁……等我們變強到一定程度後，他們就推了很多雜事過來，讓我們忙得沒空去迷宮。就算職業一開始是生產職的人，也硬是被教了該如何戰鬥。」

「不，他們從一開始就沒打算讓你們提升技能等級吧？畢竟要是棋子變得比自己還強的話，對他們不利啊。」

傑羅斯認為他們一開始就打算把勇者當作用過就丟的道具。同時也抱持著『這時候你們就該發現了吧。為什麼要接下勇者這種可疑的職責啊？真要說起來，是生產職的話，不管怎麼努力都不可能表現得比本職的人更好啊？』這樣的想法。

勇者們提升技能等級的話，可以獲得比這個世界的一般人約兩倍的補正效果，不過就算是這樣，也還是到不了轉生者那種程度。勇者和轉生者之間果然有很大的差異吧。

雖然只是順帶一提，不過路菲伊爾族是這個世界的種族中，唯一有辦法突破ＬＶ１０００的種族。這是因為在神話時代，他們是最先被創造出來的種族，具有代神管理這個世界的職責。

至於這是否為事實，因為是遙遠太古的傳說，無法確認，但事實上似乎真的有等級超過９００的人，至少可以視作成長技能「界線突破」是確實存在的。

唉，這也是在假設這個世界和「Sword and Sorcery」有關連的情況下所做的推論就是了。

「傑羅斯閣下，我等差不多該前往皇宮了……不過經歷了漫長的旅途，閣下應該累了吧？到了之後我會立刻為閣下準備房間的。」

「因為我的護衛任務只需要把人送到皇宮而已，所以接下來的事情就交給你們了喔。我打算觀光後就回去。」

「閣下在說什麼啊？得請閣下與我等一同前往皇宮喔。我希望閣下能幫忙說明途中遇襲時的狀況。也必須決定往後該如何處置勇者們。」

「不會吧～……怎麼這樣。」

大叔的工作無法結束。

因為被捲入了麻煩事中，他果然還是回不去。

◇　◇　◇　◇　◇　◇

「四神教血連同盟」。

那是在漫長的時光中誕生的神官們的祕密組織，是一群滿腦子都是只有自己等人才是神的使徒這種中二病想法的狂信者集團，不過他們作為一個派系並未在檯面上活動。

他們狂妄自大，以輕蔑的目光看待各個種族，是個有著自負的認為自己才是最優秀的種族這種愚蠢想法的派系。

他們被派遣到各地的教會或神殿，混在一般的神官當中活動著。

而他們大多隸屬於異端審問部，表面上的目的是將異端人士導回正途，實際上只是負責處理掉礙事者的劊子手。

取締違背教義的神官是他們的職責，但簡單來說，他們只是讓礙事的人背負莫須有的罪名，以制裁之名對其宣判死刑的殺手集團。

除此之外，高層還會發行免罪符給他們。他們接下各種骯髒的工作，作為交換，他們犯下的罪行也能獲得赦免。說得白話一點，就是『我們雖然會委託你們骯髒的工作，但相對的也不會追究你們的罪行喔』。也因為這樣，血連同盟中沒什麼像樣的人。

而在「修托馬爾要塞」中也有幾位狂信者。

「所以……你是說勇者們被那些傢伙給抓走了嗎？」

「是的……暗殺姬島的行動也失敗了，還發現了可能是轉生者的魔導士。」

「什麼？」

他們認為四神之外的神全都是邪神，並視轉生者為邪神的先鋒。

轉生者的存在對於他們來說相當於災厄。

「雖然是從遠處觀察到的，但他介入了姬島和『黑翼惡魔』的戰鬥中，阻止她們繼續交戰，所以可以判定他比她們來得更強。而且他還是索利斯提亞護衛的一員。」

「那個國家啊……真是可恨。那麼根據你的觀察，那個疑似是轉生者的人看起來怎麼樣？」

「他看起來是個魔導士，但恐怕也能進行近身戰。最重要的是從他闖入勇者的激烈攻勢中，卻連一點擦傷都沒有便阻止了雙方的樣子看來，完全是個怪物。而且……那傢伙手上有『種子島』。」

「你說什麼！」

他們所說的「種子島」是指火繩槍。

傑羅斯的武器正確來說是對龍用的武器，正式名稱是「擊龍槍」，但他們沒有這方面的知識。魔法相關的知識對他們來說全是異端思想。

順帶一提，「黑翼惡魔」指的是路瑟伊。有翼種族或是獸人族全都會被四神教視為是魔族。

「也就是說……索利斯提亞也有『種子島』嗎？」

「這可能性很高吧……而且那傢伙的武器性能遠高於我方的武器。在我方射出一發子彈時，對方可以連續擊出好幾發子彈。」

「什麼！這豈不是無法坐視不管的嚴重事態嗎……這下我們在軍力上不就無法徹底壓制住那些小國了嗎！再加上他們還開始和那個魔國有所來往……」

「而且對方一擊就能在地面上打出一個大洞。在威力上也是遠遠勝過於我們。」

「嘖，必須要有足夠的知識才能將勇者傳授的技術化為實體。然而在這些知識上，我們比不過那個國家嗎……這就是人的技術與魔法技術的差距嗎……真令人生氣。」

「因為這是那些魔導士擅長的領域。我們會落於人後也是無可奈何的事。光是這樣他們就已經夠難對付了……」

——噠————！噠噠噠噠————！

「發、發生什麼事了？」

外頭忽然響起種子島的槍聲。

騎士團也同時急忙地四處奔走，看來是發生了什麼緊急狀況。

神官與聖騎士認為應該掌握現況，急忙跑出房間。他們眼前所看到的景象，是蔓延在要塞牆上的無數漆黑魔物。

成群的魔物襲向騎士們，活生生地捕食他們。

就算用種子島應戰，子彈也被魔物那堅硬的外骨骼給彈了開來，給不了多大的傷害。

「那個該不會是……」

「在攻入阿爾特姆皇國時出現的……」

那是昆蟲型的魔物。

是無視要塞的防壁一湧而上，用長有銳利棘刺的下顎貪食死肉的駭人生物。

會成群行動，是大自然創造出的終極死神及清道夫。

實力掛保證的──

──嗡嗡嗡嗡嗡嗡嗡嗡嗡嗡嗡嗡嗡嗡嗡嗡嗡嗡嗡……

振動耳膜的重低音振翅聲。

現身的是全長超過三十公尺的巨大昆蟲。

那振翅聲發出了震波，一邊懸停在空中，一邊利用振動的共振效果破壞修托馬爾要塞的防壁。

接著從崩毀的防壁後面出現了成群的黑色軍團。

「強、強大巨蟑！而且還有……地、地獄軍團！」

以巨大的最終進化個體為中心，旁邊跟著許多隸屬魔物的「地獄軍團」。

與魔物蜂擁而至造成的踐踏事故同樣為人恐懼的災厄之一，降臨了修托馬爾要塞。

巨蟑們只是為了尋求餌食而移動，但這對人類而言是莫大的威脅。而且魔物們已經視這個大要塞為糧食來源了。

修托馬爾要塞在這天被「地獄軍團」給徹底摧毀了。

常駐於此的聖騎士們全都慘遭捕食，為了尋求更多的獵物，「強大巨蟑」率領的「地獄軍團」開始移動。

牠們會成群的出現。帶著數萬的隸屬魔物——

第二話　大叔不知為何去了城裡

索利斯提亞魔法王國王都，「佛多朗」。

這是座被建造成圓形的防壁給包圍住，以魔法防衛為主的要塞都市。

建築在中央的「佛多朗城」最近才完成了整修工程，並由於其白色的城壁與精巧的建築技術獲得了「白翼城」的美名，成了知名的觀光景點。

可是不管是多麼有藝術價值的優美城堡，這裡仍是政治中樞。

同時也是王族居住的城堡，裡頭每天都充滿了繁忙的政務及麻煩的政治鬥爭。

這個國家的國王「亞爾漢特・路德・克勞索拉斯・索利斯提亞王」正和大臣及握有權勢的貴族們聚集於這座城的某間房裡。

「嗯……沒想到居然有還活著的古代都市存在啊……」

「這個都市會成為交通上的樞紐吧。可是陛下，這也會引起一些麻煩事呢。」

「嗯……梅提斯聖法神國會藉機找碴吧。像是提出『這座都市是在神的加護下被守護的聖域，我等擁有關於此處的正當權利』之類的主張。」

「如果是那些傢伙，很有可能會這麼說呢。更何況馬魯多哈恩德魯大神殿崩毀了……他們說不定會以此當作遷移聖都的藉口。」

「就算這麼說，我們也不可能把寶貴的魔導聖域交給他們。因為每當從遺跡發現回復魔法時，又會被他們給接收。但是就算軍力下降了，他們現在還是保有相當高的戰力……」

包含王族在內的貴族與大臣們正在針對古代都市伊薩．蘭特的利用價值做討論。

那裡對研究魔法的魔導士們而言是座寶山，以和各小國成立同盟關係的國家來說，也會成為貿易上的重要中繼站。索利斯提亞王國沒有放棄這裡的理由。

然而梅提斯聖法神國的軍力依然勝過索利斯提亞，要是引發戰爭，肯定會造成莫大的犧牲。從國力的層面來看，還是梅提斯聖法神國占了上風。

「畢竟他們是曾經靠找碴來擴張國土的國家，這也不無可能吧。德魯薩西斯公爵，你怎麼看？」

「他們應該不會行動吧。不，正確來說應該是無法行動才對。儘管他們的兵力占上風，但他們有著決定性的弱點。請各位看一下手邊我準備的資料，就能夠清楚地了解我這話的意思了。」

「弱點？嗯，這個嗎……什麼！」

「這、這是……」

德魯薩西斯不太參加這一類的會議，但唯獨重要的案件他一定會出席。

他的情報網非常受索利斯提亞魔法王國重用，對國家效忠的態度也作為貴族的模範備受好評。

他這次會出席，是因為有必須稟報國家的情報，那些情報是將克雷斯頓在伊薩．蘭特所得到的消息統整過後的資料。

裡頭包含了因為召喚勇者的弊害導致世界即將滅亡的事，還有梅提斯聖法神國已經無法再召喚勇者的事，再加上因為震災使得該國國內受到了毀滅性的打擊，這些事情都詳細地記載在資料中。

此外，資料中也提到了與四神的真實身分有關的事。那是參考伊斯特魯魔法學院及其他設施中的藏書，德魯薩西斯用盡各種手段要部下們調查出的東西。

既然要以大國為對手，去調查會成為對方弱點的情報也是當然的吧。

順帶一提，這方面的情報蒐集工作和傑羅斯完全無關。

「四神是……代理神？不是這個世界的主神嗎？」

「根據能夠調查到的資料，被稱作邪神的存在才是這個世界正式的神，四神的職則是看守沉眠中的神。四神根本沒打算要管理世界，要說為什麼，是因為四神容許召喚勇者這件事。」

德魯薩西斯淡然地說著調查的結果。

如果四神是被委任要負責管理世界的神，就不可能會讓人使用召喚勇者這種會毀滅世界的危險魔法儀式。但四神卻讓人執行了好幾次這個召喚。

而且很明顯的是為了私欲而使用，這個世界也因此瀕臨滅亡。

雖然碰巧避開了這個危機是不幸中的大幸，但這內容實在太具有衝擊性了。

「怎、怎麼會……四神教召喚勇者的行為，差點毀滅了世界嗎！這真的不要緊嗎？」

「難以置信。可是這樣一來我們的優勢就提升了。」

「等等，那些傢伙很會裝傻喔？我不認為他們會老實地承認。」

「舊時代的智者真是不得了啊。居然將事實隱藏在遺跡裡……」

「這也表示他們被逼到了那種程度吧。畢竟那些傢伙對敵人可是毫不留情啊……」

「雖然資料上面也有提到，不過那個國家現在因為大規模震災的賑災活動，導致經濟瀕臨崩潰。想必沒有餘力來攻打我們吧。」

貴族和大臣們驚愕於手中的情報，同時也很高興有了推翻身為四神教宗教國家的梅提斯聖法神國的計策。那個國家蠻橫的行事作風就是如此的折磨他國。

特別是神聖魔法。在這裡可以說是回復魔法吧，儘管那個國家主張能夠幫人療傷的魔法只有神官才能使用，然而知道這是謊言後，便讓他們看見了一線光明。

神官收取的治療費用比藥師的治療費還高，不是一般民眾可以負擔得起的金額。

但是魔導士也能使用回復魔法這件事情傳開的話，那個國家就等於是失去了優勢。加上他們要是已經無法再召喚勇者，剩下的就只有國家間的戰力差距了。

「舊時代的技術雖然很優秀……但也很危險。」

「陛下也這麼想嗎。不過由於老朽的情形十分嚴重，不能任意出手調查，所以我父親表示已經將那裡封印起來了。現在我等去調查，也什麼都搞不懂吧。」

「如此高等的技術嗎。可是愚蠢之徒四處皆是。還是有儘管知道危險仍會出手的人吧？」

「要是我等擁有和過去的時代同等的智慧，就能夠調查那座遺跡了。現在先將那裡作為城鎮來利用比較好。」

「得趕緊培育學者嗎……好了，討論下一個議題吧。與伊薩拉斯王國、阿爾特姆皇國的外交進展如何了？」

「是！由在下向您稟報。現在透過外交在援助伊薩拉斯王國，同時鑑定挖掘出的礦石價格。挖掘到的礦石品質也有相當的水準，我們也考慮到進口的可能性，持續和對方交涉。」

在外務大臣報告近況時，德魯薩西斯公爵正因克雷斯頓的報告而得知的伊薩．蘭特現況頭痛不已。

雖然是接近自己領地的遺跡，但要作為城鎮利用的話，就得選出一個領主。

可是沒有領主能夠治理這個可以說是寶山的城鎮，也不能隨便決定人選。萬一這個人抱有想要利用舊時代遺物的野心，占領了伊薩．蘭特的話，就得和強大的軍力為敵了。

儘管說已經封印起來了，但還是難保哪裡會有漏洞。

「根據暗部的情報，伊薩拉斯王國似乎有打算攻入我國？關於這方面的事情怎麼樣了？」

「真要說起來，那個國家之所以會企圖展開侵略，是因為貧瘠的土地無法培育作物，難以供應糧食。可是藉由阿爾特姆皇國與我國的援助以及販售礦石，可以想見他們將能獲得大量的資金，所以不會再去想那種蠢事了。」

「幸好，梅提斯聖法神國的經濟瀕臨崩潰，正是推動事情進展的好時機……但是不知道被逼到絕境的國家會做出什麼事情。要謹慎行事。」

「遵命。」

國家之間的戰爭，以政治層面上來說是非常不划算的。

軍備要耗費不少預算，也得針對戰爭造成的損害支付違約金。要發給每個士兵家族的慰問金也不是一個小數字，為了籌備所需的物資，得用上幾乎所有的國家預算。

國家的士兵幾乎都集中在國境的城砦，每年為了維持軍備都得耗費莫大的資金。

他們的假想敵是「梅提斯聖法神國」。

神官厭惡魔導士，勇者的戰力老實說也是令他們十分頭痛的問題，不過勇者中確實有想要叛逃的人。也有決定繼續潛伏在該國的勇者。

「梅提斯聖法神國完蛋了吧。同盟國中也有打算進攻的國家。」

「問題是我國該何時進攻。至少得和阿爾特姆皇國及伊薩拉斯王國共同作戰才行。」

「因為伊薩拉斯王國應該想要豐饒的土地吧。要是賣點人情給他們，對我國也有利。然而還有不確定的要素在。」

「嗯……那些傢伙私下在找的『邪神』和『轉生者』嗎。邪神先不提，我們不清楚轉生者的事。雖然說比勇者還強，但轉生者到底是什麼來頭？」

「根據報告，是異世界的諸神派遣過來的人們，但詳細仍然不明。」

與其說負責蒐集情報的暗部很認真工作，不如說德魯薩西斯的情報網本身非常厲害。

因為他不知為何已經得到了只有梅提斯聖法神國高層才知道的情報，可見他的情報網廣到難以置信的程度。憑他的才能，只要他有心，甚至可以掌握世界。

不過他根本不想做那種事。因為工作和女人才是他活著的意義。

「至少他們不是敵人。由於已確認到幾個應當是轉生者的人物，我稍微針對他們調查了一下。」

「喔喔……不愧是德魯薩西斯公爵。早就有所行動了嗎。」

「我認為他們在尋找能夠在這個世界生存下去的落腳處。而且他們對四神抱有強烈的憤怒，理應不會與我們為敵。」

「對四神抱有憤怒？為什麼……」

「調查某人的時候，對方曾在酒館說了四神將邪神送到他們的世界，自己也因此喪命的事情。雖然被當成是酒醉之人的玩笑話，但在其他案例中也收到了幾個類似的報告。」

「表示這不是巧合……嗯～……無法掌握狀況啊。」

儘管有群真實身分不明的人擅自在行動這點讓人有些不快，但至少他們沒有要與我方敵對的意思，就算是不幸中的大幸了。

「他們幾乎都對我國帶來了極大的利益，所以眼下最好先按兵不動，觀察情勢。因為我大概知道有誰是轉生者，我直接去問問看吧。」

「什麼！你知道有誰是轉生者嗎？」

「了解狀況的話，我們就能夠做出相應的對策。不愧是我國的智將，真是可靠啊。」

德魯薩西斯作為政治家而言非常優秀，但他同時也是個商人。

儘管有著會毫不留情地殲滅敵人的冷酷一面，但由於會回饋我方或是協力伙伴莫大的恩惠，所以深受周遭人士的信賴。光是這樣就讓許多的人願意協助他。

他絕對不打打不贏的仗。而且為了獲勝，無論是多麼卑劣的手段他都做得出來，所以敵對勢力都十分懼怕他。

「沒什麼，我和對方只是有商業上的往來而已。只要給予對方等值的利益，我想對方應該是不至於與我方為敵。」

德魯薩西斯一臉若無其事的樣子在王公貴族面前如此斷言。心裡則是想著『傑羅斯閣下恐怕是轉生者。想了解狀況的話直接問他比較好吧。我記得他好像在找用稻米草釀的酒……』這些事情。

要是傑羅斯在現場的話，八成會說「你到底是何方神聖啊！」吧。

「那麼進入下一個議題吧。畢竟我接下來還得和其他國家的使者聚餐。」

「陛下您說得是。那麼我就繼續下去了。下一個議題是關於是否要限制從那個國家傳出並流通在市面上的『書籍』。」

「「「那個應該要被徹底排除，對兒童的教育太不好了！」」」

在場全員意見一致，異口同聲的說道。

看來色色小薄本果然被視為是問題書刊了。

「可是也有熱愛這類書籍的讀者在，銷售額也因此急速上升。由於店家的收益增加，對經濟也多少有些影響。如果要徹底排除，或許需要一些外部資金來維護經濟。」

「至少得針對內容想點辦法，不然可不知道會對年幼的孩子們產生怎樣的影響啊！我的女兒也因為那個……」

「可以用便宜的價格買到那種書這點太不妙了。藉由課稅來提高書的售價如何？」

「等等，這一類的書籍要是以不同的做法來處理，也有可能會成為一種藝術。我們應該要對內容設限，讓創作者們來改變這些書籍的表現方法才對！」

比起政治，要如何改變色色小薄本內容的討論反而更為熱烈。考慮到教育問題，這也是當然的吧。

這些書就是開始給人心帶來了莫大的影響，到了讓包含王族在內的政務相關人員們為此頭痛的程度。甚至深入到貴族內部，引發了許多連帶效應。

經過漫長的討論，最後決定設置市場經濟限制部門，並通過了利用設定年齡限制的作法，限制可以購買被指定為有害書籍的色色小薄本的年齡，讓年幼的孩子們無法取得這些書籍的法案。

基於這個法案，書店要是違法就必須支付高額的罰款，也不得不將這些薄本和普通書籍分開販售。其他國家也接連效法這個政策，結果導致市場開始要求漫畫得採用符合倫理道德的表現方式，逐漸壓迫到梅提斯聖法神國的經濟。

此外，受到這些薄本影響的人們最後開始投入個人出版活動，成了排除過度色情的原創作品充滿市場的契機。

雖然沒有浮上檯面，但這件事情好像也引起了不小的爭議。

最後這些活動發展成了同人誌販售會，可是帶來的經濟效益意外的高，而且還不斷地出現內容更為洗練，被譽為是名作的作品。

這效果更是重創了梅提斯聖法出版的業績，輕視內容的色情書刊逐漸被捨棄。簡單來說就是創作者們變得更注重作畫品質和故事性了。

由於規定變得更為嚴格導致許多被稱為是名作的漫畫問世，而這成了娛樂文化的起點又是更久之後的事情了。

在場的王公貴族們這時候也沒想到，居然能夠藉由這種無聊的事情來對那個國家實施經濟制裁。

事後想想只要結果好就好了，所以他們在聽到這個報告時，所有人都豎起了大拇指。

◇　◇　◇　◇　◇　◇　◇

阿爾特姆皇國的皇城「修拉斯城」。傑羅斯和勇者們一起走在城裡的石板路上。

他和伊爾漢斯伯爵抵達城裡之後便立刻分道揚鑣，伯爵現在應該正在進行交涉吧。

雖然大叔覺得自己只是受託來當護衛的，待在這裡也很奇怪，可是他無法違抗眼下的情勢，順著路瑟伊的話來到了城裡。

這座城由好幾個建築物組合而成，內政或防衛等政務工作分別在不同的建築物中進行。當然也有供皇族居住的後宮和謁見皇帝的內宮，廣闊到不知道總占地面積到底有多大的程度。

他們穿過有如山水畫般的庭院旁的迴廊，在路瑟伊的帶領下繼續往前走著。

「為什麼我會到了這種地方來呢……」

他明明只是個護衛，根本想不到自己會被招待進城裡。

再叫他去謁見皇帝的話，他有自信自己一定會因為壓力過大而胃穿孔。他現在也由於壓力，感到腹部一帶傳來絞痛感。

不過壓力最大的還是勇者們。

他們都面色蒼白，簡直像是病人一樣。想必是接受了相當嚴格的盤查吧。

幸好阿爾特姆皇國遵循人道主義，沒對他們做任何的拷問。勇者們也將所知的情報毫無隱瞞地全盤托出，把所有關於梅提斯聖法神國的情報都告訴了路菲伊爾族。

因為傑羅斯也把自己知道的事告訴了他們，應該會對他們往後的政策產生不小的影響吧。

「路瑟伊小姐，我們現在是要去哪裡？」

「嗯？因為我安排了可以讓各位留宿的房間。正要帶各位過去，有什麼問題嗎？」

「不，先不提勇者們，我想說我隨便找間旅館落腳就可以了……」

「閣下這是在說什麼，多虧有傑羅斯閣下在，我等才能將受害控制在最小的範圍內喔？我等至今為止從來沒經歷過無人死亡的戰役，而且閣下還幫忙治療了傷患。對我等有莫大的恩情在。」

大叔用回復魔法治療了由於火繩槍的攻擊而受傷的士兵們，不知為何深受感激。而且因為他連治療費都不收，從旁人的眼光看來會認為他是個高潔的魔導士，十分尊敬他吧。

傑羅斯只是想趕快結束這份工作而已，這些行為不帶任何體貼或慰勞對方的情緒。

只不過是些許親切程度的行動，卻導致了眼下的狀況。

「不用這麼感激我也無所謂啦。我打算明天稍微觀光一下之後就離開這座城鎮。」

「是、是嗎？不，就算是這樣，我等也不想受人之恩卻做出忘恩負義之事。這是我等的誠意。」

「這樣嗎……如果是誠意，我也不能不接受呢。」

就算當事人不是因為什麼了不起的理由而使用了回復魔法，但接受治療的人怎麼想又是另一個問題了。若是對方純粹抱有感謝之意，那他也很難婉拒。

然而這也是站在傑羅斯的立場而言，對皇國開戰的勇者們則難掩臉上的不安。

其中還有一位無法重新振作起來的少女……

「…………」

「她在接受盤查的時候好像也是這副模樣。」

「也是啦～她經歷了慘痛的失戀嘛……哎呀？」

——噠噠噠噠……

感覺到有某人從後方靠近，傑羅斯回頭一看，只見一位少年拚了老命地往這裡跑了過來。從外觀看來是個日本人。

勇者們也察覺到了他的氣息而回過頭去，發現正在跑著的是他們熟識的人。

「……阿卓？」

「「「「……風間（同學）？」」」」

那是他們以為已經死了的勇者，「風間卓實」本人。

令佳乃傷心的原因正不看氣氛的從那頭逐漸靠近。

不過仔細一看，有個一頭銀髮、長有純白羽翼且身穿華麗服飾的小女孩，拿著巨大的戰斧飛在他身後追趕著他。風間似乎拚命地在逃跑。

「唔呵呵……等一下嘛～？」

「啊哈哈哈哈……試著來抓住我啊～咿！」

「「「「不，一般來說應該要反過來吧……這什麼老派的戀愛喜劇修羅場啊……」」」」

除了佳乃以外的所有人都吐槽了。

卓實好不容易避開了揮來的戰斧，一臉怕得要死的樣子，全速跑在一直線的迴廊上。

「路、路瑟伊小姐……那位女孩是？」

「那位是本國的二公主，名為『菈夏菈·伊爾·阿斯拉·阿爾特姆』。雖然很難以置信，但別看公主外表那樣，實際上她還大我一歲。」

「「「「真的假的……」」」」

異世界的神祕之處。那外表不管怎麼看都是僅約十二～三歲的少女。

少女像是有著銀髮的美麗天使，但她卻掛著天真無邪的笑容揮舞著戰斧，追趕著少年。

然而她絕對不是小女孩。是個已經成年的成熟大人了。

「已經有妾身了，還把目光移向尚且年幼的小女孩……讓妾身來矯正你這無藥可救的性癖好吧。」

「哈哈哈……妳該不會是吃醋了吧？妳真的很可愛耶～就因為妳是這樣的人，我才會立刻墜入愛河，成為妳的俘虜啊～Ｂａｂｙ。」

「妾身可沒有天真到每次都會讓你用這種話矇混過去！覺悟吧！」

是一場笨蛋情侶的無聊拌嘴。不過這拌嘴卻格外的致命。

菈夏菈丟出的巨大戰斧以驚人的旋轉數和力道迫近卓實的背後。實在不像是她那有如年幼少女的身體能發揮出的力量。

卓實發出「唔喔！」一聲，像是某部電影出現過的場面那樣側開身子躲過之後，戰斧便順勢刺入了角落的牆上。這威力簡直不可思議。

菈夏菈趁著卓實被戰斧的攻擊奪走注意的空檔加快了飛行速度，以高速對卓實使出了ＳＬＣ俯衝。她的衝勁完全沒有減弱，將自己的身體連同卓實一起撞上了迴廊前方的牆。（註：電腦戰機系列遊戲中機體Hyper II的攻擊招式，利用機體失控暴衝使出的攻擊，由於駕駛員會在使出這招時說「She's lost control！」，所以被簡稱為ＳＬＣ俯衝。）

「總算抓到你了。真是讓人拿你沒轍的老公大人呢，居然會對那種尚年幼的孩子們抱有性慾……」

「這、這是誤會！我單純只是想說，要是和妳生下的孩子是個充滿活力的孩子就好了～這樣喔。」

「妾、妾身是不會被你用這種話給矇騙過去的。你為什麼會這麼沒節操啊！而、而且說小孩什麼的……（支支吾吾）話先說在前頭，妾、妾身可沒有因此而心生動搖喔？」

『『『『她是傲嬌嗎……而且根本超級動搖嘛。』』』』

要是牆上沒插著一支戰斧的話，這看起來就像是在和鄰居大哥哥玩的小學生。

然而實際上卻是姊弟戀。從世俗的角度來看充滿了犯罪的氣息。

「菈夏菈殿下……要放閃前可以先請您確認一下周遭的狀況嗎？在旁邊看的人很不好意思耶……」

「哎呀，路瑟伊，妳在這裡啊？稍等一下。妾身正在調……懲罰老公大人，懲罰完再聽妳說。」

『『『『她剛剛是不是很順口的要說出調教這個詞啊？這位公主大人比外表來得更過激呢……』』』』

卓實像是被某個鬼族少女給追著的學生一樣，被菈夏菈坐在屁股底下。但是他不僅是個徹底的蘿莉控，也是個紳士。

就算會對合法蘿莉出手，也不會對真正的蘿莉出手。

一般來說只要出手就是罪犯了，該說幸好他還是有常識的吧。

「風、風間……你……真的假的？真的嗎？你完全是個蘿莉控嘛……」

「好！這樣我也有機會了。風間，我得感謝你的性癖好……個頭咧！」

「風間同學……你真的是個變態呢。」

「討厭，我……居然和這種人是同班同學嗎……！」

「嗯……是新俘虜的勇者嗎，印象中的確是今天會到這座城裡來。不過妾身現在要以這邊為優先。好了，老公大人，你做好覺悟了嗎？」

「咦～？這時候不是應該把注意力轉到其他人身上嗎？而且為什麼大家要用那麼冷漠的眼神看我啊？我們這麼久沒見了，可以幫我一下吧？」

「「「「辦不到。因為你不但是個現充還是蘿莉控……」」」」

小女孩的敵人就是社會公敵。

就算是紳士，也不知道哪天會不會變成禽獸。

「排擠可疑人士」。這是具有常識的人經常會陷入的一種群眾心理。

「不會有人來救你的喔？請你做好覺悟，乖乖接受懲罰吧，老公大人？」

「誰、誰來救救我啊——————！」

「等一下！」

「佳、佳乃？拜託妳，救、救救我……」

佳乃在卓實千鈞一髮之際叫住了他們。

雖然眼睛被頭髮給遮住了看不見，佳乃身上仍散發出非同小可的氣勢。

「妳是誰啊……？」

「我是姬島佳乃。是在那邊的阿卓的青梅竹馬。」

「那這位青梅竹馬小姐是為什麼要干涉我等夫妻間的問題呢？這事情與妳無關。」

菈夏菈是個醋罈子，對佳乃露出了敵意。

特別是從她盯著佳乃胸部一帶這點看來，她可能很在意自己停止成長的事情吧。

「是啊……事到如今已經和我無關了。不過我也有一定得對阿卓說的事。還有，請讓我也一起來懲罰他吧！」

「「「「「什麼？」」」」」

除了佳乃以外的所有人都困惑不已。

她似乎完全沒打算要幫助卓實。甚至還率先說要加入懲罰他的行動。

而她會這麼做的理由實在太明顯了。

「阿卓……我以前在阿卓你房裡看到的小女孩寫真集……那個不是你哥哥的，而是阿卓你的吧？沒想到你喜歡年幼的女童……要是叔叔他們知道了，可是會哭的喔？」

「不……那個真的不是我的…………」

「就算你說謊我也是知道的……因為阿卓你真的很慌張時就會用手抓屁股。」

「真的假的！啊……」

在卓實確認自己的手在哪裡時，他才發現這是佳乃的誘導性提問。

從以前開始佳乃就會用這種手法拆穿他的謊言。寫真集被發現時，因為他途中就被母親叫走了，所以謊言才沒被戳破，但這次沒辦法再矇混過關了。

「阿卓……那個一般來說是違法的吧？光是持有就足以被問罪的那種……」

「風間這傢伙……是從哪裡得到那種書的啊？」

「可以的話真想叫他告訴我購買的管道啊……我想見識一下非法的東西。」

「嗯～那基本上來說不行吧。」

神薙和坂本充滿了興趣。淳雖然在一旁吐槽，不過他們就算知道了購買管道也沒用，因為這裡是異世界。

「沒想到阿卓你是個只會對年幼的小女孩感興趣的人……我來糾正你這爛透了的嗜好，讓你變回一個像樣的正常人吧。」

「等等……『小佳乃』？妳不是要來救我的嗎？」

「在那麼……過分的離別之後，居然自己一個人過著幸福的日子……而且對象還是小女孩……這可不是輕微的懲罰就能了事的吧？」

「妾身才不是小孩子！不過關於性癖好這點，妾身倒是有同感。雖然非妾身所願，但讓妳一起來懲罰也是可以啦……」

「謝謝。那麼……你做好覺悟了嗎？」

「妳們兩個，為什麼笑得那麼燦爛……聽、聽我解釋……」

「「沒得商量。」」

接著便開始了悽慘的懲罰行動。

合法蘿莉和勇者的喔啦喔啦連續攻擊，將少年風間徹底地痛揍了一頓。

一邊是失戀，一邊是嫉妒。兩位女孩使出的制裁毫不留情的擊倒了紳士。

蘿莉控必須死。

「慘不忍睹啊……可能是我的錯覺吧，但好像能從她們兩個身後看到替〇使者呢。雖然是手上拿著菜刀，頭上長著兩隻角的玩意……不，那個是式神嗎？」

「傑羅斯先生……那個一般來說是鬼女吧。我好像也看得見就是了……」

「風間……可悲的傢伙。那傢伙的靈魂會被吞噬，永遠被封印起來吧……」

「我們要好好的，不要變成那個樣子喔。由香里。」

「嗯……」

「啊————————！啊嗯♡」

「「「「他是不是打開了什麼奇怪的新世界的大門啊？」」」」

看來卓實打開了不可以打開的真理之門。

從「魔導士勇者」變為「蘿莉控勇者」，再變為「蘿莉控M紳士勇者」，他做出了驚人的負面轉職。不，從一開始他就是別種意義層面上的勇者。

傑羅斯試著鑑定之後，發現他的技能「痛覺抗性」等級到了Ｍａｘ。

『痛覺抗性是會把痛楚轉變為快感嗎？這個技能到了Ｍａｘ的狀態……不太妙吧？』

明明正在被毆打，他的臉上卻漸漸露出了恍惚的神情，痛楚化為了愉悅。

大叔察覺到這樣下去很危險，連忙介入制止兩人。

「等、等一下。佳乃小姐……再繼續下去對他來說就是獎勵了。妳看……他這幸福的表情。」

「柔軟細長……不，光滑且充滿彈力的手，帶領我前往那裡……這、這裡是……天堂……？」

「怎、怎麼會……阿卓居然變態到了這種地步……」

「風間這傢伙……踏入了被虐狂的聖域嗎。他打開了那扇門啊。不過……」

「姬島同學！捨棄那個變態，和我一起獲得幸福吧！那傢伙就交給我們來處理。」

「神薙……你還真不死心呢。」

在變得會因痛楚而體會到快感的勇者身旁，面色蒼白的女孩——菈夏菈的臉上浮現了尷尬的表情。

儘管她沒說半句話，從表情上也可窺見她那『糟糕～妾身是不是做得太過火了？』的心境。然而現場仍有人無法原諒往出乎預料的方向轉職成功的卓實。

那就是神薙悟和坂本康太。

「風間……我們去另一邊聊聊吧。用拳頭……」

「你沒有人權。喜歡女童是犯罪吧。為什麼這種傢伙會受歡迎啊……」

兩人抓著卓實的領子拖著他，以宛如要踏上戰場的深刻表情走了出去。

他們的目的地是建在庭院中的小草屋的後院。

「我、我可沒打算要和男人以拳交心喔？喂，真的很痛耶，可以不要繼續拖著我走了嗎？而且我沒有被男人毆打的興趣……感覺很不舒服。」

「「如果是女人打你就很爽嗎！你到底要墮落到什麼程度啊！」」

「啊……又有兩個人被妾身的魅力給擄獲了……太美也是一種罪過啊。」

『『這個合法蘿莉公主……和外表不同，臉皮意外的厚啊……』』

兩位勇者的心聲完全一致。公主的外表確實很可愛，但是從會拿著斧頭追殺戀人這點看來，感覺她在個性上也多少有些問題。

傑羅斯看著眼前的合法蘿莉女孩，疑惑地歪著頭。

『總覺得好像不是第一次見到這女孩……為什麼？啊……』

堅強的眼神和長及背部的銀髮。這些印象讓他不知為何想起了路賽莉絲的臉。

然而她們兩個絕非別無二致。

從菈夏菈身上可以感受到她高傲的氣質，給人的感覺完全不同。

而且路賽莉絲是普通的人類，又不像菈夏菈或路瑟伊那樣長有翅膀。大叔說服自己，她們只是長得有點像，是心中那奇妙的鄉愁讓他產生了這種錯覺。

『已經一個月左右沒見到她了呢～我可能想要療癒一下心靈吧。』

回過神來才發現，從他被綁架到工地現場後已經過了一個月，自己或許是在不知不覺間想追尋一些心靈上的療癒吧。大叔獨自做出了這個結論。

「菈夏菈殿下，請別在客人面前做那種事情。在私底下做那倒是無所謂……」

「怎麼？妳該不會是羨慕吧？」

「我是在說這會丟我國的臉！國賓的護衛也在場喔？請您自重點。」

「哦～……是說，妳有喜歡的男士了嗎？」

「為什麼忽然問這個啊……我可是接下了護衛任務的工作喔？怎、怎麼可能有那種空閒啊！」

「妳為什麼慌張起來了呀？該不會是找到在意的男士了吧？」

「您、您您您……您在說什麼啊！就算您是公主也不能這樣亂說！」

『啊～……總覺得很懷念。嘉內小姐也是這樣呢～』

傑羅斯有好一陣子沒和那兩人碰面了，沒來由地很想見見她們。儘管他還不確定這是否是他對年齡有一段差距的女性抱有戀愛感情。

在伊薩·蘭特和嘉內她們分開後，他就一直被男人給包圍著。也差不多受夠這沒有女性點綴的無趣生活了。

看著眼前的兩人，他不知為何開始懷念起路賽莉絲她們。

「這麼說來，妳以前說過『我不可能和比自己弱的男人締結婚約』對吧？那邊那位應該符合這個條件吧？」

「您、您在說什麼啊！我對於想要結婚這種事……」

「妳很想結婚吧？要是不想辦法改改妳那個容易害羞的個性，只會愈來愈錯過適婚年齡喔？」

「唔……就算這麼說，但要和傑羅斯閣下……（因為自己在危險邊緣時找到了對象講話就這麼囂張……）」

——精光一閃————！

菈夏菈的眼中閃過了異樣的光芒。

接著她那嬌小的身體以意想不到的驚人速度，拿下了路瑟伊臉上的面具。

真的是轉瞬之間。電光石火般的身手。

「路瑟伊……那種話啊，是可以露臉面對他人的人才能說的喔？無法直視對方的妳說這種話，有些失禮吧？」

「咦？啊……啊————！」

露臉的瞬間，路瑟伊的臉一下子紅了起來。

這已經不是超級怕生的程度了。

她陷入恐慌，慌張地完全說不出話來，只能發出「咿啊，啊唔啊唔……呀啊啊」的聲音。要說的

話，用眼冒金星來形容應該比較好理解吧。

完全沒有作為一個武人該有的崇高氣質。

「你是傑羅斯閣下嗎？雖然她這個樣子，但你願意娶她為妻……傑羅斯閣下？」

菈夏菈正想繼續說下去，卻發現傑羅斯的樣子不太對勁。

傑羅斯的臉上出現的是驚愕的表情。沒錯，因為路瑟伊面具下的長相和他熟識的人完全一樣。

「路、路賽莉絲小姐……？」

大叔茫然地低聲說出的這句話，讓菈夏菈一臉疑惑。

第三話　大叔得知了路賽莉絲的身世

看到路瑟伊的長相，傑羅斯僵住了。

正想著『好想見她啊～』的臉突然出現在眼前也是原因之一，但主要還是因為傑羅斯完全沒想到阿爾特姆皇國的女將軍，具有「黑天將軍」之稱的她，居然會長得和路賽莉絲一模一樣。

除了黑髮和偏紅的茶色眼睛外，長相完全一樣。也莫怪他會大吃一驚。

「路賽莉絲？是哪位啊？那個人和路瑟伊長得有這麼像嗎？」

「長得很像……根本一模一樣啊。差別只有頭髮和眼睛的顏色不同吧……還有，她是四神教的見習神官。」

「居然是那個邪教的使徒嗎……」

「四神教還真是徹底被討厭了呢。唉，這也是理所當然啦……該說是幸好嗎，她也不是完全相信四神的樣子。因為她就算聽說神聖魔法和魔導士使用的魔法一樣，也輕易的接受了這件事。」

「哎呀，意外的是個很明事理的人呢。妾身開始對她有些好感了。」

「整合我聽到的消息來說，感覺上她只是想要拯救和自己一樣的孤兒，為此不管是國家還是四神教她都不在意。之所以會隸屬於四神教，也是因為以前只有四神教才能使用回復魔法，不是基於對神的信仰才投入其中的。」

四神教排斥魔導士。其他的神官們也多少受到了影響，就連見習神官也有這個傾向才是。

然而路賽莉絲乾脆地接納了傑羅斯，對他沒有任何的偏見。

「那位女性和路瑟伊很像對吧？原來如此……」

「這話聽來似乎別有深意，您心裡有底嗎？」

「不，只是有些在意的事……那位女性有家人嗎？」

「……？沒有，我是有從本人那裡聽說過她被拋棄在孤兒院前的事，不過她應該不知道自己的父母是誰。因為孩子們偷偷跟我說了很多關於她的私事，連不必要的事情都……」

「這樣啊……你應該沒有付錢給那些孩子們吧？」

「我才不會做那種事……」

菈夏菈的態度讓傑羅斯那灰色的腦細胞全速運轉起來。

看來菈夏菈很在意路賽莉絲的事。這點就先讓他起了疑心。

他不知道菈夏菈為什麼會在意路賽莉絲的事，但他認為改變一下觀點或許就會知道了，所以試著從反方向來思考。

路賽莉絲沒有親人。可是有養育她長大的祭司在。

要是那個祭司知道些什麼內幕的話，事情又是如何呢。比方說路賽莉絲其實不是被拋棄在孤兒院前，而是她的親人在別處將她託付給祭司的，那情況就大不相同了。

最重要的是菈夏菈的態度很令人在意。這時「Sword and Sorcery」設定上的相關知識成了傑羅斯的參考資料。他最後推測出了一個假設。

「不好意思，請問路瑟伊小姐和菈夏菈公主殿下有血緣關係嗎？因為兩位長得有點像……」

「咦？嗯……路瑟伊的母親和妾身的母親是姊妹，所以我們是表姊妹的關係……」

「原來如此，莫非……兩位其中一位的母親失蹤了吧？而且還是帶著剛出生不久的嬰兒失去了下落……」

「……你為什麼會這麼想？妾身什麼都沒說喔。」

「我推測是生下了沒有翅膀的孩子，因此被周遭的人懷疑有外遇，徹底地追究、怪罪，最後被趕了出去，傷心地和孩子一起消失去了某處。」

「你其實知道些什麼吧！為什麼會這麼清楚！」

「咦……真的假的？我只是半帶猜測的編了個故事而已……說中了嗎？」

「…………」

難受的沉默橫亙在傑羅斯和菈夏菈之間。

就算是灰色的腦細胞，在這個沒有任何可靠證據的情況下，他不可能做出明確的推理。說出來的東西不過是他的臆測。

在「Sword and Sorcery」中，路菲伊爾族基本上是非常重視家族愛的種族。

可是他們也有絕不容許私通或外遇等行為這種情緒化的一面，所以他才會根據路賽莉絲的境遇來編出這個故事。

重視家族愛這點，從剛剛菈夏菈追趕著卓實的樣子也就能看得出來了吧。這個種族的感情正是強烈到了會拿著戰斧四處追趕對方的程度。

傑羅斯只是以這個特性為基礎來思考，把當下想到的可能性說出來，沒想到這居然是正確答案。

傑羅斯以結果上而言說中了皇族的醜聞，菈夏菈則是不禁情緒化地肯定了對方的說法，雙方表情僵硬地停下了對話。

然後時間動了起來——

「沒辦法，雖然只是有這個可能性，但妾身把這邊的情況告訴你吧。就如同你剛剛所說的，事情的開端是路瑟伊的母親，也就是妾身的阿姨梅亞生下了沒有翅膀的孩子。」

「明明雙親都是路菲伊爾族，不可能會生下人族的孩子，所以有人做了不當的推論吧？而且我想不只是周遭的人，謠言也傳到了外頭去，對吧？畢竟是就算容許一夫多妻，也不能原諒外遇行為的種族，肯定會演變成大問題呢～」

「閣下知道所謂的調換兒嗎？雖然是妖精將孩子調包了的說法，但妾身等人只能認為是這件事實際發生了。可是也不知道要怎樣才能找回被妖精擄走的孩子……」

「調換兒啊，這單純只是隔代遺傳吧？只要祖先多少有和人族通婚過，就算機率很低，也有可能生下人族的孩子喔？更何況你們是歷史悠久的種族，不如說這個可能性還比較高吧？」

這段話是救贖，同時也十分殘酷。

因為這樣犯下罪過以及該懲處的人就顛倒過來了。

「等、等一下。如果這話是真的，就表示梅亞阿姨是因為莫須有的罪名而遭到流放……」

「如果她真的沒有外遇，那事情就是這樣了。唉，畢竟路賽莉絲小姐好像不知道父母的長相，很有可能已經過世了吧。事到如今也沒辦法查證就是了。」

「這、這種事情……」

如同前面所說的，調換兒是妖精把妖精的孩子和其他人的孩子調包的民間傳說。實際上也曾發生過人族之間生下了獸人族的孩子這種事，所以從以前開始人們就將這種不明的現象視為是妖精的惡作劇（調換兒），接受了這個說法。

更何況妖精就是熱愛享樂，感覺會做出這種惡作劇的生物，更添增了這個說法的可信度。

可是眼前的魔導士卻說這是隔代遺傳。

所謂的隔代遺傳，是指新生兒身上突然出現了幾世代前的祖先特徵的現象。例如曾祖父那一代是毛髮較多的人種，而這個特徵突然出現在某一代的後世子孫身上。

既然是異世界，這種現象又會變得更為顯著吧。

畢竟光是種族就有人族、獸人族、精靈族、矮人族，以及夢幻的龍人族等許多種族。

要是祖先中混入了其他種族的基因，就有可能會在某天突然生出其他種族的孩子。

路瑟伊覺得她完全可以接受這個說法。至少這事情不是不可靠的妖精的惡作劇（調換兒）傳說能夠說明清楚的，但是依照傑羅斯的理論來解釋，就可以解開她過往的所有疑惑。

「妾、妾身不認同這個說法！妾身家族的血統中混有人族的血這種事……」

「不管妳認不認同，實際上就是生出了沒有翅膀的孩子吧？如果沒有外遇，那就只有可能是隔代遺傳了。」

「怎麼會……」

「真要說起來，妖精什麼的，根本辦不到調包人體內的小孩這種事。假設辦得到，不覺得那種性喜享樂的妖精要換，更有可能會換牛或馬之類的動物的孩子進去嗎？唉，我也只是說有這種可能性啦。」

其實傑羅斯也不認為隔代遺傳這個說法絕對是對的。

他只是提供了一個可能性而已，也不是做了ＤＮＡ鑑定。

追根究柢，這個世界上連知道ＤＮＡ是什麼的人都不存在，在醫學、生物學，甚至是科學技術都尚未發展起來的情況下，是不可能證明這件事的。

「不管怎樣都已經是過去的事情了喔？要是處在舊時代那樣先進的文明期，或許還有辦法解析，可是處在現在這個時代就沒辦法了。因為完全沒有可以證明的手段。」

「妾身可不這麼想。閣下既然擁有這麼多知識，應該有什麼可以證明的方法才對吧？」

「咦？要我證明嗎？可惜，我是念工程學系的。對於醫學體系的了解只限於一般常識範圍呢～抱歉沒辦法幫上忙。」

「啊唔～……可是妹妹可能還活著……但是又沒辦法證明……哈啊～」

「……這是到剛剛為止還一副武人樣的人嗎？完全不一樣耶……」

「因為路瑟伊從以前就是個極度怕生的女孩……不過……」

菈夏菈環視周遭，身邊的是為了家人的事情而煩惱不已的表妹，而燃起了嫉妒之火的勇者們正在中庭嚴懲卓實，事情還發展得愈來愈混亂。

「雖然不是什麼重要的事，但無法重新振作起來的人很多呢……」

「是、是啊……」

菈夏菈和傑羅斯看著眼前的景象嘆了口氣。

仔細聽的話，就能聽到勇者們的對話。

「咦？總覺得……就算是被男人打，好像也開始覺得有點舒服了耶……」

「「真的假的！你到底想要去到什麼境界啊！」」

「呃……到我爽翻為止？」

「「拜託誰快點去請精神科醫生過來——！」」

大叔了解到了「痛覺抗性」這個技能的危險性。

另一邊，兩位現充勇者則是在安撫痛揍了青梅竹馬的佳乃。

「呵呵呵……真是空虛啊。就算揍了阿卓，也無法撫平心中的傷痛。啊，為什麼眼淚……」

「姬島同學……已經夠了，不要再……」

「不要再擴大自己的傷口了，小佳乃。我想時間……時間一定會沖淡一切的。」

說實話，真不想跟他們扯上關係。

總之大叔決定無視他們。

「唉～……是說我們要在這裡待到什麼時候才行啊？」

儘管已經做好了接待客人的準備，但負責帶路的路瑟伊現在處於派不上用場的狀態。大叔也不可能知道給客人用的房間在哪裡。

也不能隨意在城裡亂逛，他只能待在現場，直到事情平息下來。

大叔度過了漫長又難熬的空閒時光。

◇　◇　◇　◇　◇　◇

在經過一團混亂的狀況後，傑羅斯被帶到了客房。

客房裡設有床舖和桌子，還有略大的地爐。

天花板採挑高設計，可以從旁邊做成收納櫃造型的樓梯走上二樓。

雖然會讓人聯想到京都的傳統日式住宅，但櫃子上使用的五金等裝飾又採西洋風格，而且還是非常精緻的金屬工藝。簡直像是二條城。

精神上相當疲憊的傑羅斯立刻躺上床舖，茫然地望著天花板，嘆了口氣。

『路賽莉絲小姐有阿爾特姆皇國的皇族血統啊……要是有長翅膀，根本就是天使了啊～她現在應該在向嘉內小姐問我的行蹤吧……』

嘉內等人在結束通道工事現場護衛的委託工作後，說要多少賺點錢，所以預計會在附近的村子繞繞再回去。

老實說他很希望能夠娶兩人為妻，但這樣會變成一夫多妻的事情和年齡差距令他十分猶豫，只敢開玩笑的說「我們結婚吧」。大叔意外的很廢。

畢竟以路賽莉絲和嘉內的年齡來看，她們應該是在傑羅斯還在大學裡頭玩的時候出生的。一想到這個差距，他就很難認真的向那兩人求婚。

而且說實話，他不想被當成像卓實那樣喜歡年幼女孩的人。

傑羅斯喜歡性感誘人的女性，對卓實喜歡的那種平胸少女沒興趣。他好歹也是有著一般男性的價觀，但就是踏不出那一步。

或許是看到了光明正大的展現自己喜歡年幼女孩一面的勇者，反而讓他更想要謹慎行事。

此外，因為路賽莉絲不小心說了想和嘉內一起嫁給他這種話，在這點上，日本的常識也無論如何都會成為一道高牆，令他左右為難。沒辦法用因為是異世界這種理由就乾脆地做出決定。

『唉～……我也沒資格說風間什麼呢。比自己年紀小啊～……啊，風間他們是姊弟戀才對。不過外觀上看起來……』

在貴族社會中，和傑羅斯同年的男性娶剛成年的十四歲少女為妻是很常見的情況。可是就算這個世界的法律認可，他心裡的某處還是踩下了煞車。

他沒想到這麼想的自己，居然會只因為一個月沒見面，就如此地懷念那兩位女性。

『這就是戀愛嗎……但又覺得好像不太一樣……唉～』

自己的心不是自己能掌握的東西。

這份不知該如何是好的感情，讓傑羅斯有生以來第一次碰上了困境。

平常決定要做就會順著當下的衝勁立刻做出決定的大叔在床鋪上滾來滾去。

是個跟美得像幅畫這種形容詞完全沾不上邊的景象。

「傑羅斯閣下，您在房裡嗎？」

「嚇！我、我在。有什麼事嗎？」

獨自苦惱著的大叔房裡響起了城裡的侍女從房外叫他的聲音。

突如其來的提問讓他不禁提高了聲調。

「打擾了。傑羅斯閣下，有位大人無論如何都想要見您一面，請問您時間上方便嗎？」

「想見面？跟……我嗎？是為什麼啊？」

「這方面我們不清楚，我們只接到了帶傑羅斯閣下過去的命令。」

「這樣啊。所以說我該去哪裡？」

「我們會負責帶路，所以您只要跟我們走就好了。」

「我知道了。那麼就走吧。到底是為什麼呢？」

傑羅斯披上灰色的長袍，跟在侍女的身後。

大叔跟在身穿像是韓劇中常看到的民族服飾的侍女身後，邊走邊想著自己彷彿穿越了時空。

如果是電視連續劇，這很顯然是要被捲入什麼麻煩事情裡的發展。

「我們現在是要去哪裡？」

「政武殿。因為有事想要問您的那位大人正在那裡等您……」

「我有做什麼讓大人物想要找我問話的事情嗎？想不透啊……」

經過繁複的走廊，穿過了好幾次隔開各正殿的門，抵達了像是日本奈良東大寺大佛殿那樣採寢殿構造的建築物。

建築物前面是鋪設了石板的廣場，有許多士兵在這裡鍛鍊。

廣場上也設有做為槍靶的稻草人，以及讓皇上閱兵的觀賞席。

「這裡就是政武殿。主要是負責皇城的警備以及取締各種犯罪行為的部門，有許多的將士在這裡進行鍛鍊。」

「是維護治安公務的中樞啊。色彩非常鮮豔亮麗，看來有如神殿呢。」

「您應該是認為木造建築很少見吧，但這也是因為建材有限。是矮人們投注心血完成的力作。」

「矮人……不管哪裡都有他們呢。太愛工作了……」

這個建築物恐怕也是矮人們一邊跳著絕佳的舞步一邊建造的吧。

大叔彷彿可以看見那個景象，頭痛了起來。

穿過門扉，被帶到政武殿的其中一間房後，只見裡頭有位眼神凝重地盯著傑羅斯的武人坐在桌前，同時也看到了路瑟伊的身影。

「政武官長大人。這位便是傑羅斯閣下。」

「辛苦了，你們可以退下了。你就是傑羅斯閣下嗎？這是我等家族的問題，現在談話可不顧官職，說話時無須恭謹。」

「父親大人……傑羅斯閣下，這位是我的父親，『拉馮・伊瑪拉』政武大官長。那個，也就是你所認識的女性的……」

「啊啊～……我了解了。也就是說，你們希望我再說一次那件事嗎？」

「不，是有事想要拜託你，才請你到這裡來的……」

和他預想的不一樣。

這樣一來，他便有種不好的預感。他肯定這絕對是樁麻煩差事。

「傑羅斯閣下似乎是傭兵吧？老夫有件事想要委託閣下。」

「我是可以接啊？不過若是和綁架或運送危險物品這類犯罪行為相關的委託，就恕我婉拒。」

「沒什麼，只是希望閣下能把老夫的女兒帶來這裡……老夫記得是叫路賽莉絲吧。」

「我拒絕。」

大叔立刻回絕。

「為、為什麼？根據老夫聽到的說法，她不是在當那些邪教們的見習神官嗎？老夫怎麼可能把女兒留在那種地方！」

「……事到如今，你有什麼臉見她？她作為一個孤兒被扶養長大，現在為了孤兒們踏上了神官之路。已經成功的自立了喔。而且別說你們沒見過面了，你覺得她會想見把她和母親一起趕出去的父親嗎？更何況在那之前，根本就還不確定你們有血緣關係吧？」

要把路賽莉絲帶來阿爾特姆皇國，就必須把這些事告訴她才行。

除了告訴她，她會怎麼下決定又是別的問題，要是她拒絕到阿爾特姆皇國來，事情就到此結束。

「既然和路瑟伊長得很像，那就有血緣關係才對。只要跟她溝通，她就會懂了吧……因為老夫和她是親生父女啊。」

「孩子成長時是會受到環境影響的。她從懂事以來就想著要如何自立生存。為了和自己一樣的孤兒，現在也以減少處在那種境遇下的孩子們為目標，自己選擇在這條路上前進著。根本沒想過自己親人的事喔。」

一邊是相信血緣，想要找回女兒的父親。

一邊是冷靜的分析狀況，用理論否定對方的傑羅斯。

情感與現實在兩人之間競爭著。

得知隔代遺傳的事情後，拉馮無論如何都想要和路賽莉絲碰面。

然而這之中也確實還留有極大的問題。

「有血緣關係這種事情根本就不可靠。畢竟我和親生姊姊就是互相廝殺的關係。未必會因為有血緣關係就萌生親情喔。那種事情不過是幻想罷了。」

「那是因為閣下你們的關係太骯髒了吧。和我等不同！」

「雙親很正常喔？只是生下來的女兒個性爛透了而已。畢竟人的想法這種事情是因人而異的，單方面的把自己的想法強加在對方身上只會招致反感。拉馮閣下的情況是非常敏感的問題，我建議閣下最好謹慎行事。」

「可是老夫怎麼能容許女兒成為邪教徒！老夫不可能把她留在那種地方吧。」

「邪教徒啊……結果你是為了自保嗎？而且還沒確定她和你有血緣關係，說不定只是長得很像的外人。唉，我是可以理解拉馮閣下想說的事，可是不需要急著下結論吧。我認為先查明事實比較重要。」

「唔……可是……」

真要說起來，在現在這個時間點上，還不確定他們有血緣關係。要是這時硬是把人帶來，也不會有好下場的。

更進一步來說，要不要和親人碰面的決定權在路賽莉絲手上。就算父親再怎麼想見她，只要路賽莉絲拒絕，那事情就結束了。

「假設你們真的有血緣關係好了。知道真相後，她會決定要和你碰面嗎？我一開始就說過了，能夠做決定的是路賽莉絲本人，不是你。」

「說什麼傻話，老夫可是她的父親！總有見自己女兒的權利吧。」

「是誰把女兒流放在外的？你沒能相信自己的妻子。現況已經指出了這一點。這話說來有些殘酷，但從那時開始你就沒有那種權利了。」

「唔……可是，請閣下也站在老夫的立場想想。一般來說，我等一族之中，是不可能會生下人族的孩子的吧。」

「在舊時代，人族也和你們的祖先共存於此喔？只要曾經混過血，不管何時展現出來都不意外。你拘泥於眼前的現實，單方面的責怪對方，卻沒想過要去了解真相。什麼現象都一定有其存在的理由。」

「可、可是……」

傑羅斯用理論封住了訴諸於情感的拉馮。

因為這時流於情感，只會讓對話無法繼續下去。

「我把話題拉回來，現在還不確定我所認識的女性和你之間是否有血緣關係。然後，假設確定了，就會出現『她為什麼會在索利斯提亞魔法王國生活』這個問題。這果然是因為你的妻子去了索利斯提亞吧？」

「嗯…………但是，為什麼會是索利斯提亞？從這裡出發的話，伊薩拉斯王國近得多了吧？根據老夫聽到的消息，從我國被流放之人，幾乎都經由伊薩拉斯王國，去了魯達・伊魯路平原……」

「當時不穿過有魔物棲息的山脈，是到不了索利斯提亞的。雖說是路菲伊爾族，但對有如生長在溫室中的皇族而言是非常危險的旅途。她明明帶著孩子，卻還是實行了這個計畫。接下來這段是我的猜測，不過她的目的地可能是伊斯特魯魔法學院的大圖書館吧……」

「也就是說……閣下想說梅亞打算調查生出了人族的原因嗎？然後說不定未能完成這個心願就死去了……是這樣吧。」

「這還需要調查呢。雖然養育路賽莉絲小姐的祭司大人應該知道，但是要調查過去的事情，照理來說得取得當事人的同意。要我回去之後問問路賽莉絲小姐嗎？」

「拜託你了……要是傑羅斯閣下所言屬實，老夫便犯下了無可挽回的錯誤。不管做多少補償都不夠吧……」

「還真是沉重啊……」

傑羅斯的預感是對的。

事情果然成了一樁麻煩事。

「雖然這麼說，但我該怎麼向她說明呢……總覺得難度很高啊～……」

「傑羅斯閣下……既然這樣，由我來說明吧？如果對方真的是我的妹妹，我想由我直接向她說明也很合理吧？」

「要把這件事情交給只要拿下面具就無法好好跟人說話的人這也有點……我還是不太放心啊。不能直接以真面目示人的話很失禮喔？」

「唔……閣下這麼說我也無法反駁，但我也很在意母親的事。不能放過這個機會。」

「工作沒問題嗎？妳是負責率領部隊的將軍吧？」

「因為我累積了很多特休，趁這時候消化一下也好吧。」

「啊啊～妳們說不定真的有血緣關係呢。畢竟把自己的事情放到一邊去，以工作為優先這點也很像……」

路賽莉絲也沒在休假，每天都投身於治療工作中。

她只在帶孤兒院的孩子們去做實戰訓練累積經驗時休過假。到鎮上採買時也只會買必要的物品，沒有什麼特殊狀況的話，不會購買任何的奢侈品。

曼德拉草的收入也都用在補充孩子們的餐費和經營孤兒院上了。明明應該獲得了不少的利潤，她卻把那些利潤都拿去購買藥草等，致力於醫療工作。

「總之，我要去索利斯提亞魔法王國。我想了解真相，可以的話，我想完成母親的心願。」

「……這樣好嗎？路瑟伊小姐位於這個國家重要的立場上吧？」

「不要緊。老夫允許……東夷守護將軍路瑟伊啊，命妳去追尋梅亞·伊瑪拉的下落。調查事情的真相。這也是為了避免未來發生同樣的事情時又引起混亂。」

「遵命，我立刻去做準備。」

「可以嗎？這樣不是濫用職權嗎？」

「雖說是末席，但梅亞也是皇族。像這種程度的事情是不會被責怪的。」

「唉，反正我也是打算明天就回去啦。也算是剛好。」

拉馮用盤在桌上的雙手抵著自己的額頭，悔恨地嘆了口氣。

然後儘管沒人問他，他仍用沉重的語氣開始說了起來：

「老夫……愛著梅亞。然而看到生下來的孩子時，還是非常驚愕。沒想到會生下人族的孩子……」

「為什麼會第一時間就懷疑她外遇呢？既然妻子具有一定的地位，應該無法擅自外出才對。周圍也有許多人盯著，我是認為她不可能外遇啦。」

「至今為止的歷史中，從未發生過調換兒這種事。光靠這說法還是沒辦法相信她……老夫並不想懷疑妻子，可是實際上生下了人族的孩子啊……無論是誰都會忍不住認為妻子和其他人發生了關係吧。」

「唉，雖說人數不多，但還是有人族在這裡生活嘛。會起疑心這點我也是能夠理解，但是應該冷靜的處理啊。」

「老夫是起了疑心，可從未說出口過。而且從妻子的態度來看，老夫也覺得外遇這可能性應該是錯的，所以相當煩惱。但是周遭卻接連引起騷動……」

「啊啊～……最後傳到了皇上的耳中嗎。因此受到官方質詢，單方面的被責怪後決定流放……」

由於梅亞身為皇族的分家血脈，總是被要求要維持清廉潔白。

可是她卻因為生下了人族的孩子，遭皇族怪罪她與人私通，被趕出了國家。皇族有著可以說是潔癖等級的嚴格戒律。

這或許會讓人覺得做得太過火了，不過他們原本就是少數民族，背叛也因此成了相當嚴重的罪。外遇或是詐欺等行為的刑罰也比人族的法律來得更重。這是他們的民族性。

「或許是血緣太濃了吧。說不定發生隔代遺傳的可能性提高了……」

「閣下是指古老的血脈變得更容易甦醒了嗎？」

「醫學不是我的專長，所以我不太清楚，不過我想可以把這視為一個開端吧。要是不趁現在修改法律的話，孤兒會持續增加的。也不能殺掉剛生下來的孩子吧。」

「就算我等不喜歡人族，也不會做出那種慘無人道的事。為什麼事情會變成這樣呢……」

「這就是生命的奧祕呢。此為自然法則之一，我們也無能為力。要我一邊喝酒一邊聽你訴苦嗎？我想跟人說一下，多少還是會覺得輕鬆些的。」

「……說得也是……可以請你陪陪老夫嗎……？」

因無知而引起的悲劇。

先不提擁有在地球上習得的知識的傑羅斯，知道原因的拉馮深受罪惡感的苛責。但這是自然法則所引發的現象，也只能同情他了。

不管怎樣，傑羅斯能做的也只有和拉馮一同飲酒，聽聽他心中的懊悔。

隔天，傑羅斯和路瑟伊離開了這個國家，一路朝著索利斯提亞魔法王國前進。

騎著「哈里·雷霆十三世」……

◇◇◇◇◇◇

這時，在桑特魯城的孤兒院，有位初老的女性祭司正一邊喝著酒，一邊看著文件。

她是從梅提斯聖法神國派遣到索利斯提亞魔法王國的高階祭司，同時也是有著由於實在不像是一個祭司該有的放蕩行徑，而被降職到偏僻地區經歷的女豪。她就是梅爾拉薩祭司長。

她身邊還有幾位一樣是被派遣過來的祭司，不過基本上大多是些對目前的四神教感到不滿的人，是高層以去他國傳教為名義將他們送到這裡來的，跟被流放沒兩樣。

幾乎所有被派來的神官都不想回去梅提斯聖法神國。因為索利斯提亞魔法王國待起來舒服多了。桑特魯城就是這麼的舒適，甚至有人已經在這裡結婚了。

而等同於這些神官們代表的人物，就是這位梅爾拉薩祭司長。

「然後……下一份文件，是收支報告書嗎？錢什麼的根本全都用在餐費上了吧，幹嘛問這什麼愚蠢的問題啊～？比起那個，孩子們的衣服才是問題吧。」

「就算可以把大孩子的舊衣服讓更小的孩子重複穿，這樣也會被其他的孩子們瞧不起。得多少買點流行的衣服才行。可是預算上實在有困難……」

「因為我們是接受施捨的一方，這也沒辦法。唉，那個公爵還算是比較像樣的了，畢竟他會好好的照契約送營運資金過來啊～也有會捐高額善款來援助我們的人在。這世道還是沒那麼壞啦。」

「西區的教會也有人教他們該如何栽種藥草，還是有很多善心人士呢。路賽莉絲也說『生活穩定多了』，相當高興喔。」

「雖然對方好像是魔導士就是了……唉，我們受到了幫助也是事實啦。」

在桑特魯城中的四個教會雖然配合時代狀況，建造的年份有所不同，不過都被當成照顧眾多孤兒們的孤兒院來使用。

這個教會不是用來祭祀四神的設施，而是基於當地的民俗信仰而建造的，但是敗給了梅提斯聖法神國施加的政治壓力，而借給了四神教使用。本來他們就多少會施捨大量的孤兒和街友們，可是現在人手不足，處在忙不過來的狀況下。

公爵家和他們簽訂了契約，允許四神教神官在此傳教，但相對的，要負責管理這個設施和照顧孤兒們。簡單來說就是「要增加信眾就做善事吧」，也可以說這些事情是由於公爵家的主張才推給他們的。

他們必須用公爵家送來的資金來照顧孤兒和援助街友，可是要送回梅提斯聖法神國的宗教獻金就得靠他們自己賺才行了。神官們要賺錢，只能靠治療受傷或因病所苦的人們這些醫療活動，可是購買藥草等材料也很花錢，實際上經濟十分拮据。

最近西區教會開始栽培起藥草，其他經營孤兒院的教會隨之跟進，他們的生活也變得輕鬆些了。

「好了，今晚就到這裡吧。要是熬夜熬太晚，明天會很難受的。」

「好的。」

「畢竟明天也得早起啊～這把年紀了，下田工作真累人啊……」

「別說那種沒用的話。有很多人受到那些藥草的幫助喔？」

神官們仍為了做不慣的種田工作而辛苦不堪，但至少他們都過著比在梅提斯聖法神國時更為充實的日子。可以感受到自己是真的在為了他人行善。

他們都是些虔誠的人道主義人士。

「呼～……那麼我再喝一點吧～下酒菜、下酒菜……嗯？」

她打開抽屜想要拿下酒菜出來時，銀色的項鍊從裡頭滾了出來。

看到項鍊時，梅爾拉薩祭司長露出了有些哀傷的神色。

「……也差不多該告訴那孩子了呢。關於她母親的事……」

初老的祭司長一邊看著項鍊一邊倒酒，接著靜靜地將酒杯中的酒一飲而盡。

回憶著路賽莉絲被託付給她的過往——

第四話　大叔狂飆中

一個漆黑的物體穿過鋪在險峻山脈間的道路。

那是連馬車都追趕不上的速度。漆黑的物體憑著那個速度，狠狠地輾過把他們當成獵物襲來的魔物，用壓車的技巧硬是彎過了一個急彎。

那正是大家所知的「哈里．雷霆十三世」，傑羅斯製作的魔導機車。

『我記得這前面是連續的蛇行彎道……』

高速奔馳的機車流暢地通過了連續彎道。

沒錯，大叔現在化為了風。他又加快了速度，像是沒打算讓任何人跑在自己前面一樣。他根本沒資格說某個失控的召喚士吧。

「咿呀啊啊啊啊啊啊啊啊啊啊啊啊啊啊啊啊啊啊啊啊啊啊啊！」

然後和他共乘機車，坐在傑羅斯身後的人正放聲尖叫著。

具有「黑天將軍」這個別稱的武人，在阿爾特姆皇國以忠誠聞名的女豪，路瑟伊．伊瑪拉將軍發出了丟臉的哀號聲，拚命地抓著不讓自己從後座被甩出去。

路菲伊爾族雖然有翅膀能夠飛行，可是速度最高到時速四十公里就是極限了，沒辦法用比這更快的速度飛行。

這是因為使用飛行能力需要耗費魔力，要提升飛行速度自然會消耗掉更多魔力，所以無法隨便加快速度。此外重量和速度造成的魔力損耗，再加上空氣阻力帶來的負擔，也讓他們很難做長時間的飛行。

順帶一提，傑羅斯的飛行魔法「闇鴉之翼」的魔力消耗量也很大。

掌控著機車的大叔騎得橫衝直撞。

就算路瑟伊習慣了時速四十公里的速度，也對兩倍快的時速八十公里毫無抵抗力。而且機車造成的體感速度為路瑟伊帶來了前所未有的恐懼。

她宛如初次搭上雲霄飛車的小孩子，怕到了就算戴著面具，還是不禁展現出沒用那一面的程度。

「掰、掰拖蘇度放蠻一點點～～～～～！」

「咦？妳說什麼？我聽不懂妳在說什麼耶。」

路瑟伊雖然希望他能減速，聲音卻因為風壓而沒能傳入傑羅斯的耳中。

然後下一瞬間，哈里．雷霆十三世撞飛了呆呆地走到道路上的半獸人。

騎車完全沒在看路。

「呀啊啊～～～！裝到摩屋了啊啊啊～～～！」

「哈哈哈哈哈，半獸人什麼的，連個屁都不是啦～♪」

對話完全沒有成立。正確來說兩人根本沒在對話。

哈里．雷霆十三世簡直成了會跑的凶器。

大叔毫不留情地撞飛走到路上的哥布林或其他魔物。機車是無法突然停下來的。

最後兩人終於抵達了里沙克爾鎮。

◇◇◇◇◇◇

伊薩拉斯王國。

過去被稱作「伊斯卡拉斯帝國」，是一個沒有歧視，接納各種人種的統一國家。

可是到了三代皇帝那一代，濫用權力的貴族增加了，最後發展為帝國內的派系鬥爭，並爆發內亂，國家陷入泥淖。這時獸人和精靈們便乾脆地捨棄了帝國。

擁有皇帝繼承權的派系、主張應該讓有能力的人當皇帝的派系、以奪權為目標，有機會就想篡奪帝國的派系，諸如此類的眾多派系在暗中爭鬥，互扯後腿的樣子，已經足以作為失去民心的理由了。

簡單來說就是無視人民，爆發了權力鬥爭後自取滅亡，但王族的血脈並不這麼想。

他們被逐出富饒的土地，在邊境的山岳地帶建立了小小的國家，伊薩拉斯王國，然而就算是說客套話，這裡也稱不上是豐裕的國家。儘管有著豐富的礦物資源，但政治可沒簡單到讓他們光靠這點就能養活國家。這些礦物資源沒過多久就被勢力擴大的梅提斯聖法神國以賤價收購，使王國財政陷入危機。

為了確保食物來源，不管怎樣都需要富饒的土地。但是就算他們對當時位於歐拉斯大河下游的敵國「羅安席納王國」（即現在的索利斯提亞魔法王國）發起戰爭，也在桑特魯城塞攻防戰中吃下了敗仗。打輸了這場戰役讓國家變得更為窮困，國內也開始經常出現暴動。

在這種困境下對他們伸出援手的正是阿爾特姆皇國，由於對方的援助，他們才總算得以免於饑饉之苦，所以伊薩拉斯王國代代都沒忘記這份恩情，以友好的態度與皇國往來。而且兩國間之所以有道路相連，也是因為有這樣的歷史背景在。順帶一提，這條道路被稱作「天翼之路」。

狀況看起來似乎開始好轉了，可是梅提斯聖法神國又加重了對王國的壓力，最後根本是半帶威脅地與王國進行外交交涉。

這使得伊薩拉斯王國內部一陣混亂。他們雖然忘了過去的敗戰經驗，計畫要對索利斯提亞魔法王國發動戰爭，不過派遣間諜前去蒐集情報後，了解到這計畫實在是太不可行了，於是並未宣戰便將這個計畫束之高閣。

在這時候，索利斯提亞魔法王國的德魯薩西斯公爵召集了各小國的外交官，把伊魯瑪納斯地下大遺跡的道路工程計畫告訴了大家。

儘管工程本身相當困難，如今也已經開通了，連接「天翼之路」、「伊魯瑪納斯地底通道」、「伊薩・蘭特地底通道」這三條道路，劃時代的交易通路就此誕生。

這下交易肯定會變得更為活絡，要恢復財政也有著落了。

畢竟對索利斯提亞魔法王國來說礦物資源十分珍貴，所以可以期待他們會有大量的需求，而且真要說起來，不用再被梅提斯聖法神國用賤價收購就是個大好消息了吧。

俗話說昨天的敵人就是今天的朋友。

「這樣也多少能夠改善我國的財政狀況了。這過程真是漫長啊……」

低聲說出這句話的是伊薩拉斯王國現任國王「路易塔德・法爾南特・伊薩拉斯」。他身為一個賢君備受愛戴，對這個貧乏的國家進行了許多的改革。雖然已經到了初老的年紀，但從年輕時便致力於國內的農地開拓事業。

「寶石、礦物、貴金屬等產物應該可以用高價賣出吧。可是不知那個國家會安分到什麼時候呢。」

「嗯……不過阿爾特姆皇國的使者剛剛說了很有趣的事情喔？」

「有趣的事情嗎？」

「梅提斯聖法神國好像因為之前的大地震而受到了嚴重的損害。大概要花上幾年才能讓國內穩定下來吧。據說瑪哈．魯塔特一片混亂。」

「那麼那個國家也暫時不會來找我國麻煩吧。他們應該沒有餘力來干涉邊境國家了。」

「但是這幾年將會成為關鍵。得趁現在讓國力穩定下來，整頓軍備才行。」

本來為了進攻索利斯提亞魔法王國而準備的軍備，這下卻要直接轉成對梅提斯聖法神國用的了，還真是諷刺。

「那個國家現在正處於混亂中。是奪回被那些傢伙侵占的土地的好機會。」

「畢竟索利斯提亞魔法王國現在成了我們的同盟國。儘管無法洗刷在桑特魯城塞之恥一事令人感到十分遺憾，但現在得先確保豐饒的土地。」

「嗯。索利斯提亞似乎也會給予我國糧食方面的援助，和對阿爾特姆皇國一樣，與他們締結友好關係比較好吧。」

「他們也無償的提供了我們回復魔法的魔法卷軸，我國也必須開始培育醫療魔導士才行。我認為保持友好關係是最好的。」

「是說，大魔導士閣下。獸人國願意和我們締結同盟嗎？」

就在大臣轉頭問話的方向，黑衣魔導士——亞特正站在那裡。

「獸人族好像只要維持互不侵犯的狀態就可以了。此外我也和獸人族約好了，當我方要攻入梅提斯聖法神國時，他們會協助我們。」

「喔喔！不愧是亞特閣下。獸人族願意協助的話，讓人放心不少啊。」

「因為他們也有親人或家族被殺害，或是被當成奴隸給擄走。如果我方認真的想摧毀聖法神國，他們會很樂意出手幫忙吧。」

「各小國之間已經締結了同盟。包圍網等同於已經完成了。」

「不能太樂觀吧。畢竟勇者也還有一半殘存著，我也希望能避免戰爭造成無辜的民眾犧牲。要是能夠盡量採取懷柔政策，拉攏他們就好了。」

亞特整理至今為止的對話，慎重地確認現況。

雖說國力衰弱，聖法神國仍留有能夠分別擊破各個小國的戰力。要是沒辦法削弱他們的戰力，伊薩拉斯王國就有可能會被攻陷滅亡。

「這朕也想過了。幸好那個國家正因受災而陷入混亂，眼下必須先處理災後重建的事。我國也該趁現在解決國內的問題，盡可能地使經濟穩定下來吧……儘管這是無可奈何的事，但我國缺乏的東西實在太多了。」

「畢竟『波爾特』的栽種狀況也很難稱得上順利。糧食的自給自足也得想辦法步上軌道才行，是否要把葡萄酒也列為輸出品項呢，陛下……」

「波爾特」是一種類似馬鈴薯的蔬菜。皮硬得跟岩石一樣，可以透過燉煮讓外皮變得柔軟，方便調理。因為沒有動物會吃，所以在未經人手開墾的山林中長了一大堆，但沒人想過這可以拿來當成糧食。

此外，把經燉煮後變得柔軟的外皮剝下，等皮乾燥硬化後，還可以拿來當成固態燃料使用。發現並推廣這種植物的亞特被一部分的人視為英雄。

這是題外話，不過伊薩拉斯王國由於土地的特性，盛行栽種葡萄，並製成葡萄乾或是葡萄酒大量地保存。除此之外也會栽種在冬天生長，被稱作是「霜玉蜀」的玉米，以確保珍貴的蛋白質來源。儘管如此，糧食還是壓倒性的不足。

「礦石是要多少就有多少啊，可是……」

「陛下……再說下去太空虛了，別說了吧。我們接下來就能重振經濟了，接下來才是重頭戲啊！」

路易塔德王不時會陷入負面思考的漩渦中。這個國家就是如此的欠缺資源。

拿眼前的狀況沒轍，亞特試著提議：

「把陳年葡萄酒拿去輸出就好了吧？年代愈久遠愈珍貴喔。我想試著送給索利斯提亞或阿爾特姆皇國，他們應該都會很高興吧。」

「陳年葡萄酒會讓他們高興嗎？那種東西是多到不行啦，但真的不要緊嗎……他們不會因此攻打過來吧？」

「陛下，既然亞特閣下這麼說，就試試看如何？就算失敗了，我們也不會有什麼損失，要是能夠進口藥草等材料，說不定也能用來當成製作『魔力藥水』的材料。」

「是啊……這也都得怪我們如此貧乏。」

『為什麼會這麼消極負面啊……比起那個，既然有在釀酒，他們應該知道百年以上的陳年葡萄酒有多好喝才對吧？』

其實亞特是憑著「Sword and Sorcery」的知識在思考的。靠魔力熟成的酒，熟成的時間愈久，就會變得愈芳醇。

然而儘管這個世界上已經建立起熟成的技術了，他們卻從未想過要喝陳年葡萄酒。

他們每年都會釀造大量的葡萄酒，年代久遠的酒會漸漸地被擠到倉庫的深處去，遭人遺忘，等到他們覺得礙事時就會捨棄這些酒，從來沒有人去喝過。

這聽起來很浪費，可是熟成後的陳年葡萄酒在他們的常識裡就是不能喝的東西。因此有大量的酒桶沉睡在倉庫深處，沒有任何人願意去碰。

「放了百年的陳年葡萄酒很好喝喔？而且是一生中都不知道有沒有機會能夠喝到的貴重葡萄酒，不如說他們會很樂意援助你們吧。順便送點珠寶飾品過去的話，一定能提升對方的好感喔。」

「如果是這樣就好了……唉……」

路易塔德王不太想實行這個計畫，可是往後他們得和索利斯提亞魔法王國維持同盟關係才行。但他沒有可以用來讓對方留下好印象的東西，只能無奈地採用亞特的提議。然而這行動最後卻導致了意想不到的結果。

收到葡萄酒和飾品的索利斯提亞王室徹底陶醉於陳年葡萄酒的美味之中，送了大量的糧食和援助金給伊薩拉斯王國。

路易塔德王為此驚愕不已，便親自試喝了陳年葡萄酒，終於發現了對方這麼做的理由。那深厚芳醇的葡萄酒香美味到了令人感動落淚的程度。

注意到葡萄酒的價值後，路易塔德王試著只拿幾瓶已經熟成的陳年葡萄酒出來販售。結果賣出了他意想不到的高價。

因此十分高興的路易塔德王決定限量釋出有百年以上歷史的葡萄酒，這些葡萄酒日後被稱為至高無上的葡萄酒「女神之淚」，作為最高級的酒贏得了這個品牌名。驚人的是這酒僅僅一瓶，就具有一個小國的國家預算等級的價值。

伊薩拉斯王國就這樣以能夠釀造出深具藝術性美味的葡萄酒的聖地而聲名大噪，財政也確實地變得滋潤起來——這是還要再過一段時日後才會發生的事。

◇◇◇◇◇◇

「啊啊～結束了。每次都很累人啊～……」

總算脫離路易塔德王身邊的亞特倒向房裡的沙發，重重地嘆了一口氣。伊薩拉斯國的國王思考實在太消極負面了，不管什麼事情都會找亞特商量。

如果只是這樣那也就算了，但是連對女兒的婆家或態度不佳的家臣的抱怨都要說給他聽，他實在是受不了。

亞特從獸人們居住的「魯達．伊魯路平原」回來，本來是打算報告完就休息的，但是在那之後國王還是沒放走他，又找他討論了很多關於內政的事情。

然而亞特不是政治家，就算問他這些事，他也無從判斷。

回到房裡時，他已經處於精疲力盡的狀態了。

「辛苦了，亞特先生。」

「每次都很辛苦呢。早知道不要說出你有賢者這個職業就好了吧？居然連其他多餘的事情都推到你身上了。」

「真是的……我是魔導士耶，不是政治家啊。」

莉莎和夏克緹雖然同情辛勞的亞特，但絕對不會出手幫忙。

因為比起要被迫接下一些麻煩的工作，去製作藥水之類的東西輕鬆多了。

以結果而言，只有亞特一個人運氣很差的抽到了下下籤。

「啊啊～……換成是傑羅斯先生，就會靠話術來想辦法解決這個問題吧～但是我～辦不到啊～」

「亞特先生，那位傑羅斯先生有那麼厲害嗎？我是有聽過關於『殲滅者』的傳聞，可是沒有實際見過他們，所以不是很清楚。」

「我也是……畢竟他們在多人共鬥戰時用廣範圍魔法連我方的人也一起打飛的事情非常有名，那件把PK職的人打得半死之後用繩子捆起來，最後倒吊在世界樹上的事情也是真的嗎？」

「是真的……那場多人共鬥戰我也在現場，不過把那群因為想獲得獎勵道具，而把我們當成棄子的公會成員一起送上路的事情很有名呢。至於把人捆起來的事，應該是指他們反擊想偷走稀有素材『世界樹之種』的傢伙那件事吧。PK職那些人是被大鵬給吃了，死掉回到重生點的樣子。」

「「唔哇～……」」

在「Sword and Sorcery」中，亞特的小隊經常和「殲滅者」們一起行動。雙方感情很好，是會一同製作裝備的交情。亞特等人也會和他們一起做出一些只有在遊戲中才做得出的殘忍行為。

「一般來說不會這麼做吧？」

「是看準了在遊戲裡不會鬧出人命，才這樣為所欲為吧。唉，雖然對ＰＫ職玩家或不好的公會來說也算是個教訓，不過亞特先生你也做了那種事啊。」

「殲滅者那些人啊，不知為何格外的敏銳呢。只要找到亂來的傢伙們，就會毫不留情地擊潰。」

「那個機率是怎樣啊，比碰上魔物的機率還高吧？」

「殲滅者那些人該不會也到這個世界來了吧？」

「有可能。根據我聽到的消息，索利斯提亞魔法王國有座山憑空消失了。那恐怕是『暴食之深淵』造成的。」

「暴食之深淵」乃是超重力範圍魔法。是一種藉由重力球的崩壞現象產生的破壞力來徹底消滅敵人的魔法。

會用這種誇張魔法的魔導士屈指可數，問題是來到這個世界的人是誰。

「我想應該是傑羅斯先生吧～……如果是凱摩先生或其他三個人來到了這個世界，事情肯定會往奇怪的方向發展。」

「先不提那個傑羅斯先生是怎樣的人，其他人那麼危險嗎？之前是有稍微聽你提過那個叫做凱摩·拉斐恩的人啦。」

「那些頂尖玩家平常都在做什麼啊？」

「不要知道比較好喔？傑羅斯先生也是有哪裡怪怪的，可是另外四個人更糟糕。像是打造裡頭全是獸耳人工生命體的後宮迷宮、引發生化危機或瘟疫、製作威力太強而無法使用的裝備、盡是做些受詛咒的道具去詐欺賣給別人，做的全是會對周遭的人帶來困擾的事。光是從知道自制這點看來，傑羅斯先生就像樣多了。」

他們是個以在遊戲世界裡為擋箭牌，做些亂來的事情給附近的人添麻煩的小隊。

每個人都順著自己的興趣做出失控的行為，牽連到周遭，使受害的範圍變得更大。

問題是物以類聚，他們吸引了和他們有著類似嗜好的人，其影響力幾乎遍及所有高階玩家。交友圈大得嚇人，甚至到了與他們敵對的公會會被群眾襲擊摧毀的程度。

「嗯～……照你這麼說，傑羅斯先生是做了些什麼？至少他和其他四個人做了不一樣的事情吧？」

「傑羅斯先生專門開發魔法。我在用的『暴食之深淵』也是他們製作的，不過我沒想到他會用寫程式的技術來製作魔法。自從在某個遺跡發現ＰＣ之後，就開始為所欲為了……」

「亞特先生用就有那種威力了，換成傑羅斯先生使用那個魔法的話會怎麼樣啊？他已經習得『界線突破』了吧？」

「用一句話說明的話，就是人體兵器吧。他好像是基於興趣才會去製作那些由於威力太強而無處可用的魔法和爆裂物的。因為他也有在幫忙其他成員，我想他在這個世界應該可以靠技術來作弊吧？」

「「爆裂物……是恐怖分子嗎？」」

殲滅者們在莉莎和夏克緹心中的印象完全是恐怖分子。

「紅之殲滅者」——凱摩．拉斐恩是鍊金術師，埋首於人工生命體的研究中，其行徑完全是個瘋狂科學家。為了蒐集素材不惜使用任何手段，是個無藥可救的毛茸茸愛好者。

「白之殲滅者」——卡儂是專門調配藥物的藥師，會大量製作魔法藥賣給其他玩家，並反覆進行實驗。有無數犧牲者因此中了負面狀態，導致腦袋變得很ＨＩＧＨ。

「藍之殲滅者」——岩鐵是鐵匠，喜歡製作設計上不具實用性，但是擁有凶惡威力的武器。儘管外觀和威力都很厲害，卻不知為何一定會加上自爆功能。有許多玩家不小心啟動這個功能而被炸飛。

「綠之殲滅者」——泰德・提德是死靈術師。對詛咒道具情有獨鍾，也會狩獵ＰＫ職玩家來賺取賞金，但其目的是為了實驗詛咒的效果，而且他的興趣是製作裝備之後會陷入惡劣的負面狀態，或是無法輕易解除裝備的危險物品。

「黑之殲滅者」——傑羅斯・梅林是魔導士，也是個擅長改良魔法的沉靜破壞者。殲滅了好幾個惡劣的玩家公會。

這五個人組成了小隊，不僅彌補了彼此不足的部分，還互相指導，順便不斷往高峰邁進，達到了頂尖玩家的巔峰。

結果他們攻略了無數的高難度任務，卻也產生了比那更多的受害者。

莉莎和夏克緹的腦中浮現了「危險，請勿混合」的警告標語。

以某種意義上而言，說他們是恐怖分子也沒錯。

「我不是很確定，不過在索利斯提亞的大概是傑羅斯先生。如果是其他人，應該會引發更糟糕的騷動才對，他們要是來到奇幻世界一定不會克制自己的。這我敢掛保證。」

「還真是相當自由的一群人呢……這什麼討厭的信任感啊。」

「你說不知自制，能夠毀滅一個國家的魔導士不是很危險嗎……」

「雖然方向性不同，但因為這五個人組成了小隊，所有人都成了大賢者。不過因為他們都莫名的很有行動力，絕對會鬧出大事。可是現在沒聽說有發生什麼大規模的事件，經過綜合考量，就能得出在這個世界的是傑羅斯先生的結論了。」

「……也就是說其他四個人是會立刻惹出麻煩事的人呢。」

「我好像可以理解你說『黑之殲滅者』比較像樣的理由了。畢竟那群人的個性很惡劣啊……」

在遊戲世界裡的能力化為現實的情況下，能夠使出強大魔法造成破壞性損害的魔導士非常具有威脅性。更何況賢者或大賢者不接受國家的管轄的話，就有不知道他們會做出什麼事的危險性在，當政者肯定會以排除風險為由，使他們暴露在被暗殺的危險下。

王公貴族的心胸可沒寬大到能容許會威脅到當政者的人存在於世。

「如果是那個人，應該可以用超然的態度在這個世界生活吧。而且會做出一些不成熟的事情，給許多的人帶來影響。」

「真過分啊。我不想和那個人碰面……畢竟不知道他會對我做些什麼。」

「我也贊同夏克緹小姐的說法。跟他碰面感覺很可怕……」

「因為他是那群人中最有常識的人，所以不要緊啦。我想他應該是最先發現這個世界是現實，並且率先對四神們懷有疑心的人吧。如果他成了伙伴會很可靠喔？」

「那麼接下來……」

「我想去見傑羅斯先生。也就是要去索利斯提亞……」

如果殲滅者願意出手幫忙，沒有比這更可靠的事了。

最重要的是亞特就像是傑羅斯的弟子。

在和伙伴們組成小隊時，訓練他們，讓他們習得技能的人就是傑羅斯。還有暗殺的手法也是……真的是個讓人難以判斷他到底哪裡像是個魔導士的人。

「「不、不行不去嗎……？」」

「不行……他是個普通的好人啦，不用那麼防備也不要緊的。」

「可是那個人是以現實中的樣子出現在這個世界的吧？和我們一樣……」

「你有辦法找到他嗎？」

「沒問題吧。轉生者和勇者都是憑著地球的常識在行動的喔？就算普通的生活，也一定會搞砸一些事情。」

「「就是那個『搞砸的事情』很可怕啊……」」

雖然知道她們兩個很害怕，但伙伴是愈多愈好。

更何況對方是最強的魔導士，同時也是最優秀的生產職。在強化武器和製作回復藥的方面，也可以期待能獲得最高品質的東西。

既然要以打倒四神為目標，他認為必須要準備強力的裝備才行。

亞特做不出的東西，換成黑之殲滅者就有可能做得出來。

三人就這樣再度踏上了前往索利斯提亞魔法王國的路途。為了向四神復仇這個目標——

第五話　庫洛伊薩斯的研究發表

伊斯特魯魔法學院。

這一天舉辦了在學院創立以來三百年間，將會留存於歷史上的活動。

地點是在發表魔法研究成果時經常會使用的大講堂。有許多學術發現從這個地方傳播開來，對各式各樣的研究領域帶來影響，是學生們的聖地。

只有做出優秀研究成果的學生才能在這個講堂發表研究成果，並且獲得在畢業後得以進入索利斯提亞魔法研究院的資格。是確保身為魔導士將來的一大重要活動會場。

索利斯提亞魔法研究院是國家研究機構，在那裡從事研究工作的研究員就是所謂的國家公務員。各研究機關都會從這裡僱用研究員。

可以確保會有豐富的人才及研究資金，而且收入又高。對魔導士來說簡直是夢幻職缺。

然而這次活動的主角不是優秀的學生，而是作為聖捷魯曼派代表出場的庫洛伊薩斯。

他的研究主題是過去有許多魔導士挑戰過的「魔法術式的解讀」。

至今為止，大家都認為所有的魔法文字各有含意，藉由排列這些文字，便能夠發動魔法，可是庫洛伊薩斯的研究卻推翻了這個說法。

在研究獲得某種程度的可信度及成果後，便發展到了在此處公開的這一步。

「根據上述說法，這個魔法術式解讀出來就會是『利用空氣產生斷面』。表示風魔法的本質就是將魔力導入透過風產生的斷面造成的真空區塊，以此作為刀刃將目標切斷的意思。也就是說，魔法文字是語言，是利用56個拼音來組成話語的拼音文字。過去許多的魔導士未能發現這個疑問，無非是因為我們將魔法文字各別具有含意的說法視為理所當然，將之視為常識所造成的。我在此要提倡，現在正應該開始學習正確的解讀方法，取回舊時代的繁榮。」

庫洛伊薩斯將魔法文字視為一種語言，以此發表了魔法的本質是使用文字拼湊出的話語來變換現象的說法。

以結論來說這個研究是正確的，然而儘管如此仍有否定這個說法的人存在也是事實。

比方說——

「等一下！假設那個研究結果是真的……」

「是真的。我已經確認過好幾次了，解讀後的結果全都跟我想的一樣喔？」

「……如果是真的，那就表示我們至今為止所學的都是錯的。我們怎麼可能承認這種事！」

「薩瑪斯講師，我可以了解你不想承認的心情，可是這是無可辯駁的事實。要是不承認錯誤，我們就無法向前邁進吧。自己過去所學的知識被否定想必很難受，但是為了往後的發展，必須得接受這個事實才行。」

「那麼一來，我們以往所學的到底是什麼！以為是理所當然的事情被否定了，就等於我們過去都在浪費時間。這我實在無法認同！」

「就算不認同，事實也如同我剛剛所發表的。要不要接受只能請各位自行判斷了。現實有時候是很

殘酷的喔。」

「唔……」

薩瑪斯講師以前曾經聽瑟雷絲緹娜說過一樣的事，但他選擇無視。

他認為那只不過是吊車尾的學生多少變得能夠使用魔法而已，然而忽視如今作為「才女」聞名的瑟雷絲緹娜的意見，結果就是這個學說被聖捷魯曼派搶先一步發表了。

此時此刻遭到否定，被說至今為止所學的事情全都是無用的。他雖然後悔萬分，想著早知道事情會變成這樣，應該自己去調查的，但一切都已經太遲了。

而除了薩瑪斯講師以外的講師們也露出了無法認同的表情。但是不管再怎麼不承認，他們也拿不出成果，無法完全否定庫洛伊薩斯的研究論文。

「這並不代表至今所學的全是錯的，魔法文字確實就算只有單獨一個字也是有意義的，只是研究的方法錯了，但可以視為因此損失了莫大的時間吧。可是我們必須學習，為了取得舊時代的技術，這個解讀方法是不可或缺的，否定只會招致停滯。實際上近百年來，魔法的解讀有任何進步嗎？妨礙進步的要因是各派系的對立造成的影響吧。只追求魔法的威力，卻不重視存在於其中的真理。理所當然地把魔法視為戰爭的手段，奪走了研究技術的時間。在千年前的戰亂期之後更是有這個傾向。」

庫洛伊薩斯在否定錯誤的解讀方法時，拿出了戰亂綿延不絕那時的歷史紀錄，說明過去的魔導士所遇到的狀況。

戰爭需要的只有魔法的威力，否定了挑戰真理、企圖解開魔法本質的人們。

結果導致研究停滯不前，直至今日。

古時的方針成了束縛眾人的詛咒，不可否認這成了魔法發展上的枷鎖。

而今天那個詛咒被徹底否定了。

這衝擊帶給了學院的講師莫大的影響，可是——

「嗯，由於時間也差不多了，這次的發表到此結束。不過只有這點我必須強調，這個解讀方法是正確的！期望各位能捨去古老陋習，在正確的法則下做進一步的發展，並將此事銘記於心。以上。」

講堂內一片靜默。

因為至今為止相信的事情被否定了，所以學習舊有觀念的人無法為此鼓掌吧。

這場發表會造成了堅守目前方針的人和挑戰新可能性的人之間的對立。

然而這對立也沒有發展得很嚴重，到能夠完全解讀魔法術式為止，不過是會有些爭論的程度。

此外，聖捷魯曼派的研究室獲得了大量的援助，權勢也隨之擴大。

位於派系頂端的魔導士團雖然表現出了想要吸收聖捷魯曼派的動作，可是原本就是研究狂巢穴的聖捷魯曼派根本不予理會。

他們唯一用友善的態度往來的，只有最新的派系索利斯提亞派。

在聖捷魯曼派的權勢增長的同時，身為王族派系的索利斯提亞派的權勢也跟著提升，導致其他派系接連失勢。

惠斯勒派自然也不例外。無處發洩的情緒使得高層的矛頭指向了位於派系末端的學生。

◇◇◇◇◇◇◇

OB（畢業生）。不管在哪個世界，先習得學問的前輩們總會擺出一副了不起的樣子。

不是說所有的前輩都會這樣，但就是有明明沒有多優秀，只是因為先從學院畢業就驕傲自大，已經和學院幾乎沒關聯了，卻現身在學院裡，用高高在上的態度對學弟妹們做無謂訓話的前輩。

訓話內容如果有包含前輩們實際的經驗那還好說，然而實際上有人卻是以激勵後輩為名，只是來抱怨的。聽著前輩用一副了不起的樣子做沒有任何幫助的訓話，惠斯勒派的學生們打從心底感到厭煩。同樣的話反覆說了好幾次，實在讓人受不了。

突然跑來又擅自使用講堂，喋喋不休的說了一堆只讓聽的人覺得在浪費時間的抱怨，難免會使後輩們對派系心生疑惑吧。

然而前輩卻連這麼簡單的事情都不知道，不是說著「我等之派系必須掌握軍權，往正確的方向邁進才行」，就是「你們實在太鬆懈了，老夫年輕時可是……」這種話。恐怕是被更高層的人說了一樣的話，才跑來這裡發洩壓力的吧。

以學生的角度來說根本是無妄之災。

「……真是的，居然被聖捷魯曼派搶在前頭，你們到底在做什麼啊。老夫還在學院的話，才不會讓這種事情發生……」

然後對前輩這種莫名地像是在強調自己有多優秀的言行，學生們全都默默的在心裡想著『既然這樣，你去發表魔法術式的解讀方法就好了吧。少開玩笑了，廢物！』

「既然這樣，你為什麼沒公開發表魔法術式的解讀方式？就算不在學院裡，你也在可以研究的地方吧？你至今為止都在做些什麼啊。」

「「「「！」」」」

惠斯勒派的學生全都轉頭看向聲音的主人，只見茨維特光明正大的站在那裡。將大家的心聲說出來的他，在惠斯勒派的學生們眼中就像是勇者。

「你說什麼『要是自己還在』、『你們太鬆懈了』的，但是惠斯勒派原本就是以鑽研戰術兼負責實戰的軍事派系，魔法研究的事交給聖捷魯曼派也無所謂吧。基於這個前提，我想問問多馬爾特二級魔導士官閣下，你是有思考過這個派系是怎樣的存在才說這些話的嗎？」

「你是怎樣，你以為老夫是誰……」

「你是魔導士團的二級魔導士吧？那種事情怎樣都好。我們的派系應該是要規劃在萬一發生國難之時，能夠立刻實行且保護人民的防衛戰術的派系才對。魔法研究是其次。這個派系是什麼時候成了魔法研究集團了啊。我們本來就是以鑽研戰術為主的派系吧。」

「這種事情老夫當然知道！老夫要說的是，問題出在聖捷魯曼派變得更有權勢上……」

「那是你們的工作吧。是想對普通的學生要求什麼？我們總是在調查跟各個領地的軍事設施相關的資料和地形，整天都忙著從各種角度去研究該如何構思戰術以及鑽研戰鬥技巧。實戰才是最重要的，魔法研究方面，只要能夠製作簡單的回復藥就夠了。我們跟聖捷魯曼派的理念原本就不一樣。」

「你才是在說什麼啊！聖捷魯曼派變得更有權勢的話，我等就不可能掌握軍權了。可不能一直讓騎士團那些傢伙囂張下去啊！」

最近騎士團中可以使用魔法的人不知道為什麼變多了。

光是這樣就已經是個大問題了，惠斯勒派又因為對立的派系發現並公開發表了魔法術式的解讀方法，變得愈來愈沒有發言權。

惠斯勒派原本就是為了和騎士團合作規劃防衛戰略而成立的派系，不能和騎士團對立才行。

然而惠斯勒派的魔導士們由於加入了魔導士團這個組織，受到了其他派系的影響，以掌握軍權為目的，取代了本該和騎士團建立互助體制的構想。

而且幾乎所有的魔導士都沒有實戰經驗，太過小看戰爭這件事。盡是些認為魔法是萬能的傢伙在高層作威作福。

「因為騎士會用魔法就慌張起來了嗎？但是騎士團和魔導士的戰鬥方式不同。騎士被要求要賭上國家的威信，堂堂正正的作戰，可是魔導士無論使用何種手段，都必須引導國家獲勝才行。只是在後方施放魔法是無法改變戰況的。有時候還是得由我方主動出擊作戰。我們也是在和騎士團合作的前提之下才能發揮出最大的實力，我不認為和無法信任的人合作能夠完成作戰計畫。」

「所以才需要掌握騎士團的軍權啊！」

「魔導士的戰鬥方式也該改變了。戰術會隨著時代變化。本以為是理所當然的事情，到了下一次的戰爭卻不適用了，也是常有的情況吧。這不是魔導士像至今為止那樣擔任砲台的角色就能解決的問題。我們必須不斷尋求新的戰術。真要說起來，騎士們之所以會開始使用魔法，也是你們過於怠慢招致的結果吧。開什麼玩笑啊。」

過去到現在，魔導士扮演的角色基本上就像是砲台。

一般來說魔導士會駐守在城砦裡，從城壁上使用魔法。雖然不是說這樣的做法不對，但戰術有時會依據指揮官不同而產生極大的變化。

比方說安插魔導士在騎士團中，繞到敵人的後方切斷對方的補給路線等，也有這種魔導士必須站上前線的情形。然而這個世界的魔導士幾乎全都無法進行格鬥戰，通常都會盡可能地避免站上前線。理由是因為魔導士的人數不夠。

這是由於前人在研究魔法的途中使舊有的魔法術式變質，產生了如果不是擁有特定魔力量的人就無法發動魔法的弊病。茨維特的妹妹瑟雷絲緹娜就碰到了這個狀況。

既然魔導士的人數有限，就必須避免多餘的損失。

結果就是魔導士們更傾向站在保守的立場上。

就算要進行切斷敵人補給路線的作戰，只要魔導士抗拒站上前線，不願出擊的話，便會對騎士團造成莫大的打擊。因為沒有能夠隱藏身影或氣息的魔法支援，騎士團自然很容易被敵人發現。也基於這樣的緣故，騎士團產生了既然魔導士不可靠，那不如不要有魔導士算了的想法，開始排斥魔導士。

許多大大小小的實際案例不斷累積，加深了騎士團和魔導士團之間的鴻溝。

「你們到底打算抱著那些腐朽的陋習到什麼時候啊？我們非得在那種無聊的組織裡工作不可嗎？對權勢執著到捨棄守護人民的職責這樣有意義嗎？我們才想請問多馬爾特二級魔導士官，你們真的能保衛國家嗎？」

「唔……」

作為守護國民的組織並發揮其功用，是魔導士團存在的大前提，然而現在的環境卻讓學生們無法信任。就算是說客套話，也稱不上是國防組織的一員。

多馬爾特不是為了學生們才到伊斯特魯魔法學院來的。他只是想把在組織內受的氣發洩在學生們身上而已，卻在不知不覺間被學生們用對魔導士團充滿疑惑的目光給盯著。現在的學生就是如此的優秀。

這時候只要說「你們的意見非常好。我也覺得組織需要不斷地改革」就好了，遺憾的是多馬爾特不是想得到這種事的人。

他只在乎面子，也正因為知道要是不小心說錯什麼就會丟了工作，所以不敢說什麼多餘的事。追根究柢，如果是會光明正大的說出對組織內部的疑問的人，根本不會特地跑來學院對學生們抱怨連連吧。

他也不過就是個中間管理階層。

「說起來現在的魔導士團太奇怪了。」

「對啊，我們為了守護人民而努力鑽研魔法，可是加入不和騎士團交流，只會不斷製造齟齬的組織裡有意義嗎？」

「先將魔導士團解散，再重新編組比較快吧？」

「希望可以施行和貴族身分無關的實力主義。讓笨蛋領頭的話，底下的人太不幸了。」

「以目前魔導士團的狀況來說，沒有這個組織還比較好吧？」

「你說得對。我們在碰上危機時必須和騎士團共同作戰才行。組織之間的對立實在太愚蠢了。」

多馬爾特完全誤判了情勢。他沒料到現在惠斯勒派的學生提倡實力主義，採取和目前的魔導士團完全對立的態度。

要是拒絕他們，優秀的人才就會跑去其他派系，接納的話又會威脅到自己的地位。隨便將他們納入魔導士團中，又有派系構造會被他們擅自改動的風險在，其造成的連帶影響也會使魔導士團的環境產生巨大的變動吧。

從想要保護現有權勢的立場來看，他們就是一劑猛藥。

而且最麻煩的是領導這些後輩的人是茨維特。

也就是索利斯提亞公爵家的人。

不僅不能虧待他，要是與他為敵，自己也會暴露在危險中，最糟的情況還可能被逐出魔導士團。索利斯提亞派率領的王族派勢力正確實地在增強，已經沒辦法忽視他們的意見了。

這時要是再加上與他們協力的聖捷魯曼派，惠斯勒派就會沒有任何發言權了吧。

「本來在一個組織內分派系就是件蠢事。上頭的那些人是在想什麼啊？」

「閉嘴，你們這些小鬼什麼都不懂！在組織裡，上頭的命令就是絕對的。反抗的話可不知道會發生什麼事喔！」

「你這又說了不一樣的事情呢。我們只是對魔導士團的組織架構中有疑慮的部分提出意見而已喔？若是對此不滿的話，應該是容忍現存組織架構的現任成員該要負責的。這也包含了多馬爾特二級魔導士官你在內。推卸責任也該有個限度。不僅如此，你覺得可以把眾多人民的性命交付給現在這個捨棄保衛國家，只顧擴張權勢的魔導士團嗎？你真的認為可以讓這樣的組織掌控軍權嗎？你說說看啊。」

多馬爾特本來想靠著現任國家魔導士的地位讓後輩閉嘴的，卻遭到了反擊。

本來學生就在魔導士團的管轄範圍外，藉由權勢去妨礙優秀人才的培育無疑是越權行為。魔導士團的戒律是不適用於學院的。

就算是派系內的事，一般社會的魔導士和學生相比，要背負的責任也不同。在這種情況下，讓學生們產生不信任感的組織是很不妙的。

從多馬爾特的角度來說，年輕魔導士們相當優秀才是危險的事，可是他去否定這些憂國憂民的後輩肯定會招致最糟糕的狀況。

他在心底焦急不已的同時，也萬分後悔地想著『早知道會變成這樣，我真不該到學院來』。

想把壓力發洩在其他人身上的下場就是這樣。

「閉嘴！你們這些連實戰都沒經歷過的年輕人，還妄想指點老夫嗎！」

「我們經歷過了喔？在拉瑪夫森林被成群的魔物給包圍。而且殺手還用了『邪香水』。然後我們在那種情況下活了下來。」

「那狀況有夠糟的……」

「真的，我還以為會死呢……」

「魔物一個接著一個的攻過來啊～真虧我們能全都存活下來……」

「有先學護身術真是得救了。一個不小心就會死了呢。果然還是需要學習近身戰的技巧。」

「…………」

他們的實戰經驗遠勝過多馬爾特。而且不只魔法，也可以進行近身戰。

多馬爾特得知現在的後輩比自己還優秀，不禁愕然。他們是貨真價實的能夠作戰的魔導士。

演變為近身戰的話，多馬爾特便無計可施。因為他從未做過近身戰鬥，覺得只要靠魔法就能解決問題。大多數的魔導士都是這樣的吧。

然而後輩們知道光這樣是不夠的，主動去學習了近身戰鬥的技巧。

雖說是中間管理階層，但薪水不錯，多馬爾特很滿意目前的狀況。可是現在他被後輩們趕出舒適圈的危險性變高了。

派系幾乎都是以貴族為中心，但他不認為這樣就能夠阻止這些奉行實力主義的後輩們。

畢竟後輩們的中心人物是四大貴族的血脈，沒有比這更棘手的事了。而且是他的弟弟發表了魔法術式的解讀方法，更顯出其家族的優秀程度，發言權自然也會隨之提升。

「這麼說來，上個月提給學院議會的改革方案怎麼樣了？」

「那個會透過學院高層送到陛下那裡去吧？我想也差不多該有些動靜了。」

「要是在魔導士團的改革上能多少派上用場就好了。」

「等等，你們提了什麼給學院議會？」

「「「「以我們的角度所構想的魔導士團改革方案啊，有什麼問題嗎？」」」」

多馬爾特眼前一片黑暗。

學院議會是負責支撐學院營運的中樞機構。此外也會藉由將修得優秀成績的學院魔導士的研究成果，或是成績相對優秀的學生提案報告給國王，以此作為僱用人才時的資料。

能夠僱用優秀人才關係到國家的利益與防衛，所以國王一定會看這些意見書。根據論文的內容，以破格的待遇被迎入國家機構也不是夢想。

而且學院議會對魔導士團有些積怨，可以想見議會一定會第一時間就把他們的意見書呈交給國王。

畢竟魔導士團總是靠權力對學院議會施壓，學院方的人想必對他們很不滿吧。

而且國王和其他的政務大臣也對魔導士團和騎士團之間的對立十分頭痛。想必會很樂意招募學生成為側近，讓學生們累積經驗。

在這種情況下，要是送上了茨維特等人提出的組織改革方案會怎麼樣呢？議會很有可能會建議率先改革軍事部門，作為組織改革的基礎。

多馬爾特回顧自己過去的行動，想到自己說不定會被降職，便整個人慌了起來。他心中警鈴大作，心臟劇烈地跳動著。

「你、你們除此之外還提交了什麼給學院議會！不可能只有改革方案吧！」

「這個嘛～軍事相關的裝備重整及戰術方案，還順便提出了針對現有的魔導士團，社會上的評價和從同為魔導士的角度所見的感想。其他還有關於地方防衛的防衛戰略提案書及訓練法、用來僱用優秀人才的僱用提案書……還有什麼來著？」

「我們提出了很多東西吧？數量太多想不起來了。」

「你、你們都做了些什麼啊！」

「多馬爾特二級魔導士官閣下，不早點把膿給擠出來，國家會腐敗的喔？」

「沒有疼痛便無法改革。魔導士團必須重生。」

「組織裡不需要那些執著於權力的無能之徒啊～」

「不管做什麼都已經太遲了喔？畢竟我們提出那些方案是一個月前的事了～」

最糟的情況已經發生了。

現場的所有人都是學生，要踏上政治舞台還是很久之後的事。

可是他們比多馬爾特更為優秀，提出的研究領域及組織構想方案很有可能會被採用在實際的改革活動上。因為以前部下拿給他看的防衛作戰提案書就做得非常好。

魔導士團中也有因為是貴族，靠著走後門進入組織裡的人。要是學生們的意見被採用，這些人肯定會在大規模的改革下被逐出組織。

雖然還是學生，但問題就是他們太優秀了。優先採行實力主義的話，多馬爾特自己也會成為被排除的對象。要說為什麼，就是因為他把自己看過的舊提案書的提案人改成了自己，提交給高層。

『糟透了……沒想到學生的水準居然提升到這種程度……這沒處理好的話連老夫都會被解僱啊！』

傲慢的說了一堆大話的多馬爾特此時彷彿被潑了一盆冷水，背脊發涼。

時代不斷地在變化。脫離時代潮流的人只會被浪濤給吞噬，消逝在洪流中。

事到如今可能已經來不及了，但多馬爾特決定回去向上頭報告這件事。

「老、老夫想起了一件急事。今天就說到這裡吧……你們也要不斷精進自我……」

踏著像是鞋子裡被灌了鉛一樣沉重的腳步，多馬爾特逃也似的離開了講堂。

「他是怎麼了啊？那個樣子……」

「誰知道？不過幸好，漫長的說教結束了。」

「也是啦。好了，浪費了一堆時間，來繼續昨天的議題吧。我記得是關於路托爾公爵領地的防衛戰術吧？」

茨維特等人沒特別在意，開始討論起他們平常作為日課的戰術研究議題。

這是題外話，不過茨維特他們提出的魔導士團組織架構改革方案被採用，因此革除了許多不適任的魔導士。

不僅如此，關於軍事戰略的防衛構想方案也被採納，魔導士團中的滋事分子也瞬間失去了權勢，遭到流放。因為這樣，魔導士團和騎士團之間也順利地和解，成了索利斯提亞魔法王國的國防堅若磐石的基礎。

其中當然也有到最後還在做垂死掙扎的人，但是被國王當面用「學院的學生都能提出這種程度的方案，你們又做了些什麼？」這話駁回，無法不做組織改革。

簡單來說，就是他們必須表現出自己比學生還優秀才行。

再加上是國王下令要改革的，所以他們也不能不做，於是許多的貴族魔導士被送至適任的單位。執著於現況，只想撈油水的魔導士們則立刻遭到了革職。

同時茨維特等人也由於這份功績，確定可以進入魔導士團，高層也很期待他們往後的表現。目前惠斯勒派的學生都成了魔導士團的幹部候補人選。

然而現在的茨維特等人還無從得知未來會發生這樣的事，一如往常埋首於訓練及戰術研究之中。

◇　◇　◇　◇　◇　◇

在伊斯特魯魔法學院的大圖書館。

庫洛伊薩斯的論文公開發表後很快地過了一週，大量的學生塞滿了這座知識的寶庫。

其中也有講師及教師的身影，這麼多人聚集在這裡都是為了學習正確的知識。

雖然還是有到現在仍不願承認現實的講師，但辨明魔法術式解讀方法的影響太大了，讓大家爭先恐後地開始研究起魔法術式。

可是這裡也有個例外。

那就是比誰都更早知道魔法術式的解讀方法，原本是吊車尾的學生，如今卻成長到可以製作出簡單魔法的瑟雷絲緹娜。

她本來是打算和朋友烏爾娜跟卡洛絲緹一起解讀魔法術式的。

「……這裡變得很熱鬧呢。這下就沒有我們可以做研究的地方了。」

「唔哇～塞滿了人耶。待在這種地方的話會窒息啦。」

「沒辦法。庫洛伊薩斯學長發表的論文，可是讓停滯的研究有所進展的重要關鍵喔？因為大家都想自己創造魔法，抵達真理之道的另一端啊。」

瑟雷絲緹娜她們也是為了研究魔法術式——應該說她們是為了改良魔法術式才會到圖書館來的，可是這裡已經到處都沒位子了。

甚至只要一度離開，位子馬上就會被其他人搶走，展開了壯烈的椅子爭奪戰。為了前進而把其他人給踢下去成了理所當然的事。

對高學年的學生來說更是如此。

「這種時候就要看這個！大小姐在閒暇時也會看的優良讀物！」

「「「呀啊？」」」

突然現身的冷酷女僕，蜜絲卡。

她將手上拿著的東西遞給了烏爾娜及卡洛絲緹。

「蜜、蜜絲卡！那、那個是……」

「哦～瑟雷絲緹娜大小姐會看這種書啊～…………唔？」

「這本書是什麼啊…………呀啊？」

在翻開的薄薄書本中拓展開來的肉色世界。

烏爾娜和卡洛絲緹窺見了未知的世界，最後將視線移向瑟雷絲緹娜。

「不、不是那樣的喔？那是蜜絲卡擅自藏在我房裡的書堆裡，或是不知何時放到我書桌上的東西，我沒有……」

「呵，大小姐……不可以說謊喔？我很清楚。您寫在寶貴的筆記中那份熾熱的情慾波動……那真是十分秀逸的作品。我建議應該將之公諸於世喔？」

「討厭啦啊啊啊啊啊啊啊啊啊啊啊啊！妳看了什麼啊！」

「那當然是大小姐用即將迸發的熾熱情感，毫無保留地將心中翻騰的想法寫下的，那名為愛的激烈戰鬥的未知世界啊？」

「那的確是我未知的世界啦……不對，妳就沒有默默地放著那東西別管的體貼嗎！」

「大小姐……我是沒有那種體貼的！」

說得斬釘截鐵。

名為蜜絲卡的女僕只要能夠調侃瑟雷絲緹娜，將不惜採用任何手段。

就算那是絕對無法回頭的腐之路。

「妳們兩個也說點什麼……」

「卡洛絲緹……這個，好厲害喔……」

「這、這種東西，太不知羞恥了……真是不檢點！（嘶口水）」

兩人用極為熱情的眼神看著小薄本。

「呵呵……又有兩個人被腐的魅力給迷住了。成果相當不錯呢，大小姐。」

「為什麼要把責任推到我身上啊，這都要怪蜜絲卡吧？」

「是否要墮入其中是個人自由。我只是把書遞給兩位而已喔？」

「居然絲毫沒有歉疚之意，還露出這麼美妙的笑容啊……妳那像是完成了困難工作的表情，不知為何讓人很火大。」

蜜絲卡毫不猶豫。

因為她一直都是認真的。

「是我的錯覺嗎？總覺得蜜絲卡最近的行動愈來愈超過了……」

「不是錯覺。我是只要為了調侃大小姐，連四神都可以唾棄的女人！」

「連神都害怕的腐之惡魔……蜜絲卡，妳的血是什麼顏色的啊？」

「是綠寶石綠。只要有太陽就能存活了。」

「光合作用？妳是植物嗎！」

每次被吐槽時蜜絲卡都十分心滿意足。

這是蜜絲卡表達愛意的方式，不過被調侃的那一方可受不了。

「唉～……比起那個，接下來該怎麼辦啊。畢竟有這麼多人在，也沒有我們可以做研究的地方。」

「嗯～這個嘛。不管去哪裡，瑟雷絲緹娜大小姐的身邊都會聚集一堆人啊。」

「還是中等學部的我們也沒辦法去借用研究大樓……該怎麼辦才好呢？」

初等學部的學妹們總是會聚集在瑟雷絲緹娜的身邊，很難集中精神研究。

而卡洛絲緹要使用聖捷魯曼派的研究大樓也必須經過申請，就算獲得許可，研究室給三個人用也太大了。

在宿舍做解讀魔法術式的研究，也無法試著起動自己構築的魔法術式。因為在宿舍裡原則上是禁止做實驗的。

「我所能想到的地方只有一個喔？」

「蜜絲卡，妳是指哪裡？我很在意妳想到的地方，雖然是以不好的預感來說。」

「庫洛伊薩斯少爺的房間。根據我聽到的消息，少爺房裡存有各式各樣的資料。」

可以安靜地做魔法實驗的地方。除了研究大樓之外，就是設置在大圖書館內的一般實驗室，還有實際上享有治外法權的庫洛伊薩斯的房間而已。

那裡是脫離常識範疇，學院的危險地帶，最後被稱之為伊斯特魯魔法學院的危險區域，充滿了未知與神祕的謎樣空間。

「……我之前就聽說過了，但這一天終於到來了啊。挑戰充滿謎團的領域的這一天……」

「喔～瑟雷絲緹娜大小姐想去啊。充滿幹勁呢。」

而瑟雷絲緹娜是個好奇心旺盛的人。

她打算要挑戰那個謎樣的空間。

「不、不行啦！那裡……要去那裡的話……」

「卡洛絲緹，那裡是那麼厲害的地方嗎？」

「因為卡洛絲緹大小姐是受害者，所以很清楚那個房間的危險性吧。」

「魔導士是探究真理之人。我要去挑戰！為了親眼見證未知的事物……」

雖然嚴重偏離一開始的理由，但瑟雷絲緹娜對於親哥哥所居住的學院危險地帶充滿了興趣。那裡到底有什麼在等著她，又藏著怎樣的神祕事物，她想知道這些想得不得了。

下定決心的探究真理之人，準備動身前往學院最大的祕境。同時拖著大喊著「放開我，只有那裡，拜託饒了我———！」的受害者。

瑟雷絲緹娜探險隊決定挑戰。

抱著會碰上危險的覺悟，前去面對學院最大的謎團——

第六話　危險世界再臨

「庫洛伊薩斯那傢伙要是在房裡就好了……」

如此低聲說著的茨維特，和護衛好色村一起來到了庫洛伊薩斯住的學生宿舍。

茨維特之所以到這裡來，是因為他手上那份學院發來的通知書。內容是要他們加入去調查活著的古代都市「伊薩．蘭特」的調查團。

學院中成績優秀的學生，作為現場實習，將可獲得和隸屬於國家研究機關的魔導士們一同調查古代遺跡的資格。

茨維特和庫洛伊薩斯的成績都是最頂尖的，當然會被強制要求要參加。

儘管這是非常榮耀的事，但茨維特是負責研究戰術的魔導士，屬於戰鬥職。實在是沒有想參加到輕忽訓練或研究的程度。

不過因為是強制參加，學院不會允許他不參加的。這是學院議會基於好意所下的決定，但只是徒增他的困擾。

「唉～……去古代遺跡要做什麼啊。那又不是我的專長，我不是考古學家啊。」

「我不是很清楚，不過那個古代遺跡是用相當厲害的技術所打造的都市吧？可以早一步踏進那種地方，不是很賺嗎？」

「那個啊～我想你大概不知道，我才會說這些事。那個都市裡的魔導具大半都已經被收走了。也就是說那裡除了都市中樞之外什麼都沒有。要是有大量的魔物棲息在那裡，我還會興奮一點，但好像已經確保遺跡的安全性了。你覺得像我這種身為戰鬥職的魔導士去那裡有意義嗎？」

「也沒有寶藏嗎……真是缺乏夢想啊。」

「不，不是那種世俗的東西，以軍事意義上來說，地下都市是難以攻陷的。既然防衛上已經萬無一失了，我是能學到些什麼啊。」

「啊，是那方面的意思啊。我還以為你是在怨歎無法展開令人熱血沸騰的冒險。」

地下都市無法從四周入侵，除了門之外沒有其他的出入口。

當然地面上還是有用來通風的空洞，不過伊薩．蘭特的正上方是險峻的山麓。要派遣士兵過去相當困難。

而且，就算抵達了通風口，距離地下都市也有數千公尺以上的高度。光是用繩子垂降下去就很危險了，裡頭還設有各式各樣防止敵人從外頭入侵的裝置。

防衛機能是完美無缺的。

「可是這也不代表無法入侵吧。你知道特洛伊木馬嗎？」

「不知道。是什麼啊？你說的那玩意……」

「以前某個國家在進攻城塞都市時，因為無法入侵其中，留下巨大的木馬之後就撤退了。」

「啊～原來如此。把士兵藏在那個木馬裡，藉此潛入城塞。是打算讓士兵從裡面打開城門吧。」

「你理解得還真快！哎呀，總之就是手段要多少有多少啦。」

「沒想到會有被好色村指導戰術的一天……我也還不夠成熟啊……」

「太失禮了吧，同志！」

好色村有點受傷。

看來同志似乎認為他是個笨蛋。唉，雖然是沒錯啦。

「可是那個城塞都市的指揮官是笨蛋嗎？敵人在城門前留下了一看就很可疑的東西，一般來說會燒掉吧……」

「一般來說是這樣啦～大概是會開心地收下從敵人那裡獲得的戰利品的習俗被反過來利用了吧。從以前開始這就是個很有效的手段呢。」

「現在就行不通了。太可疑的話，我一定會除掉那玩意的喔？而且古代都市的重要設施都有設置能讓魔法失效的機關。儘管不是絕無可能，但是不會輕易被攻陷的。就算敵人成功占領了，也會因為該處有太多謎團，而無法將那裡納入自己的掌控範圍內吧。」

「那裡的技術力有這麼強喔。是說那個都市叫什麼名字啊？」

「好像是叫伊薩・蘭特。」

「真的假的！」

『喂喂喂，這是怎麼回事啊？伊薩・蘭特不是「Sword and Sorcery」裡的地底都市嗎。這裡該不會是遊戲世界吧？』

聽到意想不到的都市名，讓身為轉生者的好色村十分困惑。

他是覺得這個世界和Sword and Sorcery很像，但沒想到真的會發現遊戲世界中存在的設施。而且還是古代遺跡。

因為他本來就是以狩獵魔物為主的玩家，對Sword and Sorcery的設定印象很薄弱，儘管如此，在意想不到的地方聽到伊薩．蘭特的名字還是讓他一下子反應不過來。

「怎樣。你聽過伊薩．蘭特嗎？」

「嗯……聽過。只是略有耳聞的程度……」

「哦……你意外的有在認真學習嘛。我還以為你只是個超想開後宮的好色笨蛋。」

「所以我就說你很失禮啊！雖然開後宮確實是我的夢想……」

「哎呀，那種事情無所謂啦。比起那個，得去找庫洛伊薩斯打聽消息才行。那傢伙比較清楚跟遺跡有關的事。」

「無視？你居然無視？我的名譽只能得到這種程度的待遇嗎？」

茨維特無視好色村的控訴，走進了宿舍。

好色村淚流滿面地看著茨維特的背影。

他在這瞬間才感受到旁人是怎麼看待他平常的行動的。

好色村又上了一課。

◇◇◇◇◇◇

比茨維特他們晚了一個小時，瑟雷絲緹娜等人來到了庫洛伊薩斯所住的宿舍前。

在以挑戰高空彈跳的勇氣期待著未知遭遇的琵雷絲緹娜、烏爾娜、蜜絲卡的旁邊，淚眼汪汪的卡洛絲緹正拚命地做垂死的掙扎。

「現象必定有其發生的理由。不調查清楚，還算什麼魔導士！」三人的胸中懷著這樣的志氣，一邊拖著卡洛絲緹一邊走進了宿舍。琵雷絲緹娜也是滿過分的。

庫洛伊薩斯的房間在宿舍的二樓。不知道為什麼兩側都是空房，而且房門還用木板釘死了，無法打開。根據傳聞，半夜會有不明物體爬到這裡來。

像是有無數眼睛的影子，或是有不定形的生物從天花板上垂落下來，不然就是攀在天花板上的人影等等，有各式各樣的目擊情報。那打不開的房間從外觀看來散發出相當危險的氣息。

「唔哇，這什麼啊……這三個房間給我一種奇怪的感覺～」

「庫洛伊薩斯哥哥到底是做了些什麼啊……有股奇妙的魔力氣息……」

「什麼都做了，以前曾經產生有毒氣體，讓左右鄰室的學生受害，腦袋變得不太正常。聽說受害者好像全身赤裸的堵在女生面前，跳著奇怪的舞步並露出陶醉的神情。」

「莫非卡洛絲緹小姐也被那起事件的受害者……」

「不是！我看到了更可怕的東西……應該是吧。雖然我已經……不記得了……」

看來她經歷了恐怖到不願留下記憶的可怕事件。

「雖然我很在意到底發生了什麼事，但總之先確認庫洛伊薩斯哥哥在不在……」

——轟隆隆隆隆隆隆隆隆隆隆隆隆！

『唔喔喔喔喔喔喔喔喔，上吧！』

『這、這是……合體。太棒了。』

『男人和男人合體是要怎樣啊。可以的話和女孩子合體比較好的說……這樣一點都不萌～』

鏘鏘──！嘰嗡嗡嗡嗡嗡！咔鏘──！

從門的內側傳出了兩位哥哥和好色村的聲音。

裡頭的情勢發展似乎相當熱烈。

還有響徹周遭的爆炸聲和破裂聲。雖然房間裡發生了什麼事仍是一團謎，但肯定是場火熱的戰役。

「他們說合體，三個男性會是在做什麼呢？」

「瑟雷絲緹娜同學……妳為什麼問得這麼開心啊？」

「咦？門打不開喔，是怎麼了？」

「不是魔法呢。不過可以確定的是，裡頭發生了熱血又激烈，足以撼動靈魂的戰鬥。」

裡頭不斷傳出某種巨大的東西在動作的聲音，以及不可能是魔法造成的破壞聲，然而最後還是安靜了下來。

佇立在走廊上的四位女性互看彼此後，默默地點點頭，有如在碰什麼危險物品似的慢慢轉動門把，從門縫窺看房內的狀況。

她們看到了倒在房裡的三個男人。

「哥哥們沒事吧！」

「庫洛伊薩斯學長是怎麼了？為什麼會帶著那種心滿意足的表情昏倒在地啊？」

「這邊這個人也昏過去了呢。不過有種完成了什麼大事的感覺？」

「恐怕是打倒了強敵吧。而且是賭上了性命……」

「「「強敵？」」」

儘管不懂蜜絲卡這話的意思，但失去意識的男人們臉上不知為何都掛著十分驕傲的表情。

「唔……這裡是……」

「好像又被捲入奇怪的狀況裡了。雖然一如往常的沒有留下記憶……」

「好像發生了什麼很熱血的事情，但不知道是什麼。」

這個房間裡發生的怪異現象都不會保存在受害者的記憶之中。

似乎有什麼特殊的法則在運作著，讓庫洛伊薩斯相當熱衷於解開這個謎團。不愧是研究狂。

「你們到底碰上了什麼怪異現象？傳出了爆炸聲和其他很驚人的聲音喔？」

「嗯～……好像是從一萬兩千年前持續至今的戰鬥分出了勝負的樣子……不行，我想不起細節。」

「我……好像是跟類似蜥蜴的人種展開了戰爭？是蜥蜴人嗎？不對，不是……」

「我好像進入了盛大的ＦＥＶＥＲ狀態……全是同樣圖示的普通聽牌，讓人很火大。雖然好像也賺了不少啦……」

只有好色村是在打柏青哥的樣子。

「熱血」的方向不一樣。

「唉，沒有記憶也沒辦法。所以呢？瑟雷絲緹娜為什麼會到庫洛伊薩斯的房間來？」

「我們因為想要解讀魔法術式而去了大圖書館，可是……」

「啊啊，那裡人太多了是吧？所以才想到庫洛伊薩斯的房間來研究啊。畢竟這個房間裡有一堆他借了沒還的資料，還可以順便和庫洛伊薩斯交換意見。」

「哎呀？茨維特學長意外的很敏銳耶？還真了解。」

卡洛絲緹也是個滿失禮的女孩。

「對我來說能讓研究有進展是幫了大忙，不過卡洛絲緹不是很怕到這個房間裡來嗎？」

「是啊，我現在也在忍耐著想要逃出這個房間的心情。那個時候我好像看到了什麼奇怪的生物……啊啊……為什麼想不起來呢。」

這次雖然沒有發生任何事，但一個不小心就有可能會被捲入怪異現象中。

以某方面而言，想不起來或許是件好事。

「比起那個，為什麼不會留下記憶啊？以前也發生過吧？同志你不在意嗎？總覺得剛剛好像很熱血……」

「我好像在和什麼戰鬥……但果然還是想不起來。說真的，這房間到底是怎樣啊。雖然我知道原因是出在庫洛伊薩斯身上……」

「是啊……我好像被稱為讓人看見地獄的男人……」

這個房間的現象令人感到奇怪的原因，是當事人不知道發生了什麼事。

恢復原狀時不知為何會喪失記憶。庫洛伊薩斯推測是因為空間變異和現象改變，對記憶造成了某種負擔。

然而他沒有辦法驗證這件事。就算設置了紀錄用的魔導具，卻連影像都無法紀錄下來。唯一知道的只有待在房間裡的人被捲入怪異現象時有一瞬間會消失。

紀錄用的魔導具會保存被捲入怪異現象瞬間的影像，在怪異現象發生時，紀錄功能不會運作。等到怪異現象結束後，紀錄裝置便會啟動，保存下來的影像是受害者倒在地上的樣子。

根據紀錄的影像看來，人會忽然消失，下一瞬間便倒在地上了。這個現象引起了庫洛伊薩斯強烈的興趣。

「這已經是第七次了，但果然還是什麼都搞不清楚呢……真是難纏啊。」

「你也差不多該收手了吧。要是一個沒弄好，讓受害範圍擴大了該怎麼辦？」

「比起那個，大小姐們要怎麼辦呢？要讓她們在這間房裡做研究嗎？有可能會被牽連喔。」

「我不介意。因為樣本愈多愈好啊。呵呵呵呵呵……」

『『『我們是不是被當成實驗品了啊？』』』

庫洛伊薩斯是個瘋狂研究家。

如果是為了探究真理，他早已做好了就算是妹妹也會拿去當成實驗體的覺悟。

「哎呀，我只要能和蜜絲卡小姐說話就好。」

「等等，好色村同志！你不是喜歡精靈嗎？可是我總覺得你看蜜絲卡的眼神格外的熱情……」

「那是當然的吧，同志啊。蜜絲卡小姐是混血精靈喔？只要是精靈，不管是『高階』還是『混血』，甚至是『黑暗』我都不介意！只要是精靈我都喜歡！」

「「「「咦？」」」」

四人的視線集中在蜜絲卡身上。

而當事人蜜絲卡微微咂嘴，用十分不悅的眼神瞪著好色村。

然而這對他來說似乎是獎勵。好色村愉悅到因情緒高漲的快感而顫抖著。

「你們沒發現嗎？蜜絲卡肯定是混血精靈喔？不然她不可能一直維持著十幾歲的樣子。」

她的外表確實是十多歲時的樣子。至今為止都沒發現這件事還比較不可思議。

「庫洛伊薩斯，你……知道這件事喔。」

「大概有這種感覺。這也不是什麼值得驚訝的事情吧。」

「原來如此。這樣一說，我也想起了幾件符合的事。」

「我完全以為蜜絲卡是每天都很注重保養，才能一直保持這麼年輕的樣子。身為女人，這實在太狡猾了。這麼說來，蜜絲卡好像說過她和父親大人是同學……」

「和公爵大人？該不會『冰霜女王』……不，『冰之女帝』就是蜜絲卡小姐嗎？與德魯薩西斯公爵匹敵的超越者之一，實力勝過宮廷魔導士。沒想到如此高強的魔導士就在我們身邊，我完全沒發現這件事呢。」

「蜜絲卡小姐很有名呢。以前到底做了些什麼啊？」

「呵呵呵……烏爾娜大小姐，我建議您不要去挖掘女人的過去比較好喔？如果您還想活命……」

蜜絲卡身上纏繞著漆黑的氣息，露出了世界上最凶狠的眼神。

那不由分說的魄力，站在那裡的是連神都能殺死的強烈意志。

不能對蜜絲卡問起過去和年齡的事。然而這裡有個笨蛋。

「年長的大姊姊最棒了！我最愛冷酷單身的大姊姊啦！蜜絲卡小姐，接受我這火熱的靈魂吧，然後用妳那冰冷的火焰殺死我的心————！」

——咚！

超愛色色精靈村長被女帝用一記漂亮的下壓踢給擊倒了。

但是他一臉幸福的樣子。為了精靈，好色村願意成為M。

「嘿嘿嘿……真痛啊。但我並不後悔。能夠讓精靈送我上路……那我……我也可以瞑目了……」

「好色村～～！振作點，你傷得不重啊！」

對他而言，蜜絲卡的肅清攻擊就像是獎賞。

「冰霜女王」是因為蜜絲卡喜歡用冰系的魔法才得到的別稱，但「冰之女帝」是因為她會冷酷地用格鬥技痛揍那些聚集過來的男生們而產生的稱號。

明明受到了傳說中的高手的一擊，好色村的臉上卻不帶半點懊悔。

「同、同志啊……最後我要告訴你……是……藍色的喔……」

「不要留下這種多餘的話，我會被殺吧！」

「茨維特少爺……您做好覺悟了嗎？」

「跟我無關啊啊啊啊啊啊啊啊啊啊啊啊啊啊啊啊啊！」

掃到颱風尾的茨維特遭到了制裁。

下場十分淒涼。

「既然是混血精靈，以年齡來說還是十多歲吧？有必要這麼在意嗎？」

「庫洛伊薩斯少爺，不能對女性提起年齡的事。如果是同年代的女性們，應該會立刻對您產生殺意吧。而且別看我這樣，我也嚮往著幸福的家庭喔？」

「那是需要這麼堅持的事情嗎？我不太懂。」

「這是與女性為敵的發言。要是在其他女性面前說這種話，庫洛伊薩斯少爺可能會被殺喔？」

「哈哈哈，會做這種事情的只有蜜絲卡吧。除了王族之外，沒人敢打公爵家的人喔。」

「……………」

可以肯定庫洛伊薩斯真的是個天然呆。

本來不管是說了再怎麼過分的話，也沒有人敢對公爵家的人動手。畢竟做這種事是會沒命的。

然而做得出這件事的蜜絲卡完全是女帝。她也正是因此受人敬畏。茨維特他們的母親，也就是兩位公爵夫人會避開她也很正常吧。因為她們兩個也是蜜絲卡在學院的學妹。

反過來說，沒有不怕死的男人敢向連公爵家的人都會加以制裁的女性求婚。

「被天然呆給予了致命的一擊呢。庫洛伊薩斯學長真是可怕……」

「蜜絲卡……妳沒打算改改妳平常的態度嗎？沒弄好的話……」

「沒弄好的話會怎樣呢？瑟雷絲緹娜大小姐，還請您說清楚。」

「不會怎樣，真的不會怎樣，可以拜託妳放下舉起的拳頭跟收起妳的殺氣嗎？總覺得我好像可以理解庫洛伊薩斯哥哥說那話的意思了。」

就是這毫不留情的態度讓她錯過了適婚年齡。

「蜜絲卡接下來會說『糟了！一不小心就……』……」

「糟了！一不小心就……嚇！」

烏爾娜看穿了蜜絲卡的心思。

蜜絲卡畢竟是女性，也有著想和適合的男性交往的心願，然而遺憾的是她的個性實在太糟糕了。聰慧過人、擅長家事，什麼都能完成的完美超人。

可是蜜絲卡是個徹頭徹尾的武鬥派。因為這個決定性的缺點讓她錯過了適婚年齡。

在學生時代也是比較受女生歡迎，男生們反而對她敬而遠之。

之所以會避開她，絕對不只是因為她那冷酷的態度。

「瑟雷絲緹娜大小姐會這樣說。『原來蜜絲卡也會想結婚啊。讓我鬆了口氣呢』。」

「原來蜜絲卡也會想結婚啊。讓我鬆了口氣……嚇！」

「大小姐……把人家在意的事情說出來很失禮喔？就算這麼想也不該說出來。」

「那就是蜜絲卡平常對我做的事情喔？為什麼我反而要被妳唸啊……」

「我做無所謂。因為我同時肩負了教育大小姐的責任啊……對吧？」

「所以說使用暴力是不……呀啊————！」

『『『雖然不重要，但這女孩為什麼可以讀出別人的心思啊？』』』

大不相同的三位男性疑惑地看著烏爾娜。

而蜜絲卡在這時候仍從兩側捏著瑟雷絲緹娜的臉頰。而且臉上還掛著格外燦爛的笑容。

在用力揉捏之後，又用力地捏起。非常開心的樣子。

朋友和同學全都結婚了，只有蜜絲卡還是單身。她當然很在意錯過結婚時機的事，只要有人提起這件事就會失控。

沒錯，她恨那些人生勝利組。

「居然變成這麼輕率大意的人，老主人和主人看到的話會哭的喔，大小姐？」

「唔唔唔唔～」

「哎呀哎呀，這臉頰彈性真好呢。捏著捏著都要上癮了。」

「啊，好像很好玩。蜜絲卡小姐，也讓我捏捏看。」

「喵啊～～～～～～！」

烏爾娜也跟著加入，瑟雷絲緹娜的災難就這樣持續了好一陣子。

◇　◇　◇　◇　◇　◇　◇

「庫洛伊薩斯，你有聽說什麼關於伊薩．蘭特的情報嗎？你都會率先調查這方面的情報吧，要是知道些什麼就告訴我。」

雖然經歷了在踏進房間後便立刻被捲入那個危險世界的騷動，但茨維特終於提出了他本來的目的，也就是蒐集情報的事。

伊薩．蘭特——最新被發掘出的古代遺跡，只要是魔導士都想捷足先登。

專攻軍事的茨維特也不是對那裡毫無興趣，可是像這樣的遺跡在少見的情況下會設有凶狠的陷阱，學生要和國家學者們一起去調查，還是多少有些不放心。

庫洛伊薩斯相當了解設置在遺跡等處的魔法裝置，知識上也不輸學者，所以茨維特才會來問他是不是知道些什麼。

「這個嘛……根據先遣部隊的情報，那裡好像沒有設陷阱。」

「沒有設陷阱？還真稀奇啊……是為什麼？」

「聽說那裡的出入口在邪神戰爭初期便遭到封閉，就這樣毀滅了。人民好像是餓死的。」

「太慘了……真是討厭的死法。」

「遺跡之所以會設下陷阱，是為了對邪神造成有效的傷害。所以在初期就毀滅的城鎮應該不會設陷阱才是。」

「原來如此……那麼可以確認那裡完全是安全的了。」

很少有保證是安全的遺跡，對於增長學生的見聞來說是個好機會。

唉，正確來說是由於欠缺人手才被強制派去就是了。

「重要設施好像因為太過高科技，被先遣部隊刻意封印起來了。不小心碰到的話可能會毀滅國家的樣子。」

「所以說還是個很不妙的遺跡嗎。是說為什麼連我們都要參加啊？我是專攻軍事研究的耶。一般來說根本不會叫我去調查遺跡吧。」

「那裡好像發掘出了大量的魔導具。其中也有武器，在軍事層面上也很有利用價值吧。畢竟哥哥你們針對這方面所提出的論文備受肯定，應該是基於各方面的考量才會要你去吧？而且那裡偶爾會有骷髏出沒。」

「也有要我們去當護衛的意思在嗎。算是實戰訓練的延伸？」

「我是覺得應該有別的用意。雖然只是我的猜測……」

庫洛伊薩斯的猜想是這樣的。

聖捷魯曼派成績優秀的人，也就是以庫洛伊薩斯為中心的小組，幾乎沒有講師能夠指導他們。因為他們那嚴重脫離學生範疇的研究欲望，做出了讓講師們無可挑剔的研究成果。

發現新的魔法藥、設計出可以用低成本製作的魔導具，最後還提出了魔法術式的解讀方法。

由於這個狀況，讓講師們覺得「我已經沒有東西可以指導你們了」，就這樣放著他們不管。真是可悲的現實。

相對的，茨維特等人主動鍛鍊自己，提出了各式各樣的戰術論文，處事態度和過去的魔導士大不相同。包含近身戰鬥及中遠距離攻擊，他們成了無論怎樣的戰局都有辦法應對的戰鬥專精型魔導士，也開始影響到其他的學生們。

同派系的魔導士們開始對茨維特產生了危機意識，為了不讓他再繼續影響到周遭的人，便以調查古代魔導都市為由，暫時將他趕出學院內。

這兩人的共通點是他們都是索利斯提亞公爵的血親，其他人認為這兩兄弟是遵從索利斯提亞派的指示來摧毀其他派系的。簡單來說就是他們太礙眼了。

魔導士團中屬於這兩派系的宮廷魔導士們並不樂見索利斯提亞派的勢力再繼續增強。特別是兩人的父親德魯薩西斯公爵，讓宮廷魔導士們半是陷入了過度擔憂的狀況。

因為害怕與公爵為敵，所以才會使出拐彎抹角的扯後腿這種一時性的手段吧。

這些雖然只是庫洛伊薩斯的猜想，但大致上都猜中了。

「哎呀，我是很高興能去到技術的寶庫就是了。」

「不過時間應該是到寒假為止……不，因為會耽誤到學業，所以會到春假嗎？因為遺跡的地點在國境附近的地底深處，不管怎樣，地方城鎮出身的學生要回老家都會很辛苦吧。」

「這部分的經費學院會負擔吧？畢竟成績優秀的學生會獲得較好的待遇，連讓學生返鄉的資金都拿不出來的話，可是會影響到學院的名聲。」

「怎麼感覺事情變得麻煩起來了。你們的老爸到底在做什麼啊。」

「那些居於派系高層的宮廷魔導士雖然互看不順眼，但是有了共同的敵人，所以打算想辦法扯後腿吧。就因為是這樣的一群人，所以我老爸也想把他們給踢下去啊。」

「這樣不是本末倒置嗎？他們到底是多恨你們的老爸啊。比起那個，我跟小杏要怎麼辦？我們好歹算是同志的護衛吧？」

「因為有很多貴族出身的傢伙會去，你們應該會作為護衛跟著我一起去。僱傭兵也是要花錢吧？」

受僱於貴族的護衛將以相關人士的身分隨同前往伊薩・蘭特。

這是為了節省僱用護衛傭兵的委託費用，同時也是各貴族家提出的要求。因為除了自己僱用的護衛之外，他們無法信任其他人。

傭兵中也會有忘了自己是來當護衛，對學生出手的傢伙，不過這種人會立刻被解僱，並通報傭兵公會。傭兵們為了提升自己的階級，也必須認真工作才行。

由於這不是普通的小混混可以勝任的工作，所以能夠接受護衛委託的傭兵階級設定在B級。

「我……原有的傭兵階級被取消，現在只有D級耶……」

「唉，因為你是索利斯提亞公爵家僱用的護衛，會被視為特例，我想是不會有問題的喔？」

「這樣啊……畢竟拿不到薪水我會很困擾。可以工作那就好了。」

「我倒是很在意在發掘這個遺跡時一同前往該處的魔導士。聽說伊薩．蘭特這名字也是從那個魔導士口中說出來的，那時候城鎮有一部分也遭到大規模的破壞。現在好像還在修復中喔？」

「『你說的那個魔導士……』」

腦中想起了那個灰袍魔導士。

「該不會是那個大叔又搞砸了吧？」

「我是不知道有要開闢通道的計畫，可是師傅為什麼會在那種地方啊？他是魔導士吧？」

「根據報告，由於裡面聚集了大量的不死系魔物，所以開門時便立刻進入了戰鬥。完全是怪物呢。聽說那個魔導士一個人進去殲滅了所有魔物。」

「如果是師傅就辦得到吧……是說庫洛伊薩斯你從哪裡得知這個消息的？我對這點很疑惑啊……」

庫洛伊薩斯的情報網是和他一樣的研究者們。

畢業生經常會造訪學院，其中也有很多隸屬於國家研究機關的人。這些研究者對地位和名聲沒有興趣，大多都是只為研究而生的瘋狂研究家。

也因為這樣，為了獲得優秀的後輩，他們經常會將某種程度的情報透露給後輩。

研究者們的口風意外的不是很緊。也可以說庫洛伊薩斯等人就是如此的受到前輩們的期待吧。他們對於軍事相關的事情毫無興趣。

「這好歹算是國家的重要機密吧……為什麼會隨便說出來啊？」

「因為研究者要從不同的觀點尋找新發現是很辛苦的喔？所以才會希望後輩能夠提出一些嶄新的假

設吧？」

「這也是沒錯。本來研究者就很容易埋首於特定的事項中，也有頑固到不願意承認錯誤的人在，但我想思考比較柔軟的人還是會想採納其他的意見。」

「原來如此……因為周遭有頑固的人，所以才想從後輩身上尋求不同觀點的意見嗎。表示他們已經缺乏突破口到這種地步了吧。」

「不管怎樣，伊薩．蘭特遺跡沒什麼危險吧？這樣根本沒有我出場的餘地嘛。」

好色村想要獲得一個能夠活躍的舞台，但他這想法完全錯了。

護衛雖然是以警備為主的工作，但還是不要發生戰鬥比較好。沒有什麼比平安抵達伊薩．蘭特更好的了。

護衛簡單來說只是保險，希望發生緊急狀況的人是無法勝任護衛工作的。

好色村渴望的是冒險，而不是護衛的工作。他到現在還是沒有完全脫離在玩遊戲的感覺。

「好色村同志啊，護衛沒有出場的餘地是好事喔？要是演變成戰鬥就會有人死亡。還是不要發生這種事比較好。」

「說是這樣說啦，可是沒有刺激的話會很無聊吧？」

「出現死傷者也會關係到接下護衛工作的人的評價。要是護衛對象死了，也拿不到薪水喔？最慘的情況下說不定會變回奴隸。」

「唔……我可不想變成那樣。仔細想想這還真是個高難度任務啊。」

「話說回來，庫洛伊薩斯……你猜我們大概什麼時候要離開學院？」

「這個嘛，畢竟事情來得很突然，我想明天會宣布吧？準備要花一週的時間，我想應該是下週前半出發吧。」

「還真快啊……學院就這麼想把我們給趕出去嗎？太蠢了吧……」

對於渴求權力的人來說，有必要去除來自下方的威脅。

可是公開做這種事的話算是犯罪，他們只能盡量像這樣找麻煩。

實在是非常愚蠢的行為。

「不管怎樣，我們只能等到下一個通知來。」

「說得也是。畢竟出發日期也還沒訂下來。」

「不妨在那之前先做好準備？急急忙忙的準備也不好吧。」

「是啊。我先不提，庫洛伊薩斯可不行吧。」

「我沒問題。真來不及的話伊．琳會來幫我忙的。」

「──爆炸吧！你這現充！」

男性們的事情談到一個段落，無意看向房間一隅後，只見女性們正熱衷地圍在一起說話。

位於她們中心的是不知何時潛入的眼熟忍者，她擺起了攤販。

「這完全是照著我的要求製作的呢。不，應該說比想像中的更好……」

「用低廉的價格販售這麼好的商品……往後還請您繼續接受我們的委託。杏大小姐。」

「……嗯，做生意最重要的是信用。客人就是神。」

「唔哇～這樣就不會妨礙到尾巴了耶。我過去從未見過這種內衣。」

「杏小姐，妳這樣有賺到錢嗎？這用了很多優質的布料耶……」

「不要緊……沒有魔法效果，所以便宜。」

杏現在成了內行人才知道的商人。

主要是販售內衣，不過最近也開始賣起了衣服。

因為她神出鬼沒，不知道什麼時候才能遇見她，女孩子們都很期盼能見到她，到了每天帶著錢包四處走動的程度，沒想到她會出現在庫洛伊薩斯的房間裡。

「聽說訂製很貴，但這真是良心價呢。」

「我不是很清楚價格的標準，這有那麼便宜嗎？我沒有自己買過內衣，所以完全不懂。」

「以這種等級的成品來說，就算售價貴上十倍也不奇怪喔。簡直超越了藝術的領域，又很可愛。」

「外面很少有在賣獸人用的內衣呢～我都是買便宜貨再自己開一個洞……」

「獸人族要買內衣也很辛苦呢。都讓我有些想哭了……」

「……也有細肩帶背心款式的。」

「「呀啊～～～～～這太刺激了～～～～～！」」

不知道男性們正看著這邊，女性們攤開內衣在挑選著。

其中也有設計非常性感的款式，對於沒有女朋友的資歷漫長的男性們來說，這刺激性實在太強了。

其中蜜絲卡挑選的品項更是厲害。

『喂喂喂……那個是所謂的丁字褲嗎？蜜絲卡小姐穿那種內衣……唔！』

『同志……你流鼻血了喔？還好迪歐不在這裡。要是那傢伙在，想必已經升天了吧。』

『杏小姐是從哪裡入侵的呢？房間幾乎是密室，也沒聽到開門聲……嗯，有意思。實在有意思。』

只有庫洛伊薩斯說了像是某個大學教授會說的話。

先不提他，女性們終於注意到了另外兩個男人的視線，儘管只有一瞬間，但房內陷入了沉默。

庫洛伊薩斯這時去了窗邊，確認窗戶是鎖上的，便開口詢問杏：

「杏小姐。妳是從哪裡入侵的？房間的門鎖上了，也沒有聽到開門聲喔？」

「……祕密。因為我是忍者。」

「這樣啊。那麼……我一定會解開這個謎題的，賭上研究者之名。」

「……嗯，加油。」

研究者就是在這種時候吃香。

畢竟他對女性的內衣毫無興趣，只是想要追尋謎團，不解開就不舒暢而已。

茨維特和好色村就不一樣了。兩人有著符合年齡的健全男性該有的欲望。

而這樣的視線被女性們察覺到會怎麼樣呢——

「呀啊————！你們在看什麼啊！」

「太差勁了！不知羞恥！我看錯你們了！」

「兩位已經做好覺悟了吧？」

「妳們在吵什麼？只是在買內衣的時候被人看見了而已啊？」

只有烏爾娜維持著自己的步調。然後理所當然的開始了激烈的懲罰。

現場的書和可疑的魔導具被女性們丟過來，砸中兩人，還遭到了強力的鐵爪攻擊，毫不留情的制裁降臨在兩個男人身上。

「太沒道理了，唔嘎啊啊啊啊啊啊啊啊啊啊啊！」

「痛痛痛痛痛！蜜絲卡小姐……眼鏡蛇纏身固定技是獎勵呢，痛痛痛！我投降、我投降！」

「啊，請不要丟魔導具。那是珍貴的資料，弄壞了可不得了。」

「「等一下，救救我們啊！」」

庫洛伊薩斯比起哥哥和好色村的人身安全，更擔心自己蒐集的魔導具被弄壞。

最後事情以兩個人被處刑到遍體鱗傷，庫洛伊薩斯解開了杏的謎題十分滿足，這樣的形式落幕了。

瑟雷絲緹娜等人無暇解讀魔法術式，滿臉通紅地離開了這個房間，然而遭到不合理對待的兩個男人無法接受，留下了死前訊息。

然後在女性們離開之後，他們又再度被捲進了怪異現象中。

這是題外話，不過那時傳到門外的是激烈的槍戰聲，以及——

『快跑，會被追上的！』

『可惡，那些傢伙……根本是我們打一發他們就會回一百發嘛！』

『醫護兵在哪裡？鮑曼中士受傷了！醫護兵！』

這樣的對話。

至於鮑曼中士是誰，這實在是個極為難解的謎。

第七話　聖法神國的災難

這天，有個傭兵現身於與梅提斯聖法神國國境有一段距離的城鎮裡的傭兵公會。

他憔悴到了隨時都有可能倒下的程度，在許多傭兵的守護下，儘管呼吸紊亂，他還是拚命地擠出了那句話。

此時還沒有人知道，這是惡夢的開端。

「地、地獄……軍團……那些傢伙……正往……往這個城鎮……」

這一句話讓吵鬧的傭兵公會分部陷入一片靜默。

「地獄軍團」。那是帶來破滅的駭人話語，也是宣告惡夢開始的鐘聲。

以凶惡的高階魔物為首，成群的低階魔物將徹底破壞整個國家。比魔物失控還更為凶狠，損害等同於天災規模的最糟狀況。

正如其名，是地獄的軍團。

「你、你說地獄軍團？所以化為軍團的魔物到底是……」

「是……強……強大……巨蟑……已經有……好幾個村子被……」

「你、你說……什麼……？」

「強大巨蟑」。據說最大有超過一百公尺的昆蟲型魔物。

麻煩的是巨蟑產下的卵，從一個卵中可以繁殖出數千隻同體系的魔物。出生後便會立刻尋求餌食，吃光其他的動植物。

繁殖的主要是被稱為死亡蜚蠊或帝王姬蠊的品種，這些魔物會成群襲向聚落。人類等生物會被吃到連骨頭都不剩吧。

雖然是蟑螂型的魔物，但這些品種暴食的程度十分駭人，到成長前都會不停地捕食獵物，化為軍團進行狩獵。

而且因為有最大級的巨蟑守護著，其他低階種也不會離開群體。

如果被這種群體襲擊的話，人類也無能為力，只能成為餌食，活生生地被牠們給吃下。

「快、快發出避難警報！用最快的速度——————！」

傭兵公會慌張地開始行動。

他們在公會長的命令下前去向領主報告緊急狀況，立刻封閉城門，和騎士團一起做好了防衛準備，然而只能說這是個下下策。

巨蟑最大的威脅性，就是擁有不符那巨大身軀的飛行能力。

不管再怎麼封住外牆或門，斷絕牠們的入侵路徑，對於可以爬牆闖入的昆蟲也一點意義都沒有。魔物從空中入侵的話更是束手無策。

而麻煩的是，這個軍團分成了好幾個小群體擴散到各地，使得受害範圍一味地擴大。就算單一隻的強度不怎麼樣，但數量從數千變為數萬的話，就會化為前所未有的大災害。

更何況牠們在襲擊城鎮的同時也會產卵，過了幾小時孵化後便會加入軍團中。使得數量又再增加，並持續前進。如果是人類之間的戰爭還有辦法解決，然而人類是沒辦法阻止生物所造成的自然災害的。

於是又一個城鎮從地圖上消失了。

在這個消息傳到人在聖都瑪哈．魯塔特的米哈洛夫法皇那邊的期間，有五個城塞都市滅亡了。

梅提斯聖法神國的災難沒有結束的一天。

◇◇◇◇◇◇◇

在傑羅斯俘虜了勇者們，一邊進行護衛工作一邊在道路上移動，前往阿爾特姆皇國的皇都阿斯拉的時候，梅提斯聖法神國又再度陷入了混亂。

之前的地震後，國內的復興仍遲遲未有進展，地獄軍團又追擊而來。

在這份報告傳來的途中，已經有五個城鎮毀滅了。那些都是有堅固的外牆守護的城塞都市，加上其他小型的鄉鎮或村落的話，根本無法統計受害的規模。

唯一知道的是，這個強大巨蟑是在之前進攻阿爾特姆皇國時出現，將神聖騎士團逼入絕境的魔物。

麻煩的是，那些魔物強到了就算派出所有勇者也不知道能不能打贏的程度，是僅需一隻就能毀滅城砦的怪物。巨蟑帶著這些成群的魔物為神之國帶來了威脅。

「『托爾斯』、『伊克哈馬多』、『密茲塔達』、『阿爾漢梅爾』……還有『克爾夫漢貝爾』，恐怕都已經被摧毀了……」

「太快了吧！這進軍的速度到底是怎樣……」

「因為……是小強吧。動作很快。」

「咕唔……這樣來不及救援。就算勉強可以趕上，也無法保證能夠獲勝。」

即使身為他們最大戰力的勇者們都能擊退魔物好了。但神聖騎士團完全沒有勝算。

更何況人員都分配去復興國內和維持治安了，就算想迎擊，也連聚集戰力的時間都沒有。

再加上米哈洛夫法皇是宗教家，在戰術這方面等於是外行人。至今為止是因為有勇者和其他將軍在才硬是能夠作戰，但由於神聖騎士團在侵略阿爾特姆皇國的「魯達．伊魯路戰役」遭獸人族摧毀，現在正處於亟需人手的狀態。

那場敗戰留下的禍害到現在仍有極大的影響，如今面臨了滅亡的危機。

『為什麼……為什麼到了我這一代會發生這種事……』

在這僅僅數月間發生的災厄，將他逼入了十分艱困的立場。

他們透過召喚勇者得到最大的戰力，展開侵略，對阿爾特姆皇國發動的神威戰爭。

然而他們在這場戰役中失去了大量的戰力，就算想要重整旗鼓，也沒有足夠的時間。

這場戰役中，他們最大的失算就是阿爾特姆皇國的國民全都有著足以和勇者們匹敵的等級吧。以邪教為由，沒有好好的打探假想敵國的情報，只依賴勇者便進軍的結果就是遭到了毀滅性的打擊。

這也成了事態惡化的開端。

『沒進攻魯達．伊魯路平原的話，戰力上還有餘裕的……』

投入了他們僅剩的些許戰力的魯達．伊魯路戰役。

因為神聖魔法專司治療與防禦，可以提升聖騎士們的戰力，他們才會認為獸人族這種對手造成不了什麼威脅。

可是他們在這裡也徹底地吃了敗仗，得知了世上有著名為轉生者的強大敵人。

轉生者的存在推翻了他們的如意算盤，帶來了沉痛且毀滅性的失敗（反擊）。誰能料想得到這世上會有要塞規模的魔導具呢。

像轉生者這種給予不擅長魔法的獸人族要塞規模魔導具的人，怎能不稱作是威脅。儘管把所有的責任都推到了勇者岩田的身上，實際上失去的戰力也不會回來。

然後緊接而來的是有如要使國內政治經濟崩壞的震災。

用來召喚勇者的魔法陣被這次的震災給摧毀。得知此事為轉生者所為，他們才初次感受到轉生者的威脅性。

可以感受到轉生者明顯地敵視著己方的惡意。

『在急著要想辦法讓經濟穩定下來的時候，卻發生這種事……到底要作祟到什麼程度……』

接著便是臨門一腳的地獄軍團。

梅提斯聖法神國在戰力上已經毫無餘裕了。

現在也正為了復興工作而將騎士們派遣到了各地。要是立刻開始聚集戰力，又會變得疏於國內的重建工作。

可是他也不能對人民見死不救。

因為米哈洛夫最執著的就是要名垂青史，他做不出捨棄人民不管這種事。

「為什麼……為什麼這種怪物會在這時候……」

「在進攻阿爾特姆皇國時有接到出現了這個魔物的報告，該不會是那個時候的？」

「但是應該也有發現其他的魔物才對。為何只有巨蟑攻了過來？」

「等等，在攻進阿爾特姆皇國時，我軍抵達了那些傢伙作為最終防衛線的要塞。追根究柢，我軍的敗因是包含災害級的魔物在內，有大群的魔物偶然出現這件事……等一下，那真的是偶然嗎？我軍和那些傢伙的戰鬥次數屈指可數，而且也沒給予他們多大的損傷……該不會！」

「你想說他們是預測我們會攻入，所以事先誘導魔物過去嗎？一個沒弄好的話他們也會被牽連進去的喔！」

到了這個時候，他們才終於注意到了當時的狀況。

面對他們的侵攻，阿爾特姆皇國計畫藉由誘導魔物來翻轉軍力居於劣勢的局面，而那時殘存下來的魔物如今化成了地獄軍團，開始四處侵略。

也就是說阿爾特姆皇國很有可能是刻意放著擁有難以打倒的巨大軀體的巨蟑不管。

如果真的是這樣，就表示阿爾特姆皇國非常了解魔物的生態。

「那些魔族的實力相當於勇者。跟那些超乎常規的魔物戰鬥的話，就算不情願也會變強吧。」

「等等，假設這是事實，不就表示至今魔物沒從邪神的爪痕現身，是因為有那些傢伙在防守著嗎！這種蠢事……」

「不，說不定我等犯下了莫大的錯誤。要是過去都是阿爾特姆皇國在防範魔物，那些傢伙就有可能是受不了我等了，才去誘導魔物。」

「簡直像是在說要是沒有他們，我等早就已經滅亡了。這些魔族……」

「但是從現況來看，這可能性很高。畢竟現在我等就對阻止地獄軍團一事束手無策。就算戰力沒問題，也很難說能否防守得住。」

事情的發展變得很不妙。

要是照祭司們的說法，是阿爾特姆皇國擋下了從「邪神的爪痕」現身的魔物，那同意對阿爾特姆皇國發動戰爭的米哈洛夫的立場便岌岌可危。因為根據教義，「回報他人的善意乃是美德」。

如果是魔族保護了他們的生活，就表示對不同種族採行差別待遇的做法是錯的。同時也代表守護著自己生活的最大護盾決定對他們見死不救了。

順帶一提，從阿爾特姆皇國的角度而言，他們只是打倒了可能會威脅到他們的魔物罷了，沒有要保護梅提斯聖法神國的意思。

可是以結果來看，事實上阿爾特姆皇國是守護了住在平原上的他們沒錯。畢竟阿爾特姆皇國總是在和會造成災難的強大魔物作戰。

祭司們得出「早知道不該與阿爾特姆皇國敵對的」這個結論也只是時間早晚的問題。

「確實……考慮到現在的狀況，這意見也是沒錯。然而他們是邪教徒。將他們導向正途不正是我等的義務嗎？」

「可是法皇大人，若是我國因此毀滅，那就本末倒置了吧。我等是否應該採取更友善的態度呢？以結果來說，我等陷入了困境啊。」

「唔……」

「那些傢伙簡直像是在說『你們最好搞清楚自己的斤兩』一樣。真可恨……」

都已經與對方敵對了，在這裡批評阿爾特姆皇國也沒有意義。

阿爾特姆皇國沒打算打倒在梅提斯聖法神國這邊的魔物，不如說他們很高興看見聖法神國滅亡吧。因為聖法神國就是做了會讓人這樣想的事，祭司們也沒資格來批評他們。

「事到如今也無可奈何了吧。問題是該如何度過這個國難……」

「試著請求他國支援呢？要是知道會被授予神的恩惠，其他國家也會樂於出手相助吧。」

「不，這不行吧。周遭國家已經對我國起了疑心，甚至開始賣起了回復魔法。這樣下去連神聖魔法的價值都會下降吧。事情非常嚴重啊。」

「其他國家恐怕不會派遣援軍過來吧。不可能為此浪費寶貴的戰力。」

神官和祭司可以使用的魔法差距很大。所以只要發生緊急狀況，祭司便會備受禮遇，因為可以使用許多回復魔法，甚至會受到其他國家的重用。

然而用神聖魔法治療的對象僅限於貴族或富裕的商人，不然就是王族。會幫一般民眾治療的神官很少，一般市民大多是受到神官調配的藥或是低階回復魔法的照顧。儘管如此，還是有很多付不出高額治療費的民眾。

這是因為他們盤算要藉此豐潤自國財政，對他國民眾收取暴利。

會救濟貧困人民的神官幾乎都是米哈洛夫表面上以傳教為名目，放逐到其他國家的人，這些人都對梅提斯聖法神國十分不滿。

實在不覺得他們會願意盡力來援救聖法神國，要是隨便請求支援，他們很有可能會趁機干涉政治。

由於一直實行無論內外都不斷樹敵的政策，才會導致派遣到其他國家的神官們幾乎都決定定居在外的現況。就算他們願意幫忙，在那之前國家也會滅亡。

國土範圍太大反而成了缺點。

『沒辦法……畢竟以我的立場來說不能輕舉妄動，只能仰賴血連同盟的人了。至少得避免損害繼續擴大。』

米哈洛夫決定動用盲信者。

表面上是異端審問官，實際上卻是在神的名義下做出殺戮行為的危險之徒。

「叫異端審問官長喬斯弗格來……現在需要人手。」

「要叫那傢伙嗎？」

「無論使用什麼手段都必須保護人民。為此就睜一隻眼閉一隻眼吧。」

異端審問官的首領喬斯弗格是個無信仰之心的殺人狂，精神異常到連祭司們都將他視為危險人物。

對外看起來是個虔誠的信徒，骨子裡卻是透過殺人來得到快樂的殺人狂。

給予對方痛楚，見到對方渴求著名為死亡的慈悲的樣子，他便會感到愉悅及性衝動，沉醉於奪去他人性命的全能與支配感中。

要說為什麼會優待這樣的人，是為了徹底清除危險分子。

以毒攻毒。這毫無疑問的是悖離信仰的做法。

然而政治骯髒的一面正好可以交給這種精神異常之人。

於是過了一陣子，身為異端審問神官長的喬斯弗格來到了此處。

知道自己頂多是個用過即丟的棄子，在這個前提下也不忘利用當權者來滿足自己欲求的異常快樂殺人狂，以國難為由被放了出來。

◇◇◇◇◇◇◇

「會對或多或少的犧牲睜一隻眼閉一隻眼啊……要是對手是人類還能樂一樂，這還真麻煩。」

外觀看來像是個好人的纖瘦中年男性。儘管長相也像是個平凡又普通的祭司，但他正是掌管異端審問官的長官，以監視血連同盟為職的祭司。

從他口中吐出了和外表不同的粗暴語氣。

血連同盟是過激的盲信者集團。高層藉由加上同時也是地下組織的異端審問官，將血連同盟統整為一個受管控的組織。

甚至還給予他們免罪符，讓他們得到了專門排除不利於四神教者的正式騎士地位。

基本上是利用罪犯組成的暗殺組織，但得到了四神的保證，使他們殘酷的行為被正當化，他們便喜孜孜地以執行神罰為由，沉溺於享樂的殺人行動中。

可是他對這次的工作實在是提不起興趣。

畢竟這次的對手是數量龐大的昆蟲型魔物，不管付出多少犧牲，他都不覺得可以壓制得住。

快樂殺人狂是透過看到他人痛苦難耐、祈求慈悲的樣子來獲得快感。根本不會想以完全不會表現出任何感情的昆蟲為對手，沒有比這更無趣的工作了。

只是他既然處在上層允許他光明正大殺人的立場上，也不能拒絕這份工作。

因為只要拒絕了就會被處刑。

「我是因為可以殺人才接下這個職務的耶。明明是這樣，為什麼我卻得去處理那些蟲子啊……」

與其說是殺人狂的堅持，不如說他是個讓人痛苦會感到異常愉悅的人。

他不記得自己有簽下要處理地獄軍團的契約。要處理這種事，還不如混在城鎮中，不時犯些綁架殺人案。

他也想過要逃走，可是去其他國家一定會立刻被逮捕處刑。

只有這個國家能讓他以大義為名行殺戮之實。

他現在已是被某國通緝之身。但對付魔物不是他的專長。

儘管變得有些憂鬱，喬斯弗格仍走下前往地底的階梯，打開了在地下通道末端的某個房間的門。那裡是所謂的拷問室，和他一樣身為異端審問官的祭司們聚集在桌前。

幸好現在沒人被他們拷問，但房裡仍飄有血液獨有的鐵鏽味。裡頭到處都擺放著可疑的刑具，充滿了血腥殘酷的氣息。

「咿嘻嘻，怎麼啦～老大～你一臉特別鬱悶的樣子耶？」

「是很讓人鬱悶啊……上頭叫我們想辦法處理地獄軍團。是要我們怎麼辦啊……」

「唔哇～那豈不是糟透了嗎。換成是我就逃走嘍？」

「我也想逃啊。我可是因為可以開心殺人才接下這工作的。結果卻糟透了。我們拿巨蟑那種魔物根本沒轍吧。亂來也該有個限度……」

「那是傳說中最大級的魔物吧。對犯罪預備軍的我們來說～負擔太重啦。」

普通的殺人犯實在是擔負不起以成群的魔物為對手這種事。

他們本來就是一群以懲處異端分子為名目享受拷問樂趣的人。面對魔物他們食指都不想動，也提不起幹勁。雖然逃走是最輕鬆的，但基於「免罪符」的契約，他們不管逃去哪裡，都會被找出他們的所在位置。

所謂的「免罪符」是基於教義下犯罪也不會被問罪的東西，僅適用於國內。屬於一種契約魔法，所以只要做出不符規定條件的行為，身體便會產生劇痛。

也就是說他們的立場和奴隸差不多，但光是受到優待這點就很不錯了。

「唉～以蟲子為對手一點都不好玩啊。我比較喜歡切碎小孩的說……」

「我也覺得一邊玩弄一邊殺掉女人才有趣啊？而且居然是巨大的蟑螂喔……」

「老大～為什麼要接下這種工作啊。我們根本辦不到吧。」

「我也不想接下這種工作啊！可是因為免罪符的契約效果，我沒辦法拒絕！」

「當公務員還真是辛苦啊～……」

儘管因為沉溺於快樂殺人而擅長拷問，他們也不是傭兵。面對魔物他們只有和一般人同等的實力，除了執著於殺人之外，和一般民眾沒兩樣。

他們要是失去了職務就只是罪犯。捨棄契約便會立刻被當成罪人處刑。

「簡單來說就是想把我們當成棄子吧。完全想不到什麼好辦法……」

地獄軍團雖然是以強大的高階魔物為中心群體行動，但其中也有會在途中死亡的個體。

由於是數量多到非比尋常的魔物集團，很難確保足夠的糧食。弱小的個體會餓死，同族再藉由吃掉屍體，變為更強大的魔物。最後群體會依循本能分散開來，化為好幾個軍團在國內擴散開來。

現在是還好，可是等群體擴散開來就無計可施了。所以趁早殲滅地獄軍團是常見的解決方法，只是沒有人能夠辦到這件事。

真要說起來，叫殺人犯去想辦法解決魔物，他們也無能為力。

「既然這樣，只要全丟給其他國家處理就好了吧？」

「什麼？」

對走投無路的喬斯弗格提出建言的是一位最近才被分配為異端審問官的女人。雖然是位相貌柔和的黑髮美女，但他本能地知道這女人和他們一樣是個敗類。

這女人過去好像是在索利斯提亞王國以當刺客維生，因為被通緝才逃到聖法神國來。異常地執著於金錢，只要有想要的東西，甚至會不惜殺人掠奪。

由於身為刺客的實力相當優秀，才被招攬為異端審問官。

「妳說全丟給其他國家是什麼意思？我們可沒辦法操縱魔物群喔。」

「但可以誘導魔物喔？只要用『邪香水』就好了。」

「可是我們也得付出犧牲。我還沒殺夠，沒打算送死。」

「那是叫血連同盟嗎？只要利用那些傢伙，他們會很樂意接下這份工作吧。說四神下達了神諭，說要『促使魔物去攻擊邪教徒吧』，事情就很簡單嘍？」

「原來如此，畢竟那群傢伙腦中只有信仰。會很樂意去送死吧。」

「之後就隨便占領哪個村子來享樂吧。不管做什麼都可以吧？可以殺個爽呢。」

這一句話讓殺人狂們的眼中閃現了危險的光芒。

「邪香水」是能夠吸引魔物的禁忌祕藥，但同時也有被稱作「魔避香」，能夠使魔物遠離的香水。只要使用這個，要讓一個小村莊成為安全區也不是難事。

可以在出現了地獄軍團的情況下，在安全的地方沉醉於殘酷的殺戮中。

這提案實在太吸引人了。

「這還真是愉快的提案呢～我有好一陣子沒殺人了，這樣正好。」

「呵呵呵……說得也是。上頭都說不會管我們用什麼手段了。就讓我們好好樂一樂吧。」

「小孩子……又能殺小孩子了。嘻嘻嘻，讓我忍不住勃起了呢。咿嘻嘻嘻♪」

「啊，值錢的東西我要收下喔？你們只是想殺人而已吧？」

「居然能想到這種手段。真是個可怕的女人啊。值錢的東西我會分一半給妳。殺戮……又能夠殺人了。」

這些人都瘋了。

他們是會因殺人而感到異常愉悅的怪胎。雖然偶爾會拷問血連同盟的人，但基本上殺害毫無抵抗的人最令他們感到快樂。

這次因為是國家可能會滅亡的大事件，就算這時出現了被拷問殺害的遺體，魔物也會幫忙處理掉。

在國家將要滅亡的非常時期，會被當成小問題來處理吧。

「對了……可以的話就引去索利斯提亞魔法王國吧。那個國家的村子或城鎮毀滅了，對這個國家來說也沒有任何壞處吧？因為是魔物擅自攻過去的嘛。」

「咕哈哈哈哈！妳說的沒錯。既然決定了，就趕快行動吧。愉快的宴會要開始了。」

喬斯弗格用野獸般的表情大笑著下令。

惡意開始行動了。

可是索利斯提亞魔法王國還不知道這件事。

◇◇◇◇◇◇

原本她去向弟弟聰——也就是傑羅斯借錢來還債，卻因為弟弟過著自給自足的生活，只能打消這個念頭。

是被丟到這個世界的轉生者之一，俗稱的婊子。

「大迫麗美」。在遊戲中的名稱是「莎蘭娜」。

在那之後她一邊被地下錢莊的討債人追趕著，一邊輾轉流落各地，後來騙了碰巧遇到的剛從同人販售會場回來的御宅族，賴在對方家裡。而她就是這個時候開始玩起「Sword and Sorcery」的。

她靠著三寸不爛之舌吹捧這個家的主人，假扮自己是個認真努力的女性，同時整天都在玩。而她的角色當然是盜賊，最後轉職成了刺客。

她會去找玩家ＰＫ，不花一毛錢的獲得裝備或道具。以某方面來說成了一個相當厲害的玩家。別稱是「殺手小魔女」。

在被丟到這個世界前，她正盯上了某個高階玩家。

然後她在這個異世界碰到了最糟糕的人。

沒錯，她的弟弟正是最高階的玩家。身為「殲滅者」之一的傑羅斯。

弟弟在相遇後立刻用機車輾過她，不由分說地想要殺掉她。而且臉上笑得非常燦爛。

更大的問題是她用了「回春靈藥」讓自己變年輕這件事吧。

這個靈藥其實是有缺陷的。回春靈藥確實能讓使用者變年輕，可是有著會一口氣以變年輕歲數的兩～三倍老化的副作用。簡單來說就是會縮短壽命。

莎蘭娜單方面認定傑羅斯手上一定有可以消除回春靈藥效果的道具，為了尋找他而遊走於各地，卻因為企圖暗殺公爵家的血脈而遭到通緝。

結果她只能逃離索利斯提亞魔法王國。

剩下的壽命也有限，她已經沒有多少時間了。

然後現在——

「唔呵呵呵……聽，我一定會把你逼出來的～」

她沒道理地反過來怨恨著傑羅斯。

在玩「Sword and Sorcery」的時候，她曾經被所有「殲滅者」在獵殺ＰＫ玩家時給殺死。

而且還在被強制裝上了受詛咒的道具後，被丟到了多人共鬥級的龍棲息的洞穴中。

更慘的是就算逃出了洞穴，還是沒辦法拆下受詛咒的道具，那詛咒道具更是設計成了只要找人ＰＫ就會累積量表，量表集滿就會自爆的凶殘規格。「殲滅者」之一說這是「伊甸之詛咒」。

死而復生後能力參數也會因為詛咒的效果被降回初始等級，還順便加上了髮型會變成爆炸頭的搞笑效果。做得實在是非常精細。

因為一眼就能看得出是ＰＫ玩家，她後來便遭到了那些在當獎金獵人的玩家的追殺。

現實中被討債的人追殺，在遊戲中被獎金獵人追殺，在異世界則是被死神給追殺著。

儘管沒救了，但這一切都是她自作自受，也是沒辦法。

可是絕對不會反省自己的她藉著怨恨傑羅斯，硬是活了下來。

「弟弟只不過是供我利用的存在罷了。明明是這樣卻反抗我，給我等著瞧吧。我絕對會報仇的！」

真的是個無可救藥的人。

然而她忘了一件事。那就是她的弟弟是「殲滅者」……

而且以某方面來說，弟弟也是最了解她的人。

最重要的是她不知道兩人的等級有著壓倒性的差距。

她畢竟不是什麼會把等級練到滿的狂熱玩家。

成功率極低，有勇無謀的復仇劇即將開始。

第八話　大叔被誤會了

在桑特魯城前下了機車，徒步走進城裡後，傑羅斯和路瑟伊碰上了一個大問題。

來到城裡附近時已經傍晚了，旅館大多都住滿了商人或傭兵，沒有可以落腳的地方。

既然如此，事情必定會演變成路瑟伊要借住在傑羅斯家的情況，然而問題就出在傑羅斯家完全沒有準備給客人用的寢具。畢竟他是個單身漢，完全沒想到會有客人來。

「不巧我家無論是床還是寢具都只有一套呢。雖然是我在用的東西，但請路瑟伊小姐拿去用吧。我去睡沙發……」

「咦？怎麼這樣……才剛認識沒多久的男女住在一個屋簷下……而且還是用你的寢具！」

「不，為什麼妳的反應要這麼大啊？就算我不小心走錯一步，動了奇怪的念頭，但只要我出手，這就會演變成國際問題啊。」

以給一個單身男性居住的空間來說，傑羅斯家很大。

裡頭有好幾間空房，生活上有在使用的除了寢室之外，大概也只有廚房和客廳。基本上就是日常生活所需的空間。

儘管路瑟伊用面具遮著臉，卻藏不住心中的動搖。

不如說因為她自然地說出了多餘的話，反而讓人莫名地介意起來。

「妳那樣介意的話，會讓我也有種難以言喻的感覺啊……這也沒辦法吧，現在這個時間沒有旅館會有空房的。請妳做好覺悟。」

「覺悟？你居然說覺悟！」

她的腦中染上了一片粉紅色。

路瑟伊本來的個性是「驚慌失措將軍」。她不但膽小、容易臉紅，又非常怕生，別說出現在眾人面前了，根本嚴重到了不可能和異性交往的程度。

她很難露出真面目和他人建立人際關係，要是沒有面具，就完全是個家裡蹲體質的沒用人種。而且因為出身良好，也是個不知世事的大小姐。

「我可不是那種會對剛認識的女性出手的禽獸喔。關於這方面我是希望妳可以相信我……」

「可、可是父親大人說『男人全都是靠下半身思考的生物』……」

『那個大叔……到底是怎麼教育女兒的啊？這已經遠超過深閨大小姐的程度了……』

或許是因為母親失蹤，單靠父親一手養大的緣故吧，使得她的偏見莫名地嚴重。簡直和某個笨蛋爺爺的作為不相上下。

然而由於路瑟伊對結婚抱持著憧憬，感覺她其實有著對異性充滿興趣的悶騷個性。不時拋來充滿期待的眼神這點也著實令人難受，太遺憾了。

想到她被想結婚這件事逼到了這種地步——

「我可沒想在雙方沒共識的情況下發生關係喔。唉～……我累了。」

傑羅斯說完後不禁認真地嘆了一口氣。

「太、太失禮了！居然對著楚楚可憐的少女發出那種無奈的嘆息……」

「事到如今才想裝出武人的樣子來掩飾，也已經太遲了喔。因為我已經知道妳和我姊是往不同方向發展，令人感到遺憾的人了……」

「怎麼會～～！」

平常總是「哈唔」、「啊哇哇」那樣緊張的說不出話是也無所謂，可是她是個沒有面具就無法在社會上好好與人來往的可憐人。大叔有種她很有可能會輕易地被老練的詐欺犯給騙走的預感（雖然這種情況應該說是結婚詐欺吧）。

『她確實很有實力，不過和那相反地，她實在太不知世事了。真虧她能擔任將軍啊……這樣不行吧，路菲伊爾族是不是嚴重地缺乏人才啊？』

「你是不是正在想什麼失禮的事情？」

「沒這回事。我只是在驗證至今為止所見的事實而已。」

「這說法……不知道為什麼有種更失禮的感覺耶？」

「是妳多心了啦，多心了……妳的被害妄想很嚴重呢。莫非妳有自覺？」

「你果然在想什麼失禮的事情吧！吃我這劍！」

路瑟伊打算拔劍，傑羅斯卻在她拔出來之前便壓住了劍柄，俐落地阻止了她的行動。

她好像多少還是有作為武人的自尊，可是有沒有戴面具時的個性落差太大了。

驚慌失措將軍在帶著面具時特別血氣方剛。

「要是妳至少可以不戴著面具和人交談就好了。」

「唔……和家人可以。可是一旦要和其他人對話，就不管怎麼樣都……」

「依據時間或場合不同，那面具對對方來說也有可能會顯得很失禮喔。我是覺得妳多少習慣一下跟人相處這件事會比較好啦……」

「辦不到！我絕對辦不到！」

「居然說得這麼乾脆？是已經放棄了嗎……」

仔細想想，想讓她能習慣和其他人對話的絕對不只傑羅斯一個人吧。

雖說是理所當然，但身為她父親的拉馮政武大官長想必也試過這件事了。儘管如此還是治不好，她才會徹底地認定自己辦不到吧。

不如說她沒成為家裡蹲還比較不可思議。

「要去教會借客人用的床單啊……但這樣妳們姊妹說不定忽然就要碰面了呢～」

「為什麼會變得忽然就要和妹妹碰面？」

「我家裡完全沒有給客人用的寢具。既然這樣就只能去向幫忙照顧孤兒的鄰居那裡借了。而那裡的負責人就是路賽莉絲小姐……」

「也就是說你和妹妹是熟識的鄰居嗎？我可沒聽說過這件事！」

「我有說了是認識的人啊？雖然沒說是鄰居啦。」

「這種事情早說啊！我還沒做好心理準備耶！」

「反正只是遲早的差別吧？我以為妳早就已經做好心理準備了。」

路瑟伊要和路賽莉絲見面這件事本身已經是確定的了。

為了確認是否有血緣關係，她們兩人無論如何都需要談談。

傑羅斯是認為她都答應要來索利斯提亞魔法王國了，應該早已下定決心，然而她似乎還在猶豫的樣子。

「我們也不能一直在這裡磨蹭，趕快過去吧。畢竟得去借床單和枕頭才行。」

「說是這樣說沒錯……唔……」

儘管還沒下定決心，但人都到桑特魯城來了，後悔也來不及了。

傑羅斯和一邊被許多事情及猶豫不決的心給苛責一邊走著的路瑟伊一起動身前往孤兒院。

◇◇◇◇◇◇

「唉……」

路賽莉絲望著從教會的窗戶看出去的景象，深深地嘆了一口氣。

在主人不在的鄰家庭院裡，咕咕們一如往常地在訓練。

傑羅斯在超過一個月前被飯場土木工程的那古里給綁架，在那之後便音訊全無。

路賽莉絲沒想到他會離家這麼長一段時間，變得有些擔心了起來。

但該說幸好嗎，嘉內她們在接受了護衛委託的地下通道工地現場偶然碰見了傑羅斯，讓路賽莉絲得以知道傑羅斯的狀況。

像是在工地現場發現了古代遺跡，隻身一人便殲滅了魔物大軍等等，好像發生了很多超乎想像的事情。

『雖說他平安無事就好了，但至少和我聯絡一下吧……』

一般來說，會從當地的工地現場寄信通知家屬。可是這次的工地是公爵家推行的國家事業，而且是極為機密，在不被某個宗教國家發現的情況下進行的。

雖說在通道完成時，公爵家的盤算就會被那個國家看穿了，儘管如此，也不能將國家事業的內容馬上就傳給外部人士。更何況路賽莉絲是四神教的見習神官，居於必須為梅提斯聖法神國殉身的立場。

真要說起來，因為她不是打從心底信奉宗教，所以寄個信給她報平安這種程度的事情應該是能夠獲得許可的。說是這樣說，但裡頭也有諜報人員在，為了路賽莉絲的安全著想，有時候什麼都不要說會比較好。

嘉內等人也是突然說「因為有工作」就離開了教會。至於工作的內容是什麼她就不知道了，不過因為是來自國家的委託，必須保密這件事情她也能夠理解。

由於地下通道開通了，路賽莉絲也終於能夠知道這件事了。

「修女……妳又在想傑羅斯閣下了嗎？在下認為替那一位擔心只是徒勞喔？」

「沒錯沒錯，因為大叔很強啊～伊莉絲姊姊也說了喔？說大叔是最強的魔導士。」

「戀愛中的心思是很複雜的。強尼你一點都不懂啊～這份少女心。」

「安潔妳說這種話也沒說服力喔？哎呀，不過這樣修女也會產生自覺了吧？」

「我贊同拉維說的。不過大叔會不會帶土產回來啊？肉、肉、肉！Meeeeeeeeeet！」

「什麼啊～！別看我這樣，我也是個少女喔！」

路賽莉絲的周遭非常熱鬧。

但就連這些喧鬧聲都傳不進她的耳中。畢竟一個月以上都沒有消息，她會擔心也是當然的吧。

不過這種情況下孩子們是對的。

能夠在物理上對大叔怎麼樣的對手非常有限。

『唔……雖然我已經整理好自己的心情了，但真的要往前跨出一步的時候……』

對路賽莉絲來說，這是她的初戀，而且對方還比她年長。

她不敢獨自去告白，基於兒時玩伴嘉內也和她喜歡上了同一個人，她想把嘉內也一起拖下水。看起來很積極，實際上卻很沒骨氣。

因為這裡是接受一夫多妻的，所以就算一下子有了兩位妻子也不會有什麼問題，然而嘉內的心情也還沒整理好，事情便停在一個不上不下的階段。

「在修女這樣磨蹭的期間中，大叔說不定會去勾引其他女人喔。」

「咦～？強尼，大叔辦不到那種事吧。因為他沒工作啊。」

「可是他有錢喔？能夠生活就沒問題吧。」

「嗯。只要能夠養家就沒問題了。畢竟每個人賺錢的方法不同。」

「只要能夠吃肉就很幸福了。奢侈是敵人。」

意外地很注重現實面的孩子們。

另一方面，路賽莉絲在意起強尼所說的話——

『其他女性？難道傑羅斯先生有這麼能幹嗎？他外表看來是個漂泊不定的人，這樣能夠吸引得到女性嗎？可是也難保不會有個萬一……』

她內心十分動搖。

雖然很想說『趕快在一起啦』，可是雙方都很在意彼此的年齡差距，沒辦法乾脆地做出行動。

而且在戀愛症候群的影響下，只有自己的心情會搶在前頭，沒有餘力去慢慢確認對方的心意。唯獨渴求對方的本能會逐漸增強。

由於是本能會搶在感情之前的自然現象，當事人雙方的心都追趕不上本能的衝動。當這份衝動到達高峰時便會爆發失控的現象，然而就連這個危險性都從他們的腦中消失了。

是種相當麻煩的生理現象。

話說回來，路賽莉絲給大叔的評價還真是過分。

「路賽莉絲小姐，好像有客人來了喔？剛剛入口處傳來了敲門聲。」

「咦？謝、謝謝妳，伊莉絲小姐。會是誰呢？」

「我是覺得從聲音聽起來像是叔叔啦……可是我只是借住的，也不好去應門。」

「說得也是。那麼我去看看吧。」

路賽莉絲急忙走向教會正面入口的大門，把從內側鎖上的門鎖解開後，緩緩地打開大門，從門縫間窺看外頭。

在門外看到了眼熟的灰色長袍後，她不禁一口氣推開了大門。

「傑羅斯先生，歡迎回來！你超過一個月沒回來了，我很擔心你喔？」

「我回來了。哎呀～好像讓妳操心了呢。」

「事情我從嘉內和伊莉絲小姐那裡聽說了，辛苦了。」

「真的是累死我了，因為我完全沒想到會有惡魔出現啊～」

「咦？你、你說……惡魔嗎？」

由於嘉內小隊在伊薩．蘭特的城門前戰鬥，所以不知道大叔在裡頭和惡魔交戰的事。不如說她們和大叔一起行動的話，會死在惡魔的手上吧。

基於報告的義務，他還是有把這件事告訴克雷斯頓，不過有惡魔存在這件事不能外傳，最後還是選擇隱瞞這件事。

既然要利用舊時代的都市，要是工匠們因惡魔而不敢靠近就麻煩了。

就算打倒了，也不能保證惡魔不會再度出現，而這些傳聞也會成為妨礙到往後政治方針的禍根。

畢竟不能耽擱到國家事業，所以對王都的報告中只提到了骷髏和死靈。

「哎呀……不小心說溜嘴了，這是機密事項呢，拜託妳別說出去。」

「咦咦咦咦！為什麼會隨口就說出這種重要機密啊，這種事情應該要保密不能說出來吧！」

「所以就說了是『不小心』嘛，很久沒回來，我好像太興奮了，失策、失策啊。」

終於回到桑特魯城讓大叔有些興奮。

結果不小心順勢說出了機密事項。

「唉，先不管那件事，我有事想要拜託路賽莉絲小姐。」

「有事想要拜託我？是什麼事呢，如果是我能辦到的事，我很樂意幫忙。」

「其實是因為我沒有給客人用的床單和枕頭，希望可以跟妳借用幾天。我從阿爾特姆皇國帶了客人回來。」

「有客人啊，我知道了，這我可以準備。」

「哎呀～因為我沒買給客人用的棉被那些的，正困擾著呢。而且這個時間，不管哪家旅館都沒有空房了呢。」

「那麼我馬上去準備……」

就在路賽莉絲打算進去拿枕頭等寢具時，她注意到了站在傑羅斯身後稍遠處的第三者。是位有著黑色翅膀，戴著面具的女性。

那位女性注意到路賽莉絲的視線後，稍微點頭示意了一下。

「……傑羅斯先生。你說的客人……是那邊那位女性嗎？」

「是啊，這位是阿爾特姆皇國的路瑟伊．伊瑪拉將軍。因為我們家還有空房，可以代替旅館。只要準備棉被和枕頭就好了。」

「不、不行！不是夫婦的男女在同一個屋簷下共度一夜這種事情，要是出了什麼錯該怎麼辦啊！」

「咦？咦咦咦咦～～？」

眼前的狀況似曾相識。

『沒想到他真的帶了女性回來……早知道事情會變成這樣，我應該早一點……不，不行！要是被他以為我是個輕浮的女人，我一定會很想死，而且我也沒有強悍到可以做得出那種事……』

而路賽莉絲的心中非常混亂。

大叔不知道路賽莉絲的心思，說了：「不，要發展到那種地步實在是……在出錯之前我就會被砍了

喔？」企圖解釋，可是──

「說不定會基於某些契機就發生那種事情不是嗎！像是碰巧在浴室撞見，或是在對方換衣服時不小心打開了門……」

「……那個之前發生過吧？我覺得會有些尷尬才刻意不提的。」

「說不定會因此爆發激烈的情慾，做出無可挽回的事情喔？祭司大人有說過，『男人們都是用下半身在思考的，絕對不能信任他們』。」

『喂喂喂……這邊也一樣嗎！到底多不相信這個世界的男人啊……』

──完全沒有幫助。

而且以某方面來說，祭司所說的話是真理。

對異性抱有某種程度的防備心，在這個治安不佳的世界裡可說是一種有效的防衛手段。因男女之間的問題而產生的犯罪行為意外地多。

可是就算多少對於保護自己有幫助，依據個人性格的不同，也有可能會對和異性交流一事產生厭惡感。

教育時的程度很重要，可是根據狀況不同，這程度也有可能會讓人往奇怪的方向發展。

以路賽莉絲和路瑟伊的狀況而言，兩人分別是神官和國家的重要人物。雙方都接受了嚴格的管教與戒律，在教育過程中，對於周遭的警戒心成了有些複雜的不良情感。

不是變得更有節操，單純只是往膽小的方向成長了。

路瑟伊對於要和傑羅斯共住一個屋簷下的事，由於想結婚的願望和接受管教培養出的節操觀念轉化為了恐懼。路賽莉絲則是無法跨出那一步，又對路瑟伊表現出嫉妒的情緒，這也是戀愛症候群帶來的影響吧。

不過大叔無從得知這些事情，腦中浮現的只有『這兩個人到底受了怎樣的教育啊？』這個疑問。

因為他一直過著我行我素的生活，非常遲鈍。

「唉～……我就這麼不值得信任嗎？再怎麼說，我都不會對擔任一國軍務職位的重要人士出手啊。麻煩死了……」

「這話太過分了吧！這是表示我作為一個異性來說毫無魅力嗎？」

「傑羅斯先生……不該對女性說『麻煩死了』這種話吧？我認為你這話太失禮了！」

『妳們到底是要我怎樣？』

說實話卻被責怪。

大叔不禁用以前的說話口吻在內心抱怨，真心覺得這一切很沒道理。

「唉，這件事情就說到這裡吧……妳願意借我棉被和枕頭嗎？我家裡沒有給客人用的東西。」

「這樣啊……我這裡是有幾套備用的寢具，用那些可以嗎？」

「沒問題。我會讓路瑟伊小姐睡我原本在睡的床，然後我自己帶著借來的棉被去睡沙發。總覺得好累……」

「咦？床要給那位用嗎？我在傑羅斯先生不在家的期間，是有偶爾去曬曬床單之類的啦……」

「妳是不是說了什麼奇怪的話？妳說有去曬床單？我記得我家有上鎖啊……」

雖然傑羅斯是被綁架帶走的，但家裡還是有好好上鎖。

明明有上鎖，路賽莉絲卻說有幫他曬床單，到底是怎麼回事。

「你問鑰匙的話，跟一封信一起被掛在教會的後門門把上喔？信上寫說『會暫時不在家，麻煩妳打理家裡了』……那不是傑羅斯先生放的嗎？」

「我是被強行帶走的喔？路賽莉絲小姐妳也看到了吧？」

「……咦？」

傑羅斯的疑問馬上就解開了。

鑰匙恐怕是那古里他們放的。而指示他們這樣做的，是在背地裡促成綁架案的某個公爵大人吧。是相當具有計畫性的犯行。

『仔、仔細想想，這是國家等級的綁架案吧？雖然我想說他們就是些怪人，所以這也沒辦法，但照一般的想法來說，這是牽扯到國家的犯罪行為吧？』

家是飯場土木工程公司建造的，而委託他們的是德魯薩西斯公爵。只要他們想，要打出幾把備用鑰匙都行，答應接下土木工程的委託是在他被綁架後才事後同意的。

從儘管有許多疑問，還是立刻習慣並完成了工作這點看來，想必大叔有很強的環境適應能力。

「唉，總之請借我棉被一類的東西吧。總覺得繼續說下去對話會變成平行線。」

「說得……也是。是說兩位吃過飯了嗎？」

「還沒，我想說回去後燒個洗澡水，趁燒水的時候做飯。」

「洗、洗澡……」

路賽莉絲僵住了。

有浴缸的住宅很少見，以傑羅家來說，廚房的旁邊就連接著浴室。

根據當下的情況，很有可能會出現「呀啊啊！大○你好色！」那樣的發展。

「傑羅斯先生……你們哪位會先去洗澡呢……？」

「這個嘛～當然是客人優先吧。」

「在準備晚餐的時候，可以看見更衣處的問題呢？」

「因為有門，我想應該不要緊吧？真有個萬一去偷窺的話也會被砍頭啊～」

「那個……在路瑟伊小姐洗完澡之後呢？」

「畢竟我也累了，所以會換我去洗澡啊？」

路賽莉絲石化了。

傑羅斯的這句話讓她起了某個疑心。

「不行、不行！不行——！傑羅斯先生打算做的事情是犯罪行為！」

「為、為什麼？」

「祭司大人有說過！『在女人洗好之後才去洗澡的傢伙，絕對是會沉溺在殘留的香氣與妄想中的變態』。我不可能讓傑羅斯先生做出這種悖離正人君子之路的事！」

「她到底都教了妳些什麼啊！看來得和那位祭司大人好好以拳交心一次才行呢……唉，雖然不管怎樣都是要見她啦……」

傑羅斯被懷疑是個變態了。他完全沒有那個意思……不，或許有稍稍那樣想過，但說他是變態這實在是太冤枉他了。

結果雖然加上了情緒失控的路賽莉絲的監視，但大叔總算可以帶著路瑟伊回到自己家裡去了。

而且傑羅斯得要先去洗澡，晚餐則交由路賽莉絲來準備。

第九話　大叔說明路賽莉絲的身世

儘管發生了許多事，傑羅斯和路瑟伊還是吃完了晚餐。

但是像監察人員一樣監視著他們兩人的路賽莉絲，眼神非常可怕。

臉上和平常一樣掛著宛如聖女的笑容，背後卻不知為何冒出了漆黑的瘴氣。就連大叔都忍不住怕了起來。

『好可怕……那個笑容反而讓人很害怕。我是做了什麼不好的事情嗎。』

『這、這是什麼……這股異樣的壓力……就連在戰場上都未曾感受過這種恐懼。』

實力遠勝於常人的兩人被路賽莉絲散發出的氣勢給吞沒了。

兩人至今從未感受過這種恐懼。

路賽莉絲本人好像也沒有注意到，但這股氣息就是一般被稱作是嫉妒的情緒。

別說結婚了，明明連情侶都不是，現在的大叔和路瑟伊卻像是偷情被抓包的丈夫和情婦。有如被蛇盯上的青蛙。

「話說回來，路瑟伊小姐是因為公務才來到這個國家的嗎？傑羅斯先生應該是接到了領主大人的委託，去協助道路開通的工程才對，請問是在哪裡認識路瑟伊小姐的呢？」

『『好、好可怕啊啊啊啊啊啊啊啊啊！』』

簡直就像是在質問情婦關於丈夫的事情的年輕太太。

那客氣有禮到了不自然的語氣，將屬於最強階級的兩人推入了恐懼的深淵。

要是說錯話想必會被殺的氣氛。雖然她不是刻意的，但反而更可怕。

「沒、沒啦～其實在道路工程後，我接下了護衛重要人物的工作，去了阿爾特姆皇國。在那裡又接到了其他的委託……」

「嗯、嗯……這是我的家族無論如何都必須要查明的事情。所以我會才和傑羅斯閣下同行，來到索利斯提亞。」

「如果是國家間的問題，不是應該去領主大人的宅邸嗎？我不懂為什麼會演變成要住在傑羅斯先生家的狀況。」

「因為背後有很多麻煩的緣由……該從哪裡開始說明呢……這是需要謹慎處理的事情。」

「而且這個問題……和國家無關。沒錯，希望妳能將這件事視為對我的家族而言十分重要的事。」

路賽莉絲以不由分說的魄力，對他們施加就連一點點謊言都不會放過的壓力。大叔有種現在要是隨便矇混過去，自己的人身安全也會有危險的感覺。

已經逃不掉了。傑羅斯靜靜地吐出一口氣，讓自己因恐懼而顫慄的心平靜下來。

當上班族時的簡報，讓他學會了該如何逃離這種壓力。

可是接下來才是問題所在。

他必須決定要含糊其詞，或是誠實地面對才行。

畢竟這個問題也和路賽莉絲有關。

傑羅斯做好了覺悟。

「呼……路賽莉絲小姐，其實我有事想要問妳。」

「問我嗎……？是什麼事？」

「這件事或許是跟路賽莉絲小姐也有關的問題。我希望妳能認真的聽我說。」

「啊，咦～……？」

大叔那進入了超認真模式的氣息，讓路賽莉絲十分困惑。

她無法理解這問題哪裡會跟自己有關。

「我就單刀直入的說了。我希望可以讓我們見見從小就認識路賽莉絲小姐的人……也就是先前妳也有提到的祭司大人。」

「讓你們和梅爾拉薩祭司長大人見面嗎？這是為什麼……」

傑羅斯吸氣又吐氣後，用沉穩的表情開口。

「我想只要說在這裡的路瑟伊小姐有可能是路賽莉絲小姐的親生姊姊，妳應該就能理解了。所以我們需要去見了解當時情況的祭司大人。」

「！」

「傑、傑羅斯閣下！這……」

路賽莉絲聽懂傑羅斯想要說什麼了。

可以的話，路瑟伊是希望在路賽莉絲不知情的情況下悄悄行動的，可是既然被她施壓，逼問詳情，也無法繼續瞞著她。

可是路瑟伊心中還有些猶豫。

知道路賽莉絲的過去，就能清楚辨明她們是否有血緣關係了吧。

然而要是路賽莉絲是路瑟伊的妹妹，就不能繼續放著她當擔任神官，照顧孤兒們。這是因為雖說是末席，她也會成為皇族的一員。

已經一度扭曲的人生，說不定又會再被扭曲。

「那個……說路瑟伊小姐是我的姊姊，這到底是……我不是路菲伊爾族的人喔？」

「這就是重點了。而路賽莉絲小姐也會變得需要知道一些討厭的事情。目前當然尚未確定兩位有血緣關係，可是接下來的事情妳要不要聽，這得請路賽莉絲小姐妳自己做決定才行。」

「啊，所以才說想和祭司大人見面……」

「就是這樣。」

傑羅斯給了路賽莉絲兩個選擇。

一條路是或許會受傷但能得知自己身世，另一條是就這樣不知道過去，像至今為止那樣若無其事的生存下去。

可是既然傑羅斯以這種方式來提出這件事，就表示自己的過去藏著某種難以承受的現實。所以才會出現這兩個選擇。

想知道過去的話，就繼續聽傑羅斯他們說下去，不想知道的話，就把祭司介紹給路瑟伊。

正因為是跟自己的過去有關的問題，才必須由路賽莉絲自己來決定要選擇哪一種做法。

而將這件事情以選擇的形式提出來，也是出於傑羅斯個人的顧慮及體貼。

「傑羅斯先生，請把事情告訴我吧。」

路賽莉絲平靜地說。

「這樣好嗎？是非常令人生氣又討厭的事情喔……」

「儘管如此，還是請你告訴我。如果這是我自己的事，我就不能逃避。」

「……我知道了。我把我所知範圍內的事情告訴妳吧。」

「傑羅斯閣下！」

路瑟伊很想抱住有血緣關係的妹妹。

可是她很清楚，把事實告訴她的話一定會傷到她。

畢竟伊瑪拉家就是對路賽莉絲做了這麼過分的事情。

要是現在過得很幸福，捨棄過去也沒有人會責怪她。

然而路賽莉絲沒有選擇那條路。

「妳真的要聽嗎？真的會讓妳覺得非常不快喔？因為是無聊的習俗釀成的悲劇。」

「就算是那樣，我也不想逃避。因為有過去，才會有現在的我。」

「她的態度是這樣喔？遠比路瑟伊小姐下了更大的決心呢。馬上就決定了。」

「……真堅強呢。我其實很害怕。過了十八年的歲月，事到如今才被告知真相，路賽莉絲閣下想必也很難受吧。這是理應我等該背負的罪。」

「我一直很想知道……自己為什麼會成了孤兒。所以我從以前就做好覺悟要面對這天的到來了，也沒打算要逃避。」

想知道關於自己雙親的事，沒有雙親的孤兒都至少有過一次這種想法吧。

路賽莉絲也是這樣的孤兒之一。她的心中本來就沒有逃避這個選項。

「我知道了……那麼接下來我會認真地說明這件事。不過唯獨目前還沒確定妳們是否真的有血緣關係這一點，希望妳能先記在心上。」

「好的，拜託你了。請將我的……過去所發生的事情告訴我。」

儘管做好了覺悟，真的要面對時還是會害怕吧。路賽莉絲雙手緊握在胸前，拚命地聽著從傑羅斯口中吐露出的真相。

沒有翅膀的孩子，不好的外遇傳聞以及來自周遭的懷疑眼神，就算否認也不被相信，最後遭到了流放的處分。可是在被流放之前，主動帶著孩子失去了下落——

傑羅斯仔細地說明發生的每一件事。

在漫長的說明結束後，路賽莉絲用有些疲憊的表情看著傑羅斯。

「……也就是說，因為生下了我，讓母親背上了莫須有的罪名，遭到阿爾特姆皇國流放……比我想像中的更為過分呢。」

「而且根據傑羅斯大人的說法，也出現了這或許是冤罪的可能性。有可能是所謂的隔代遺傳，也就是祖先的血脈突然覺醒造成的。如果這是事實，那我等就犯下了無法挽回的錯誤。」

「然後路瑟伊小姐是因為想知道可以得知母親下落的線索，才會被派遣到這個國家來。也是為了面對過去。」

路賽莉絲也多少可以理解路瑟伊的心情。

她恐怕被周遭的人視為犯下不道德罪行罪人的女兒來看待吧。所以她才會因為想知道母親的下落而來到這裡。

如果那是冤罪，她想必也是下定了決心，認為自己得來迎接母親才行。

「父親大人處在無法離開國家的立場上。其實他是想親自來找母親的。」

「這樣啊……」

「要消沉也是之後的事情喔。現在還沒有任何決定性的證據。」

傑羅斯相當冷靜。

這頂多只是用目前已知的情報整理成的報告，等於沒有任何確切的證據。

做ＤＮＡ鑑定的話一次就能搞定了吧，可是這個世界上沒有那種技術。

結果還是得靠自己來找出證據。

「以上是目前所處的現況。所以說為了見那位祭司大人，想請路賽莉絲小姐幫忙。唉，雖然這件事也該由路賽莉絲小姐來決定才對……」

「是要逃避事實活在當下，還是在知道一切的情況下向前邁進，對吧。我知道了，如果事情是這樣的話，我願意幫忙。」

「路賽莉絲大人……真的可以嗎？」

「以我的立場而言，老實說我不是很關心家族是怎樣的人。畢竟從我懂事以來，周遭就全是跟我有同樣境遇的孩子，和我一同成長的伙伴就是我的家人……所以該說欠缺現實感嗎，總覺得這事情好像與我無關……明明是當事人，我這樣說或許太輕率了吧。」

「沒什麼記憶也算是不幸中的大幸嗎……儘管如此還是讓妳聽到了我國之恥——不，說不定是家族的醜聞。請先接受我的歉意吧……不僅擅自擾亂妳的人生，現在還要再給妳添麻煩，真的非常抱歉。」

「不會，畢竟也還沒確認真相為何……」

儘管目前還沒有她們是姊妹的證據，路瑟伊仍然低頭致歉，這也算是她的誠意吧。

◇◇◇◇◇◇

帶領路瑟伊到寢室後，傑羅斯為了送路賽莉絲回去，走出了玄關。

從背影看不出她的表情，但內心十分動搖吧。

看得出她握著的手微微地顫抖著。

『唉，這也沒辦法……如果是我一定會逃避的。畢竟是這麼麻煩又複雜的事情……』

做好覺悟面對過去的路賽莉絲可說是個相當成熟出色的人。

然而從這件事的內容來看，她所受到的傷害也很深吧。畢竟不僅生為沒有翅膀的種族，還使母親陷於困境，甚至被流放到國外。

路賽莉絲本身並沒有錯，但她若生下來便是路菲伊爾族，就不會發生這樣的悲劇了。而且母親還下落不明。

要是真的確認了血緣關係，也很有可能會被捲入麻煩的繼承人之爭。

「問妳『沒事吧？』也有些欠缺思慮呢。聽了那麼誇張的事情，內心不可能完全不受影響的。」

「說得……也是呢。我確實有些動搖。因為生下了我，害母親慘遭流放這種事……」

「這就不對了。簡單來說，他們的知識和技術衰退，以及懷疑他人，沒有試著去辨明真相，做出欠缺思慮的行動才是造成這個結果的原因。真要說起來，被生下來的孩子根本無法選擇要出生的地點和樣貌啊。」

「你想說我出生這件事情是無罪的嗎？」

「追根究柢，這到底哪裡有罪？這點我搞不清楚呢。」

從傑羅斯的角度來看，隔代遺傳是無法預測的事情，不僅生下來的孩子，是連雙親都無法掌控的自然現象。

因為相愛而誕生的生命沒有任何罪過。要對此事施予制裁也太沒品了。

硬要說的話，該制裁的是這個用惡意對待理應受到祝福的生命的環境吧。有沒有翅膀只是表面上的原因，會用下流的疑心和侮蔑性嘲笑對待此事的原因才是問題所在。

「哎呀，接下來不去問祭司大人也無法弄清真相，要辨明血緣關係也是那之後的事。現在鑽牛角尖只是徒勞罷了。先不管已經過去的事情，看著現在吧。」

「真是積極正面的想法呢。我剛剛雖然那麼說，到了現在卻湧上了一股確切的感受……要是確定我和路瑟伊小姐之間真的有血緣關係……」

「確定的話，妳能捨棄現在的生存方式嗎？就算真有武家的血統，也不代表妳必須接受這一切。」

「你的意思是我還是可以自由地生活嗎？」

「那是當然的吧？沒有任何人有權力否定現在的路賽莉絲小姐。真有什麼問題，我也可以保護路賽莉絲小姐，不如說我根本可以徹底打趴……他們？（咦？）」

考慮到有個什麼萬一的情況，為了保護路賽莉絲，就得和阿爾特姆皇國的將軍級人士交戰。這樣想的時候，傑羅斯又重新想起了自己的力量有多超乎常理。

路菲伊爾族以種族來說確實很強，如果同時和好幾位高等級的路菲伊爾族交戰，或許多少有些難對付吧。

可是「殲滅者」拿出真本事的話會怎麼樣呢？

這答案顯而易見。

大叔的背上流下了冷汗。

假設真的要交戰，他能順利地控制自己的力量嗎——這才是問題。

雖然單方面地殘害對手也是可以，但這樣反而會將路賽莉絲逼入絕境。體貼他人的路賽莉絲不可能承受得住成為犧牲者的這些生命的重擔。

『這是相當需要謹慎處理的問題呢。』

如果傑羅斯和阿爾特姆皇國的戰士團起了衝突，受傷的肯定是路賽莉絲。

要是殲滅對手，路賽莉絲有可能會覺得自己必須負責，而向阿爾特姆皇國投降。大叔十分煩惱該如何使用自己強大的力量。

就在傑羅斯想著這些事情的時候，發現路賽莉絲不知何時看著自己，而且她的臉頰好像還染上了些許緋紅。

「怎、怎麼了嗎？」

「沒、沒事！那、那個……你剛剛說會保護我……」

「我是說了啊？如果是為了保護路賽莉絲小姐，我會阻止阿爾特姆皇國那些人給妳看的。」

傑羅斯說完的瞬間，路賽莉絲就這樣低下頭，突然抱住了他。

「這、這、這這……這是怎麼了！妳怎麼忽然……」

「抱歉……一下下，只要一下下就好。請讓我維持這個樣子……」

傑羅斯的手碰上她的肩膀後，發現路賽莉絲顫抖著。

她想必非常不安吧。

然而聽到傑羅斯說要「保護」自己，讓她壓抑不住胸中的感動，衝動地抱住了傑羅斯。傑羅斯也察覺到路賽莉絲的心情了吧，儘管是下意識間做出的行為，他仍溫柔地抱住了路賽莉絲。

『她當然會不安吧。突然被告知「其實妳是具有皇室血統的武家的一員」，也只會感到混亂而已。現在就先這樣到她平靜下來……嗯？』

他感覺到視線，看了看周遭後，發現了在家側邊堆起來的稻米山旁，有幾個人正在偷窺這裡。充滿活力的孩子們正用滿是期待的眼神在當偷窺犯。

恐怕是用了可以消去自身氣息的「隱形」技能。

「大叔，就是現在！親下去！」

「修女可是績優股喔。快趁現在侵犯她啊，你是男人吧！」

「嗯……明年就能看到修女的孩子了嗎？在下很希望能被稱呼為姊姊大人呢。」

「姊姊啊，我也想要被叫姊姊！」

「今晚是肉之饗宴……烤得熱騰騰的，看來會被美味地享用呢。」

『喂喂喂……你們是哪來的偷窺慣犯啊？該不會每天都在做一樣的事情吧？』

儘管還有些笨拙，但他們隱藏氣息的技術莫名地好。

在傑羅斯看來仍未臻至純熟，但至少不是孩子能辦到的程度。

「糟糕，被大叔發現了！我要逃了。」

「嘖！果然還是被大叔看穿了嗎……修行還不夠啊。」

「既然被發現了，只要堂堂正正的出刀即可。躲躲藏藏有違在下的原則。」

「不是，不能出刀吧！會變成肉喔？會被美味地享用喔！」

「大叔是食屍鬼嗎？他不會吃人吧。比起那種事，趕快走吧！」

知道自己被發現了的孩子們逃跑的速度飛快。

同時使用了魔力來強化身體能力，以全速狂奔。

漂亮地脫離了戰線。

「逃得也太快了……說他們做得好也不為過吧。哎呀？路賽莉絲小姐，怎麼了嗎？」

留在現場的只有無奈的大叔，以及仍然抱著傑羅斯的路賽莉絲。

不知道是不是錯覺，但她的身體似乎顫抖得比先前還要厲害。

然後……

「呀啊～～～～～～～～～～～～～～！」

她發出了飽含羞恥的哀號聲，這聲音響徹了夜空。

緊接著路賽莉絲便使盡全力跑走了。

這時大叔明確地相信了所謂的血緣這件事。

膽小沒用的濃厚血緣……

「……為什麼，為什麼我就交不到男朋友呢？這個世界太不公平了……嗚。」

從二樓看到了整個過程的路瑟伊非常羨慕可能是妹妹的路賽莉絲。

沒有男朋友的資歷，二十二年。錯過適婚年齡的她，面對的問題愈發嚴重。

針對這件事，除了叫她加油以外也沒別的話好說了吧。

她的春天還不知道何時會到來。

◇◇◇◇◇◇

在四神教裡，神官們分為好幾個派系。

一心只想獲取權力的「權力派」，以救濟人民一事為優先的「穩健派」，其他還有「基本教義派」或「改革派」等等，多不勝數。

其中勢力發展得最大的是「權力派」，而未被認可為正式派系的是「盲信派」，也就是被稱為「四神教血連同盟」的人們。

「盲信派」是在「權力派」的勢力擴張時，一併增大的派系，是信奉四神到了盲目的程度，思想不太正常的一群人。

要說為什麼他們的勢力會擴大，是因為把骯髒的工作推給他們正好。

盲目的信奉並投身於宗教，反過來說就是只要利用一些聽起來很合理的話語來誘導他們，他們就會是最適合用來當棋子操控的一群人。「權力派」之所以會相對地優待他們，也是因為只要謊稱是「神的啟示」來推動他們，無論是多麼卑劣的事情他們都會去實行。

比方說把孤兒們送去他們聚集的神殿，教育成方便好用的棋子，或是以傳教為名，送去政治情勢不穩定的其他國家蒐集情報等，把麻煩事全都丟給他們去做。

而負責監視「四神教血連同盟」的部門就是異端審問部。

讓血連同盟的人隸屬於異端審問部，在作為審問官利用的同時也能夠監視他們，藉此做有效率的運用。給予犯罪者免罪符，讓他們去做一些骯髒工作的部署也在異端審問部的管轄下。簡言之就是暗部。

可是這次的作戰由於其特性，是透過一般的神官來召募血連同盟的人員。

而現在，身為幹部的異端審問官正在森林中遠遠地監視著血連同盟的盲信者們。

「嘻嘻嘻～笨蛋們還真好用啊。連自己難逃一死都不知道，還真是認真努力呢～」

「因為這次是殉教。那些傢伙會喜孜孜地前往神的身邊。不知道死了一切就結束了呢。」

隸屬於血連同盟的神官們將裝在小瓶子中的液體灑在森林裡。

這小瓶子裡裝的正是被稱為「邪香水」，具有能夠吸引魔物效果的道具，也是被各國禁止使用的魔法藥之一。

據說效果可以持續長達一個月以上，在那段期間內，無數的魔物將在此處互相廝殺。

為了從「地獄軍團」的威脅下守護神國，同時也為了對身為神敵的索利斯提亞魔法王國降下神罰，神官們被命令要為此殉教。

到索利斯提亞魔法王國為止的漫漫長路，他們的使命就是利用邪香水將「強大巨蟑」誘導到那裡。

至於為什麼會以索利斯提亞為目標，名目上是因為魔導士會否定神的教誨，不能容許這個魔導士之國存於世上。

然而真正的理由是誘導到索利斯提亞魔法王國，會讓損害降低。

索利斯提亞王國位於梅提斯聖法神國的東南方，若是沿著山脈誘導巨蟑，梅提斯聖法神國的城鎮就不會遇襲，可以將受害程度控制在最小的範圍內，更重要的是可以除掉麻煩的政敵國。

他們就是打著如意算盤，想利用犧牲大量的盲信者，一口氣解決假想敵國和國內的問題。

「喔，先鋒好像來了喔？那我們該跑了吧。」

「是啊，反正我也不想面對那些蟲子，趕快離開吧。有趣的還在後頭呢。」

「嘿嘿嘿嘿，沒錯。接下來還可以殺很多人，怎能死在這種地方啊。」

異端審問官騎上馬匹，撤離了現場。

在那之後包含被誘導的巨蟑在內的各種小強魔物將盲信者視為餌食，襲向他們。

活生生地被捕食的盲信者們的慘叫聲響徹了森林的各個角落。

最後這群魔物在各處被同樣的手法誘導，朝著索利斯提亞魔法王國前進。

然而此時發生了嚴重的失算。本來魔物失控或是地獄軍團，都是因為被強大的魔物給追趕，或是因為過度繁殖導致食物不足所引發的。

「邪香水」的效果的確很強，可是範圍有限，在範圍外的巨大蟑螂們仍持續往非他們刻意引導的方向前進。魔物群就這樣逐漸擴散開來。

迫近索利斯提亞魔法王國的地獄軍團，數量比襲擊梅提斯聖法神國時少了許多。作戰不如預期中的完美。

結果有大量原本隸屬於軍團，卻因此擴散的姬蜚蠊和大和巨蟑殘留在梅提斯聖法神國，在國內四散開來。

奸計未必都能得逞。

第十話　大叔與梅爾拉薩祭司長碰面

一早，有位客人來到了路賽莉絲管理的教會前。

那是位穿著神官特有的白色長袍，年紀步入初老的女性，在這座桑特魯城裡是位以各種意義上來說相當出名的人物。

混著白髮的金髮隨意地束在腦後，身材高眺且背脊挺得筆直，讓人不覺得她有這個歲數。細長又銳利的眼睛老實說很可怕，可是被邋遢的打扮給掩藏起來了，給人的印象也大不相同。

有著和某個大賢者類似的感覺。

「這一刻終於來了啊……想來說長不長，說短不短……」

她的名字是梅爾拉薩，沒有姓氏。

小時候就常待在孤兒院裡，在那之前是隨處可見的街童。當然是個曾多次試圖逃跑的問題兒童。為了生存，恐嚇、偷盜、扒竊還是幫人擦鞋什麼的，她全都做過。

不知不覺間她統領了孤兒們，成了一大勢力的首領，然而隨著成長，她認為小巷中的抗爭這樣一直持續下去也不是辦法，便開始以當上神官為目標。

「只要有神聖魔法不就不愁吃穿了嗎？」她的動機極為單純，從一開始就不相信什麼神的教誨。十六歲時便意氣昂揚地前往梅提斯聖法神國修行。

她本來就有大姊頭氣質，很會照顧人，儘管不時會引起一些破天荒的大騷動，仍然受到許多人的仰慕，回過神來，她已經坐上了祭司統籌官的位置。

無趣的是利慾薰心，企圖掌權的祭司們。平常總是互相扯後腿的俗物們，為了把她給趕下來而團結起來。最後成功的以傳教活動為由，將她流放到了國外。

可是梅爾拉薩反而很高興，覺得「終於可以從麻煩事中解脫了」，回到故鄉索利斯提亞魔法王國，開始為所欲為的活動。直至今日。

有著這樣過去的她之所以會在索利斯提亞魔法王國開設孤兒院，契機是她抱持著「小鬼也有生存的權利啊，真以為人光靠施捨就能活下去了嗎？根本無法解決任何問題啊」的想法，基於天生的反骨精神開始照料孤兒。

她不認為光是免費供餐就足以救濟街友，反而開始幫他們介紹工作，讓孤兒們去做一些職業體驗之類的，想到什麼便付諸實行。

這些事情毫無計畫性，全憑一股氣勢在蠻幹。

或許是因為她原本也是孤兒吧，她立刻管束了街友以及流落街頭的孤兒們，成功讓許多的人更生。

不，應該說是強迫他們這麼做。

那率直又乾脆——或許說憑力量做事的豪爽性格讓她獲得了許多人的仰慕，被大家稱為祭司長。協

可是她也有著致命的缺點。就是酒和賭博。

而且她的賭博技術超強，總是可以看穿人家要老千，或是壓倒性地獨贏，所以與賭博有關的人很仇

視她。好幾次被殺手給盯上，每次不是把殺手打回去，就是想辦法逃掉，得到了「放蕩祭司」的綽號。

最後連那些人的老大都很中意她，稱她為「大姊頭」，崇拜著她。

如今有名到了連黑社會的人都要讓她三分的程度。

從城裡的街友到工匠，甚至連黑社會的人都有，她的交友圈誇張的大。

而她之所以來到教會，是為了……說出某件事。

「好了，路應該醒了吧。」

梅爾拉薩祭司長粗暴地敲了敲教會的大門。

◇◇◇◇◇◇

「……路那傢伙是怎麼了？從早就一直在發呆。」

「她昨天從叔叔那裡回來之後就一直是那個樣子……」

嘉內和伊莉絲有些擔心地看著從一早開始就不太對勁的路賽莉絲。

在做早上例行的禮拜堂打掃工作時也一副心不在焉的樣子，動作完全不若平常那樣熟練俐落。

才剛覺得她露出了煩惱不已的表情，馬上又臉紅地扭來扭去，讓人看了有些不舒服。等這奇怪的行動結束後又重重地嘆了一口氣。

這狀況簡直就像是——

「是為情所困吧？」

「「咦？」」

雷娜這句話讓兩人一起回過頭來。

「因為她到昨天還跟平常沒兩樣啊！」

「對象……對象是誰！」

「嘉內……妳那是爸爸才會說的台詞吧？對象什麼的，不是早就知道了嗎。」

「「啊……」」

嘉內和伊莉絲的腦海中，浮現了穿著灰色長袍的大叔魔導士，臉上掛著「啊哈哈哈哈」的爽朗笑容揮著手的樣子。

沒錯，路賽莉絲身邊的男性屈指可數，用刪去法來看，對象只有大叔了。

「該、該不會是……是那個大叔對她做了什麼吧！」

「不是，嘉內小姐……這也是爸爸的台詞吧。」

「唔呼呼……照路賽莉絲小姐的個性，要是真的跨越了那條線，我想會表現在臉上吧。應該會相當興奮才對。說不定是被大叔以結婚為前提告白了？」

「「結、結婚？」」

結婚。這個詞彙讓伊莉絲和嘉內內心更為慌亂。

目前掌管這個教會的是路賽莉絲。她們這幾個傭兵付不出旅館費，所以將教會當成了緊急避難所，假如路賽莉絲要結婚了，以後就不知道還能不能來借住了。

這裡本來就是用來照顧孩子們的孤兒院。用來代替旅館當作下榻處是有問題的。

她們至今為止雖然在路賽莉絲的好意下得以入住，可要是她結婚了，教會就有可能會換人來管理。就不能像現在這樣了。

對於過著經常缺錢的傭兵生活的三人來說，這是非常嚴重的事。

「等、等等……還不確定事情是這樣吧。現在應該謹慎地……」

「是啊。要跟叔叔結婚這種事情實在是……」

「其實我從安潔她們那裡聽說了。據說～昨晚他們兩人抱在一起喔。」

「「妳、妳說什麼～～～～！」」

衝擊性大新聞！獨家報導「桑特魯城的聖女大人與無業大叔熱戀中！」、「老少配情侶？暗中支持路賽莉絲的粉絲們全都哭了！」這些緋聞的標題浮現在兩人的腦海中。

「叔叔……是什麼時候……」

「路那傢伙也是，是什麼時候和大叔變成那種關係的？我完全沒發現……」

「路賽莉絲小姐想和嘉內一起嫁過去喔？就等嘉內妳下定決心了。」

「我、我對那個大叔可沒有半點意思喔！」

「「騙人！」」

嘉內以前因感冒臥病在床時，是傑羅斯幫她準備了藥。

她之所以會知道這件事，也是在她們不時會在這個教會舉辦女性聚會時，從喝了酒之後口風變得比較鬆的路賽莉絲口中得知的。

而且那其實不是感冒而是感染症，知道自己一個不小心說不定會死的時候，她嚇得整個背脊發涼。

提供治療藥給路賽莉絲的人就是傑羅斯。

在那之後嘉內就變得有些在意傑羅斯。

「雷娜小姐……要是嘉內小姐和路賽莉絲小姐都跟叔叔結婚了，這個小隊會變成怎麼樣啊？」

「嗯～～……畢竟傑羅斯先生是個可以溝通的人，我想他應該不會做出束縛妻子這種事。雖然嘉內被束縛應該會很開心啦……」

「真的假的！嘉內小姐是Ｍ、Ｍ嗎？」

「妳說誰是被虐狂啊！」

「『別擔心，反正傑羅斯先生（叔叔）是Ｓ，你們很相配喔？』」

雷娜說的是被家庭束縛的意思，絕對不是跟ＳＭ有關的事，然而嘉內很可憐地被人往奇怪的方向誤會了。

儘管外表看來是這樣，但她其實有著少女心，很擅長料理與裁縫。

偶爾會自己製作一些可愛的布偶，或是看了少女漫畫而感到開心。而她的小小夢想，就是構築一個幸福的家庭。

內在實在是非常可愛。

「妳們兩個～～～～……」

嘉內滿臉通紅，生命值已經要歸零了。

就在三人嬉鬧的時候，從禮拜堂那裡傳來了「叩叩」的敲門聲。

「嘉內，好像有客人喔？」

「妳不去應門嗎？嘉內小姐。」

「是教會的客人吧？由路去應門比較好吧？」

——咚咚！鏘鏘！碰！啪！

「「「…………………」」」

敲門聲逐漸變成了像是在痛打大門的聲音。

無法判斷門外的人到底是沒耐心，還是只是想來找碴的。

「路賽莉絲小姐應該不會跟那種類型的人借錢吧？」

「誰、誰知道？不過也難保沒有那種可能性……不能隨便開門呢。」

「……我知道是誰。會這樣誇張敲門的……只有那個人了。」

只有嘉內對這個凶暴地敲門的人心裡有底。

這是因為她小時候曾經有過同樣的經驗。

那時候她怕得在床上把自己用被單包起來抖個不停。

沒錯，某天忽然消失，幾天後突然一大早回來。還經常帶回麻煩事，演變成大騷動，重度的麻煩製造者。

那就是可說是養育嘉內和路賽莉絲長大的親人，「放蕩祭司」。

「哎呀～？還在睡嗎，那就用斧頭還是什麼的來把門打破……」

「唔哇～～！等等，我馬上開門！拜託妳等一下！」

嘉內連忙跑了過去，打開了門閂。

因為對方是個說要打破就真的會破門而入的人。

打開門後，只見認識的老祭司帶著一臉壞心眼的笑容站在那裡。

「怎麼，既然人在的話，趕快開門就好了嘛。真是的，害我浪費了多餘的體力。」

「果然是梅爾拉薩祭司長大人啊……拜託妳不要突然出現，還急著想把門打壞啦……這樣路會很困擾吧。」

「哈！那要怪妳們不趕快開門啊。我可是老了沒多少時間了，耗費多餘的時間豈不是在浪費我的壽命嗎。」

「就算這樣，一般人也不會打算破門而入吧……」

「我就是個只要眼前有牆，就會去打破的人啊。妳這孩子事到如今還在說什麼啊……」

『『唔哇～～……來了個超級自我中心的人。』』

那過於豪爽的言行，讓雷娜和伊莉絲都忍不住退避三舍。

她是個行動隨性、不拘小節，只靠著當下的情勢生活至今的人。她單手拿著菸管吞雲吐霧的樣子，實在不像是個為了對神的信仰而奉獻自我的神職人員。

不如說像個背棄宗教之人。

「哼……妳的胸部還是老樣子很大呢，已經被男人揉過了嗎？」

「妳、妳忽然問這什麼問題啊！我怎麼可能有那種對象！」

「什麼啊，還沒嗎？真是的，這樣下去妳會變老處女的。趕快隨便找個還行的男人去滾床單吧。」

「這是祭司該說的話嗎！」

「那不是當然的嗎。用最原始的樣子和男人湊在一塊，生個小鬼出來有什麼不好的！不如說把處女視為神聖的這種事還讓人覺得噁心呢。」

是個講話超級露骨的人。

「真要說起來，就連那個法皇都在私底下和聖女亂搞喔？既然這樣其他人滿是性慾也無所謂吧。」

「妳為什麼會知道這種大醜聞啊！這要是在世上傳開就糟了吧？」

「……那傢伙從以前就有蘿莉控的傾向呢，明明這樣卻是個虐待狂。這種男人可是當今的法皇喔？這世界也要完蛋啦。」

「……我好像知道為什麼祭司大人會被那個國家流放在外了。」

『『這個人超～自由的耶。這會被抓去異端審問吧……』』

就連堂堂法皇都不放在眼裡的女豪。這就是梅爾拉薩祭司長。

個性如此豪快卻很講義氣。有許多人崇拜這位女豪。

她之所以沒被抓去異端審問，是因為她實力高強，不僅把所有的異端審問官都打倒了，還漂亮地甩開了他們。

她把擋在眼前的異端審問官全都痛揍一頓，剝光他們之後倒吊到路燈上的事蹟到現在還在流傳。比起制裁一位被視為是異端的神官，審問官受害的程度還大得多了。

而且她還在眾多的民眾前揭穿了其他神官不欲為人知的內幕，有無數的人因此從原本的地位被扯了下來。是個與她為敵的話會很麻煩的女帝。

「唉，蘿莉控法皇的事情怎樣都好啦。路在嗎？」

「一點都不好吧。趕快處理掉那個變態才是保身之策！」
「那種腐敗的國家，連根剷除就好了。這才是對世人好啊，哈哈哈哈♪」
『『『這不是什麼好笑的事情吧……變成犧牲品的人也太可憐了。』』』
她一邊輕快地大笑著，一邊旁若無人地走進教會深處。
沒有任何人能夠阻止這位祭司長。

◇◇◇◇◇◇

在嘉內應對梅爾拉薩祭司長時，傑羅斯和路瑟伊正好來找路賽莉絲。
因為大叔家在教會後方，路賽莉絲當然是從教會的後門迎接他們。
他們的目的是討論去見梅爾拉薩的事，這時候他們完全沒想到她本人居然來了教會。接著說起了今天預定要採取的行動。
「南邊也有孤兒院嗎？」
「是的，負責管理那裡並統合其他祭司們的就是梅爾拉薩祭司長大人。雖然這麼說，她會把工作丟給其他人，擅自行動就是了……」
「身為一個祭司這樣行嗎？在我聽來是個相當不負責任的人耶……」
「我覺得妳的想法沒錯。因為其他祭司也都哭了……」
『『到底是個怎樣的人啊？』』

傑羅斯和路瑟伊無法想像祭司長的樣子。

熱愛喝酒和賭博，廣泛地受到一般人，甚至是黑社會分子的敬重，職業還是祭司……不管怎麼想都不覺得她是個正經的人。

「我們見得到她嗎？」

「誰知道呢？連其他的祭司也不知道祭司長大人會在哪裡。運氣不好的話，她甚至有可能會跑到鄰國去……」

「也就是說她超有行動力吧。」

「儘管不是什麼壞人，但作為實在是……」

簡單來說就是因為她太有行動力了，就算想跟她約見面也得花上不少時間。

會隨著當下的情況輕易地改變自己的目的地，也曾經一個不小心就將近兩個月沒回來。要找到她可不容易。

「簡直像是某個來往世界各地的大怪盜……雖然我只看過一點相關的書，不是很清楚。」

「啊，那本書我也看過。那位怪盜是三世又是劍術高手，同時也是狙擊手對吧？」

『……那本書是不是把三個角色給合成一個了啊？』

有些意氣相投的兩人，以及在旁邊覺得相當難受的大叔。

他又重新體會到日本動畫文化的影響力，以及抄襲的作品有多糟糕。這已經糟糕到了如果原作者知道一定會拿著炸藥衝進來的等級。

完全沒有半點原創要素，充滿了只是隨便把設定加上去而已的抄襲氣息。

「那個女主角很棒呢。偷走或是封印一些狀況特殊的美術品……」

「嗯，雖然服裝不知道為什麼是結婚禮服這點讓人有些在意……」

「女主角……這也是抄襲來的啊。看來必須嚴格取締出版方呢……」

出版了大量此類書籍的是梅提斯聖法神國的「梅提斯聖法出版」。

最近各國好像都開始對這類書籍加以管制，鎮上販售的報紙大肆報導了這件事。

順帶一提，大叔很喜歡那份報紙上的四格漫畫，總是會忍不住去買報紙。

先不提這件事，傑羅斯是覺得國家的對應實在是太慢了些。

「漫畫的事情怎樣都好吧。現在的問題是能不能見到那位祭司長。」

「這正是問題所在。因為梅爾拉薩祭司長大人神出鬼沒，不知道她會出現在哪裡。」

「是什麼神秘生物啊……說不定私底下有人在懸賞她呢。」

「哎呀～？你們要找我啊。不過啊，竊盜這種事……我沒做過多少次喔。恐嚇的話倒是常有啦。」

「「「咦？」」」

聽到這突如其來的聲音而回頭後，只見一位初老的女祭司站在那裡。在她身後的則是用手遮著臉，對她的行動感到頭痛的嘉內等人。

因為事發突然，所以傑羅斯等人沒注意到，但是梅爾拉薩祭司確實這麼說了：「竊盜這種事我沒做過多少次。」

也就是說她有偷過東西。只是不是慣犯罷了。

雖然是個非常不得了的祭司，但這個時候沒人對此起疑。

「梅、梅爾拉薩祭司長大人……妳怎麼會這麼一大早的就過來？」

「喔，因為我有事要跟路妳說啊。首先是孤兒院開始栽種藥草的事，進行得很順利喔。曼德拉草實在是不行就是了。」

「喔……」

「然後我還有件重要的事情要跟妳說……不過看來有人幫我省了些工夫呢。」

「咦？省了些工夫……到底是什麼事？」

路賽莉絲十分不解，然而眼前的梅爾拉薩看向了路瑟伊。

正確來說是看向了路瑟伊背上的黑色翅膀，她似乎因此掌握了大概的狀況。

然而下一瞬間，梅爾拉薩露出了極為壞心眼的笑容。

「哦……這邊這男人就是路的『這個』啊？真是不怎麼起眼的男人呢～而且還是魔導士。要小心異端審問那些傢伙喔？」

「這……！妳突然在說什麼啊……」

「我是不反對結婚這件事啦。不管是魔導士還是騎士，愛到暈頭轉向這種事我是不會過問的。不過畢竟組織裡頭也有一些不這麼想的笨蛋啊。」

初老的女祭司豎起拇指賊笑著。

但是那表情莫名地很有男子氣概。

這說法讓人搞不清楚她到底是在調侃、警告，還是在給予祝福。

「是說路已經做了嗎？嘉內不管過了多久都還是一副沒膽的樣子，我很擔心啊～妳們不能兩個人一起嫁出去嗎？」

「妳、妳在說什麼啊！我們還不是那種關係……」

「祭司大人！我才不需要男人……」

「喂，你啊……都到這節骨眼上了，別提什麼年齡差距這種小事了。可不可以趕快讓這兩個傢伙變成女人啊？不然這樣下去肯定會嫁不出去的。」

「居然連我都被波及了？這個人比我想像中來得更強硬啊！」

傑羅斯不禁覺得她以各種意義上來說都是個麻煩人物。

「喂，嘉內小姐，我們差不多該去傭兵公會了。」

「是啊。好工作會被大家搶走喔？」

「唔……沒辦法。路，我去一下傭兵公會。」

「嘉內，連住宿費都沒辦法好好賺到的話，趕快嫁人吧。傭兵這種跟跟黑道一樣以暴力為主的工作做不久的！再說這工作根本就不適合妳吧。」

「別管我啦！我會想辦法提升階級到可以過活的程度。而且祭司大人妳也是單身吧！」

嘉內也忍不住想反抗一下了吧。因為梅爾拉薩祭司長也單身，所以她才針對這點來反駁，可是下一瞬間卻得到了意想不到的答覆。

「妳在說什麼啊。我已經有五個小孩了喔。我們是沒有入籍，那男人也過世了，可是孩子們都很有活力的在工作。也已經有十一個孫子了，妳不知道嗎？」

「「咦？」」

確實，就算和男人發生了關係，有很多孩子和孫子，只要沒入籍就是未婚。

以字面上的意義來說，說她單身也沒錯，可是就連嘉內和路賽莉絲都不知道她最愛的男人已經去世了這件事。

真令人在意她所愛的男性到底是個怎樣的人。

「嘉內，不好意思在妳大受打擊時催妳，但要出發去公會嘍。好了，趕快走吧。」

「嘉內小姐，動作快！錢可是不等人的喔？今天一定要搶到好工作才行！」

「等等，我還有……想問的事情……真的假的？真的要結婚？騙人的吧！」

因為時間緊迫吧，嘉內被兩個伙伴給拖了出去。

傭兵的委託單會在一大早時張貼出來。由於單純是以時間取勝，早到的人就能挑選到報酬較高的工作，競爭相當激烈。反過來說亦即一早接待櫃台就會擠滿了人。

既然關係到生活，只要遲了一分一秒都有可能攸關生死。真的是黑道般的工作。

「「「…………」」」

宛如颱風過境，充滿騷動的早晨。

就連大叔都因為事情的發展太過迅速而無法跟上。

「哼……那對黑色的翅膀，妳是路瑟伊吧？梅亞的女兒……沒錯吧？」

「什麼！妳果然認識我母親嗎？」

「是啦。畢竟是她直接把路託付給我的……不過你們也真是做了很過分的事啊。」

「這、這個……我無可反駁。」

「要是老公直接來找她那還好說，居然差遣女兒來啊？這男人真是爛透了。」

非常辛辣的評語。

「那個……這是表示我和路瑟伊小姐是……」

「對，妳們有血緣關係，是貨真價實的姊妹。不過那又怎樣？擅自拋棄了人家，知道有血緣關係後就想叫人回去嗎？傲慢也該有個限度。」

「唔……我的確也很介意妹妹的事，但母親的下落更是……」

「知道了又如何。難道事到如今了妳還想說希望能破鏡重圓嗎？現實是很殘酷的。」

路瑟伊也了解梅爾拉薩想說什麼。

不管怎樣彌補，都無法修補已經破壞的關係。

只要錯過了修復的時機，剩下的就只有破滅。因為狀況只會隨著時間經過逐漸惡化。

「儘管如此……儘管如此，我還是想要知道母親的下落！拜託妳，請妳告訴我，當時妳是怎樣遇見母親的，還有母親現在人在哪裡！」

面對認真的路瑟伊，梅爾拉薩祭司長大大地嘆了一口氣。

「妳啊，知道了這些事情又怎麼樣呢？路她……這孩子已經選好了自己要走的路。事到如今不可能回去阿爾特姆皇國的家了吧。這孩子已經是庶民了，不可能在規矩繁複的皇家生活。」

「這……我完全了解妳的意思。事到如今我們也不可能開口要她回到家族的身邊吧。要是叫我們謝罪，我也打算拿出相對的誠意。可是這件事歸這件事，我還是想知道母親的下落。」

「唉～真是頑固呢。妳真的……不後悔？」

「不管現實如何，我都打算概括承受。因為我等就是犯了如此深重的罪……」

「答得好……跟我來，我帶妳們去。那邊那個男人也給我跟上啊！」

由於她們自顧自地說了下去，只有大叔一個人被排除在外。

但也正因為這樣，他才能夠冷靜地看待整件事。

既然路賽莉絲至今都沒見過母親，表示母親很有可能已經不在人世了。

這樣一來，梅爾拉薩祭司長要去的地方，想必是她們母親的墓。

兩人或許也察覺到這件事了吧，雙雙繃著一張臉。

祭司長立刻帶著她們走出了教會，她是個想到就會馬上付諸實行的人。

然後不知為何傑羅斯也確定要跟著一起去了。狀況非常奇妙。

「強尼，我和路賽莉絲小姐她們要出去一下，就拜託你留守了。」

「沒問題，交給我們吧。」

「大叔，別忘了帶土產回來喔？」

「在下等人在和山凱牠們修行，若是兩、三天程度的話，僅靠我等也能生活。」

「買肉回來！肉喔，大叔！」

「凱……不吃點蔬菜的話會胖喔。我覺得你該減肥了。」

孩子們非常可靠。

但是傑羅斯有些擔心，便給了他們一些零用錢。

因為有種莫名的預感告訴他這樣做比較好，他便順著預感做了。

「那我們走了～留守就拜託你們嘍？」

「「「「慢走～～～～♪」」」」

傑羅斯在活潑的孩子們目送下，追上了梅爾拉薩祭司長的腳步。

第十一話　大叔和路賽莉絲等人同行

離開教會後沿著路走了三小時，傑羅斯等人在梅爾拉薩祭司長的帶領下來到了鄰近的城鎮。

這個城鎮叫做「索拉斯」。一方面也是離桑特魯城不遠，商業頗為興盛，然而道路並未像主要幹道那樣經過整修，所以很不好走。

連續走三個小時似乎太辛苦了，路賽莉絲已經顯露出疲態。

路瑟伊平常大多是靠飛行或搭馬車移動，也不太習慣長時間步行的樣子。

「年輕人才走三個小時就這樣啦？真不像話。」

「不是，聽妳說『跟我來』，她們沒想到要在未經整修的道路上走上三個小時吧。一般來說會利用馬車或是船隻啊。」

「嘴上這樣說，你看起來倒是挺好的啊。明明是魔導士，還滿耐操的嘛。」

「……多謝誇獎。」

「這樣我也可以放心把路跟嘉內交給你了。」

梅爾拉薩祭司長一邊隨口閒聊，一邊輕快地前進著。

是有聽說她很有行動力，但沒想到有行動力到了這種程度。

「梅爾拉薩祭司長大人，我之前就很在意了，為什麼孤兒院的孩子們那麼堅強啊？非常強韌，有時還會展現出超越成人的智慧。妳到底是怎麼教育他們的？」

「哈哈哈，我讓孩子們受了不少苦，好促使他們自立啊。總不能一直仰賴大人吧？只要有反面教材在，就算不情願，他們也會學聰明的。」

傑羅斯體悟到這位大媽完全不會顧慮任何事。

她的個性不是用豪爽兩個字就能形容的。

「意外的早到了呢。」

「妳是要帶我們到這座城鎮來嗎？」

「是啊，這座城鎮就是我們的目的地。哎呀，再忍耐一下就好了。」

「事先把目的地告訴我的話，我可以先準備馬車啊？路面這麼不平，走起來腿很快就到極限了。」

「那樣太無聊了。像這種事情啊，就是要忽然把人帶出來啦。而且那樣也太浪費錢了。哈哈哈！」

「唉，這樣啊……是說總覺得走進城裡後，和我們擦身而過的壯漢全都會對祭司閣下點頭致意……妳在這座城裡做了些什麼嗎？」

「只是年輕氣盛時所犯下的錯誤。不是什麼了不起的事。」

看來她沒打算回答。

體格健壯的男人們恐怕是水手吧，也有看起來不是什麼正派人士的小混混向她點頭致意。絕對是和黑社會的傢伙們打了一場。

他們宛如闖進了黑道的事務所。

「我記得……是在這裡吧？」

四人抵達的地方是位於郊外的小小墓地。

這時候路瑟伊便體悟到母親已不在人世的事實了。

在墓地中走了幾分鐘，只見在緊靠著一棵大樹的地方，有個放了一塊石頭代替墓碑的簡樸墳墓。這就是兩姊妹母親的墓吧。

「抱歉啊，我沒錢，沒能連墓碑都買下。」

「不會……雖然已經做好覺悟了，但母親……果然……」

路瑟伊從面具後方流下了悲傷的淚水。

相較之下路賽莉絲並沒有哭。畢竟本來就是孤兒，或許心中多少有所覺悟了。因為被送到孤兒院的孩子們也大多有同樣的境遇吧。

「路，看來妳已經做好心理準備了呢。」

「是的，因為孤兒院的大家有不少人父母早逝，所以我有想過自己或許也是一樣的情況。」

「早知道是這樣，我應該更早帶妳來這裡的。不該顧慮的啊。」

梅爾拉薩祭司長說得相當直接。可是感覺得出她是用她自己的方式在體貼年幼的路賽莉絲，讓大叔了解到不管怎樣她還是個祭司這件事。

而在她們兩人的旁邊，路瑟伊蹲在墓前哭泣的身影令人不禁同情起來。對她來說，無論是以怎樣的形式，她都希望母親還活著吧。而她的期望破碎了。

「雖然是很單純的問題，不過我想請問一下，梅爾拉薩祭司大人是在哪裡認識她們兩位的母親的？照我的想法，既然這裡有墳墓，就表示妳們相遇時對方還活著……」

「你還真敏銳啊，我是在被討債的人追趕，逃到北方山麓時遇見梅亞的。我在那裡碰巧發現了受傷的梅亞……我們的相遇純粹只是巧合。」

「欠債這件事先放到一邊，可以請妳繼續說下去嗎？關於她們的母親是為了尋找什麼才來到這個國家的。我想恐怕是……」

「我會連那個都說清楚的。你這男人還真無趣。沒錯……那是距今約十八年前的事情……」

梅爾拉薩祭司長讓思緒飛馳於過去中，娓娓道來——

◇　◇　◇　◇　◇

森林中有幾個男人奔跑著。

他們在搜索的是一位中年女性，對方至今為止已經欠債不還好幾次了。

雖然帶了一批人馬去討債，但是全被那祭司給打倒了，讓他們極為不滿。

「那個臭老太婆，我絕對要殺了她！」

「大哥，算了吧。不能和跟那個祭司扯上關係啦。」

「我也這麼想。她還會在不知不覺間設下陷阱，到底是哪來的間諜啊。」

他們是所謂的高利貸，是透過收取非法的利息來牟取暴利，將許多人逼上自殺一途的惡劣業者。當

然他們絲毫不以自己的行為為恥。

而有人正從黑暗中窺視著這些惡徒。

「不從那個老太婆手上拿到錢，上頭的人會殺了我們的。你們也不想死吧。」

「那個我們沒辦法吧……」

「「「嘎啊啊啊啊啊啊啊啊！」」」

突然從樹叢中出現的白影晃過後，三個男人便兩眼一翻昏了過去。

「又被幹掉了……可惡！這樣剩下的只有我們兩個……」

「太誇張了……她真的是祭司嗎？哪裡？她是從哪裡出現的！」

「太天真了。」

男人們在找的梅爾拉薩祭司不知何時站在他們的身後。

在因為出乎意料的聲音而轉頭的瞬間，他們的下顎被一拳給擊碎。還有一個人則是頭部吃了一記迴旋踢後昏了過去。這下所有追來討債的人全都被打倒了。

『好了，跑到了很遠的地方來呢。我本來以為可以更早一點解決的，他們還真是努力。讓我久違的有些累了啊。』

這暴力的日常實在不像是祭司該過的生活，但她從以前開始就是這個樣子。

今天也一如往常的不還向高利貸借的錢，毫不留情地破壞他們的尊嚴。因為對惡人做什麼都行是她個人的原則。

原本就在做違法生意的傢伙反而被她拿來利用了。

『那麼這下總算可以回去了。二十多歲的時候應該可以更快搞定的，人果然還是不想變老啊。身體一年比一年不聽話了……嗯？』

有股討厭的氣味隨風飄了過來。

這是她相當熟悉的味道，她在治療傷者時絕對會聞到這個味道。

『血腥味？可能是被魔物襲擊了吧，是不是該去看看狀況呢？』

不僅有血腥味，還帶有一些像是香水的香氣。

然而她不懂。

因為梅爾拉薩目前所在的地方是幾乎沒人會來的森林深處，而且還是接近國境交界的地方。會來這種地方的頂多只有來擊退魔物的傭兵。

更令人在意的是她聽到了嬰兒的哭聲。

「啊啊～總覺得是件麻煩事啊。真沒辦法。」

她一邊抱怨一邊往嬰兒哭聲傳來的方向走去。那同時也是血腥味傳來的方向，她已經察覺到這肯定是麻煩的開端了。

梅爾拉薩最後抵達了岩石區，有一位女性昏倒在那裡。

靠近之後便發現她受了很嚴重的傷，只是勉強保住了性命。最重要的是那位女性的背上長有一對純白的羽翼。

『路菲伊爾族？為什麼會在這種地方……啊～真是的，為什麼我得扛下這種麻煩事啊。要是因為魔力用盡倒下了，不是又得更晚回去了嗎。』

雖然心裡想著這些有的沒的，梅爾拉薩還是動手幫她治療。

就算傷口癒合了，流失的血液也沒那麼簡單就會恢復。而且失去了意識的這名女性，甚至還帶著一個嬰兒。

問題就在於要怎樣將她們帶到鄰近的鎮上去。

結果梅爾拉薩用長袍包著嬰兒，用袖子代替綁帶掛在脖子上，背著女性離開了森林。幸好路上沒碰到魔物。

當她來到道路上時，正好有輛商人的馬車通過，讓她們搭了便車。至今梅爾拉薩還是覺得當時運氣真好。

「妳、妳和母親大人的相遇還真是相當驚險啊……」

「那些傢伙真的是有夠纏人的。害我不得不逃到那麼遠的地方去。」

「該說這很像祭司大人會做的事情嗎……」

『沒辦法幫她說什麼好話啊……（不過這個時候還活著。那麼死因是……？唉，先不管我的猜測，接下來才是令人在意的部分。）』

只有傑羅斯冷靜地聽著並分析這件事。

「那我要繼續說下去了喔。在那之後我照顧了梅亞將近一個月。不過啊，我能做的只有讓傷口癒合而已，沒辦法接回斷裂的神經。梅亞的身體無法自由行動，成了殘疾之人。我從沒如此後悔自己不是個醫生啊……」

「真是的，我人也太好了吧。居然在這座城鎮待了一個月，簡直前所未聞啊。」

「我非常感激妳喔。畢竟我在這個國家沒有任何認識的人，要是沒有遇見梅爾拉薩大人，我已經死了。」

「我沒有偉大到需要被尊稱為大人的程度。我會發現妳也只是巧合，覺得要是對妳見死不救，事後心裡會很過意不去而已。」

女性名叫梅亞。

儘管連站都還不知道能不能站起來，她仍逐漸恢復了體力。

就算可以治療傷勢，要接回神經仍是醫生的專門領域，神聖魔法不是那麼方便的東西。而且原因還是無數的魔物留下的齒痕。傷勢嚴重到光是保住一命就可說是奇蹟了。

「也差不多該把妳來這個國家的理由告訴我了吧？有緣相識了，要是在我能力所及範圍內，我是可以幫妳的忙。」

「說得……也是呢。既然我的身體變得不方便行動了，一定得借用他人的力量才行。雖然我只是猜測，但梅爾拉薩大人已經注意到了吧？」

「妳是指路賽莉絲的事吧？那孩子沒有作為你們一族特徵的翅膀。而且我看……妳應該是被視為有了外遇，才被趕出來的吧。」

梅亞沒有說出自己的姓氏，可是從行為舉止看來，梅爾拉薩看得出她是出身良好的大小姐。儘管如此她仍沒報上自己的姓氏，想必是罪人或是有什麼特殊的理由。

而且梅亞身邊沒有半個護衛。也就是說她做出了獨自帶著路賽莉絲翻越山脈這種亂來的舉動。然後遭到了魔物的襲擊。

要是沒遇上梅爾拉薩，她說不定會和路賽莉絲一起成為魔物的餌食。

出身於具有一定地位的人家，卻做出莽撞行為的理由。那就是……被懷疑有外遇，遭到流放的處分了吧。

「是的……所以就算我知道這樣做很勉強，還是必須翻越山脈。我不相信是因為妖精的惡作劇（調換兒）才會生下沒有翅膀的孩子。這其中一定有什麼理由。」

「原來如此，妳是為了調查這件事才這麼亂來啊。既然這樣，妳的目標應該是伊斯特魯魔法學院的大圖書館吧？那裡也開放一般民眾進去，就算不能借出，也可以查閱學術相關的書籍。」

「對，因為那裡在阿爾特姆皇國也很有名。只要有一絲可能性，我就必須將一切賭在那上面。因為我……希望可以抬頭挺胸的回到丈夫的身邊。」

「妳真是個堅強的女人呢。好啊，我去幫妳調查吧。反正我有很多閒著的朋友，我想應該會花上一些時間，不過妳等著吧。」

「梅爾拉薩大人……非常……感謝妳。」

梅亞一邊流淚一邊道謝。

她率直的話語讓當時的梅爾拉薩心中有股難以言喻的搔癢感。

「在我看來，梅亞就像是高尚的聖女。想必她非常愛著家人吧。我會知道路瑟伊的事情，也是她在那之後跟我說了很多事。然後我就先回了桑特魯一趟，找了一些閒著沒事的傢伙，叫他們幫忙調查。從離開孤兒院自立的孩子到黑道，我全都找了。」

「前者還好說，後者的黑道……我只覺得找錯人選了吧……不如說要是那種人出現在學院附近晃來晃去，會被視為是可疑人士喔。」

「一如所料，那些人好像不是被捕就是被抓去質詢了。真是的，都是大人了，不要這麼派不上用場好不好啊。黑道的人完全沒用，你不知道我這個時候有多後悔啊。」

「梅爾拉薩祭司大人……明明是基於善意展開行動的，卻很過分……」

完全是女帝。唉，事到如今也快要沒話可以吐槽了。

傑羅斯觀察了一下路瑟伊的狀況，她只是默默地聽著這一切。

母親不僅沒有放棄回家一事，就算受了重傷導致身體無法自由行動，也沒有放棄希望這件事似乎帶給了她非常大的衝擊。

母親居然做了如此豁出性命的行動。她現在肯定梅亞的外遇嫌疑只是冤罪，是路菲伊爾族的皇族們做錯了。

同時也對現在一族們的無知感到憤怒。

「我要繼續說下去了……在我正好從幫忙的人那裡得到好消息時，梅亞生病了。那是當時在這附近極為流行的病……」

接到了梅亞生病的消息，梅爾拉薩立刻從桑特魯城搭馬車趕了過去。

這時候的梅亞在梅爾拉薩的介紹下，暫居於索拉斯。

那裡是運載旅人到對岸的河族的頭目家，當然是梅爾拉薩認識的人。

對方是個很有氣勢、充滿男子氣概的人，照顧梅亞的事情也基於人情道義，爽快的答應了下來。

「梅亞，妳還好吧！」

河族經營的旅館後方是自用住宅。

梅爾拉薩用簡直像是要找人尋仇的氣勢衝了進去，只見梅亞喘著氣趴在床上。她看起來十分痛苦的樣子。

「請醫生來看過了嗎？她的狀況很糟糕啊。」

「嗯……可是姑娘已經……」

梅亞在河族的男性間很受歡迎，他們都親暱地稱她為「姑娘」。

對於總是在打架爭地盤的男人們而言，她就像是偶像。

梅亞難受的表情讓粗壯的男人們忍著淚水，哀嘆不已。

「梅亞，振作點！妳是對的。路賽莉絲是返祖現象！是因為你們的血脈中混有人類的血脈，只是那個血脈覺醒了而已。妳聽到了嗎！」

「謝……謝、謝……妳……大人……」

「梅亞，可別輸給疾病啊！接下來才正要開始呢。妳可以回家了吧！」

梅亞聽了這句話，露出了虛幻的微笑。

「我……似乎已經不行了……真不甘心呢。好不容易……查明了原因的……」

「不要放棄啊！打起精神來。不然路賽莉絲要怎麼辦！」

「梅爾……拉薩大人……那孩子，就……拜託妳了。到她……堅強到……能夠……獨自生、生存下去為止前，請將出身的事情對她保密……因為皇族的血脈，一定會成為那孩子的重擔……咳咳！」

「梅亞！」

她在咳嗽時不斷地吐出血好幾次，也逐漸地沒了體力。

因為是原因不明的病症，醫生也束手無策。因為這個病，各地都有小孩和老人死去，沒有體力的人就只能等死。

以梅亞的情況來說，或許是以前受的傷所帶來的影響，她身上同時併發了經由魔物傳染的病，更是削減了她的體力。

「太遺憾了……明明終於能夠回去了……明明查明原因了……為什麼……拉馮，我……先走一步了……對不起……路瑟伊，路……」

梅亞臉上仍掛著淚水，僅留下這句話後便斷了氣。

她的心願未能實現，生命便劃下了句點。

「……這就是梅亞臨終時的狀況。懂了嗎？要是梅亞沒有生病，她就可以帶著『返祖現象』這個真相回國了。因為你們單方面的臆測和胡說把她趕了出來，讓本應過著幸福生活的梅亞陷入了不幸中。什麼皇族、什麼不道德啊！你們覺得做出那種事的女人會像這樣賭上自己的性命嗎？如果是那種程度的女人，早就和別的男人跑了吧。」

經過了漫長的時光，終於被揭露出來的真相。

梅爾拉薩祭司長釋放出一直壓抑著的情感，繼續說下去：

「我啊，最討厭什麼都不查清楚，就下令要流放的掌權笨蛋了。老實說，我根本不想把這件事告訴路。可是這是我和梅亞的約定，我也完成告知路真相的義務了。路，妳知道這真相之後怎麼想？想要回歸皇族嗎？」

「…………我做不到吧。在鎮上的生活比較適合我，而且事到如今就算說我是皇族，我也無法接受……我可是在巷弄裡長大的喔？」

「路瑟伊，妳回去把這件事告訴那些笨蛋們。就讓他們盡量去懊悔吧，關於有個女人由於他們只在乎自己的面子而成為犧牲品，因此落入不幸下場的事情。我雖然看過很多壞人，可是阿爾特姆皇國的皇族最令我火大。因為妳是梅亞的女兒，所以我是沒打算怨恨妳，可是其他傢伙最好終其一生受自己犯下的罪過給苛責。他們就是做了這麼過分的事。」

梅爾拉薩祭司長將梅亞視為忘年之交。

所以她非常生氣那些不相信自己妻子、女兒、孫子、親戚的其他皇室血脈。

而且她對將梅亞流放到國外的阿爾特姆皇國也沒好感。甚至希望他們和梅提斯聖法神國一起滅亡。

「果然是隔代遺傳……返祖現象啊。這更是說明了梅亞小姐的人生是場冤罪呢。而且已經是無法挽回的狀態了。」

「不愧是魔導士，這意見相當平淡呢。既然路瑟伊在這個國家，表示你把路的事情告訴了阿爾特姆皇國的笨蛋們了吧？還真是做了多餘的事情啊。」

「路瑟伊小姐和路賽莉絲小姐實在是長得一模一樣，我也嚇了一跳啊。唉，現在就算對方單方面要求她回皇族，也不可能回去吧。要是他們打算動武，我也會毫不留情地擊潰他們的。畢竟原因出在我身上啊。」

「哈，看來你挺有膽識的嘛。你打算和一個國家作對嗎？」

「唉……反正我的實力非比尋常，只要一擊，要摧毀一個國家根本輕而易舉……（咦？我現在是不是說了什麼很不得了的事？我是不是宣稱我要摧毀一個國家啊？）」

大叔做出了相當危險的發言。

只要有那個心，大叔是可以輕鬆摧毀一個國家的，而且擁有可以一邊哼歌一邊實行這件事的力量和武器。真的去做的話他肯定會被當成魔王看待。

「啊哈哈，你這男人還滿有趣的嘛。我也大概可以理解路為什麼會看上你了。因為她本性上也是個不合常理的小妞啊～她以前曾經逃走，一手拿著木刀……」

「梅爾拉薩祭司大人！」

路賽莉絲拚命地打斷她的話。看來是她格外不想讓人知道的事吧。

無視路賽莉絲，梅爾拉薩祭司長走過傑羅斯的身邊。

並且小聲地說了句：「要是讓那孩子不幸的話，我會殺了你喔？」

這是大叔到了四十歲仍真心感到恐懼的瞬間。

◇◇◇◇◇◇

傑羅斯等人從索拉斯鎮上歸來。

路瑟伊似乎受到了很大的衝擊，把自己關在房裡。

她現在或許正一邊哭，一邊頭痛著該怎麼跟父親說吧。

因為她拿下面具就是個沒用的女孩。

『唉，路賽莉絲小姐自己都說辦不到了，所以我想她應該不想去當什麼皇族吧。真要說起來，她絕對不可能捨棄現在的生活……應該說孩子們吧。』

路賽莉絲成為四神教的神官，是想要利用回復魔法治療他人。

而她之所以會萌生這個念頭，一定是受了可說是養育她的親人，梅爾拉薩祭司的影響吧。儘管素行不良，可是看到梅爾拉薩祭司那不分對象，出手幫助有困難的人的身影，她一定也希望自己可以成為那樣的人。

而擁有這樣明確信念的她，不可能選擇捨棄現在的生活。

『至於往後姊妹關係會變得如何……現在就先在一旁溫暖地守護著她們吧，啊，這裡生鏽了……磨掉之後，再用祕銀鋼絲接起來……嗯。』

儘管腦中思考著許多事，大叔仍認真的修理著機械。

他現在正在修理「漂浮機車」。漂浮機車的外觀看來像大型的速克達，但沒有車輪，變成像是加裝了用來清掃大樓的刷子前端的形狀。前後則是裝有橢圓形的空氣噴嘴，十分老派的造型線條刺激著科幻愛好者的心。

像是某個以蔬菜外星人為主要角色的漫畫會出現的那種未來交通工具。

「除了中央的黑盒子外好像都有辦法修理。呼呼呼……雖然不是軍事用的，但這是個好東西呢。」

這輛漂浮機車似乎是利用反重力和噴射空氣來推進的類型，如果只是機械零件，就算是傑羅斯也能想辦法複製出一樣的東西。

至於內部的黑盒子，由於是連要怎麼拆解都不知道的神秘正方體，老實說他因為技術程度不足而無法出手研究。他本想說要是能夠了解漂浮機車的全貌，就能從頭打造一輛自己喜歡的漂浮機車了，卻得到了令人遺憾的結果。

「唉，只要能騎就好了。這輛機車的保存狀況也不錯，應該馬上就能修好了吧。動力我也確認過，應該沒問題……嗯？」

他感覺到腦中響起了某種噪音。

要簡單說明的話，該說那是某種話語呢，還是該說有什麼意念直接傳達了過來，是一種非常奇妙的感覺。

『……⊃Å∋@……』

「嗯嗯？」

他集中精神，去感受傳來的這種感覺到底是什麼。

然而等了一陣子，這股感覺——像是情緒的波動卻一直沒傳過來。

『是我多心了嗎……？』

『БГΑΩだΔ@Φ……』

「確實有什麼……該不會是『醒來』了吧？我完全忘了那玩意的存在……」

那是微小的聲音。

不，既然那是直接在他腦中響起的，說是聲音或許不太對。

嚴格來說比較像是心電感應。而傑羅斯大概知道這聲音是什麼發出的。

他急忙打開地板上的門，走向地下倉庫深處。

放在地下倉庫深處的巨大裝置。那是為了讓邪神重生而準備的培養槽。

傑羅斯打開那個培養槽上唯一可以用來觀察裡頭情況的小窗，看了一下裡面後，只見有個約三歲兒童大小的孩子漂浮在液體中。

「這、這個……是凱摩先生的詛咒嗎？」

身為「殲滅者」之一的「凱摩·拉斐恩」。

熱愛擁有獸耳的獸人族，是個利用「創造迷宮」的技能打造了充滿獸耳人工生命體後宮的怪人。

而漂浮在培養槽中的年幼女孩，是長有狐狸耳朵和尾巴的獸人。

不，因為還長了翅膀和角，不管怎麼看都不是正常的獸人。

硬要說的話是「鵺」吧。（註：是日本傳說一種身體各部位由多種動物組成的妖怪。）

「嗯～……是我選錯因子了嗎？」

他壓根沒想過自己會創造出一位獸耳少女。

儘管成功使邪神復活了，重建身體這件事卻失敗了的樣子。可以吐槽的地方太多了。

『感覺凱摩先生會開心呢～……毛茸茸的嘛。』

傑羅斯的腦中出現了凱摩先生說著：「來，我們走吧！走向光明的毛茸茸大道。獸耳樂園就在前方等著我們。獸耳後宮才是真正的黃金國，毛茸茸王國才是這世上天國啊！」的聲音。

每當傑羅斯去幫忙製作人工生命體時，凱摩先生都會灌輸他一些奇怪的堅持，讓大叔有好幾次都差點被洗腦。是個會熱情鼓吹到真的足以破壞對方意志程度的人。

『這現在也不能取消了啊～可沒辦法矇混過去呢。該怎麼辦……』

就算是不同種的獸人族交配，也沒見過混合成這樣的案例。

大部分的婚姻都只發生在部族內，很少有出現其他種族特徵的狀況。

『這魔力的氣息……吾記得，汝是毀滅吾者之一人吧？』

「唷，早安。還有好久不見了，小邪神。醒來的感覺如何啊？」

『怎麼可能覺得好。被封印於這等狹窄之處，真不悅。』

「這話說得真難聽。是我讓祢復活的喔？唉，在身體穩定之前，請祢先乖乖待在裡頭吧。現在要是離開那裡，好不容易構成的身體會消失的喔？」

『……汝的目的為何？是渴望什麼才使吾復活？』

「只是想『找碴』而已。我如果說對象是『四神那些傢伙』祢應該就懂了吧？」

這或許是出乎祂意料的回答吧，邪神驚訝的情緒直接傳到了傑羅斯的腦中。

大叔也順著這個情勢，把自己的疑問拋給邪神。

「是說小邪神。祢到底是何方神聖？雖然我多少了解，但想要跟祢確認一下我的想法對不對呢。」

『吾乃造物主創造，管理次元之生命體……在造物主昇華至別次元時，接受代為管理權限的存在。是汝等具有知性之生命體口中所稱的「神」……』

「那四神是？」

『其為代吾管理此世界之代理者。然由於作為基礎的生命體之特性，似乎未妥善管理。更何況祂們沒有與吾相等的處理能力，看來一切都是由聖域與神域自動在管理著。吾沒有造訪這個領域的權限。』

「四神有那個管理權限嗎？我不認為四神是那麼了不起的存在……」

「汝的想法沒錯。作為造訪權限傳達媒介的基盤被分割為四，讓祂們利用該力量成為行星規模的管理者君臨於世。造物主做了這件事。」

「也就是說邪神戰爭是祢為了奪回這個世界的管理權限才引發的，而祢本身其實沒有要毀滅世界的意思對吧？」

『那是當然。吾乃觀測者。除了這個世界之外，也肩負了要管理多數世界的職責。故吾不會主動毀滅世界。儘管被創造主封印，吾的性能仍作為系統在運作著。吾在約千年後自我意識成形並甦醒過來之時，就是汝所說的邪神戰爭吧。當時由於無法造訪阿卡西記錄，吾也只能在缺乏情報的狀況下行動。因為造物主也已經離開這個世界了。』

「雖然這麼說，但祢好像大鬧了一場呢……」

根據過去的影像記錄，邪神的力量只能用凶狠來形容。

如果這是為了把四神給拖出來所採取的行動，四神和邪神會對立也是必然的。要是順利打倒對方，事情也就結束了。

然而邪神卻被神器封印了。

「在封印祢的時候使用的神器是造物主製作的東西吧？」

『那個……恐怕是吧。吾認為那是三次元防衛系統的特殊裝備。在三次元世界出現特異分子時，會從其他的世界召喚抗體，使用這個裝備。祂們似乎配合吾的復活演了很多戲。像是讓吾攻擊這個世界的文明，刻意造成毀滅性損害後，再將召喚系統給予知性生命體。吾也不懂祂們為何要做這種事。』

「原來如此……那就是召喚勇者啊，是說可以把那些抗體給送回去嗎？」

「可以。本來召喚來的抗體若是持續留在這個世界，便有可能會造成變異。為了避免這件事，召喚與送回應該是成套的。」

「可是被召喚來的勇者……現在應該說是抗體吧，到目前為止已經被召喚了好幾次，而且沒有被送回去過，在這個世界被殺掉了耶。」

『怎麼可能……要是做出這種事，這個世界的魔力濃度會逐漸下降，異世界的法則也會滯留於此。假使不斷累積，便會造成更多特異分子，使世界遭到侵蝕！等等，這麼說來，那時候有莫大的魔力從這個星球的各處被消耗掉，就是用在召喚上嗎。怎麼會，吾擊潰了抗體嗎！吾還以為那是什麼兵器……』

「祢將召喚勇者——抗體一事誤以為是兵器而擊潰了他們嗎？是說在祢被封印之後，每三十年就會有一批勇者被召喚過來，現在已經發生大自然遭到破壞的現象了。除此之外還會造成什麼樣的影響？我總覺得事情沒這麼簡單呢。我的直覺是這樣告訴我的。」

『抗體一向會配合這個世界的法則來調整或是獲得力量，然而持續做大規模的召喚，系統本身一定會出現問題！不，很有可能已經出問題了。被賦予了出錯的系統之力的異界魂魄會滯留在這個世界的法則下，在扭曲、增幅後侵蝕並破壞萬物的法則。世界將會無法維持下去，引發次元崩壞現象吧。』

演變為比想像中更麻煩的事態了。就像是本來用來幫ＰＣ除錯的程式轉變成了病毒。雖然不知道至今為止召喚了多少次勇者，但勇者們從未被送回去，在這個世界的法則下被殺害了。

可是由於魂魄本身處在異界的法則下，會造成變異。

同性質的變異會互相吸引、結合，不斷增幅，最後化為更嚴重的變異。

「四神們……真是沒做些什麼好事呢。」

『沒錯。祂們根本不懂管理這個世界的意義。為何造物主會將管理權限交給祂們呢……』

「造物主沒說些什麼嗎。在祢被封印之前……」

『不知道……吾那時並沒有明確的意識……等等，這麼說來，在吾最古老的記錄中，有造物主說了「唔哇，失敗了……本來是想做成性感大姊姊的，這下出包了。該怎麼辦……也沒時間了。」的記錄。這話是什麼意思呢？』

「噗呼！」

知道原因了。

傑羅斯在「Sword and Sorcery」裡看見的邪神是由內臟構成的噁心生命體。從遠處看勉強像是女性的頭漂浮著的樣子，可是那模樣說是怪物也不過分。而且還會依據狀況不同改變型態。

也就是說那個造物主創造了自己的後繼者，卻因為外表實在太噁心，而把祂封印了起來。

然後因為快到造物主必須離開這個世界的時間了，造物主只好急忙以妖精王為基礎，創造了四神。

要說為什麼選用妖精王，是因為普通的妖精不可能承受得了神之力吧。

「全部整合起來的話……」

造物主對噁心的後繼者失望透頂。將其封印後配合時間，以妖精王為基礎創造了四神，並分割管理權限，賦予祂們。

可是妖精是只顧享樂的生命體，祂們違背了造物主的命令，開始擅自行動。也因為祂們當然沒有好好在管理世界，被封印起來的後繼者，也就是邪神醒了過來。

長時間的封印讓邪神的自我意識成形，在破除封印時察覺到了代替自己的四神的存在。為了尋求具有管理權限的基盤而開始活動，與當時的魔法文明起了衝突。

這就是「邪神戰爭」的開端吧。

然後四神在文明即將崩毀時把召喚魔法陣授予人類，使用那個召喚了大量的勇者。邪神誤以為那是魔法兵器發動的攻擊，接連將被召喚來的勇者連同魔法陣一起消滅。陷入困境的人類使用了唯一殘存下來的魔法陣，召喚了新的勇者。

儘管勇者們用四神授予的神器封印了邪神，最近四神卻因得知邪神即將再度復活，不知道是利用了什麼管道，但以將邪神再度封印於「Sword and Sorcery」中為由，非法棄置了邪神。

宗教經典或故事中提及的「四神依造物主的指示降臨於世」，八成是後來才加上去的吧。不管在什麼時代，都會發生捏造事實這種事。

造物主之所以在邪神醒來時便已經離開這個世界，肯定是怕被萌生自我意識的邪神報復。畢竟造物主是基於非常不合理的理由封印了邪神，知道邪神復活了的事，便以「昇華到別的次元的時機來臨了」為由，立刻逃走了吧。

簡直是個笑話。

「喂喂喂，造物主也太隨便了吧！（這表示「Sword and Sorcery」的世界是「不同的異世界」嗎？之前我就想過了，但這點還是一團謎呢。）」

雖說勇者也一樣，但傑羅斯也是因為不負責任的造物主而死亡的受害者。一切都可以歸咎於造物主不嚴謹的管理。邪神為了管理世界而認真地行動，隨便創造出的四神完全沒打算要管理世界。而且四神明明沒要管理，卻還執著地要留在神的位置上。

事情顯然發展成了一點都不好笑的狀況。

「為了取回管理權限，該怎麼做才好？有什麼特別的方法之類的嗎……」

『吾不知道。所以吾才打算吸收那些女神。卻被神器妨礙了。』

「神器好像已經壞了喔？」

『那也很合理。吾和造物主為同性質的存在。若是將原本用來排除特異分子的神器用在吾身上，神器本身會損毀吧。光是能夠封印住吾一次就很了不起了。』

「因為被用在不該用的地方，所以壞了啊……還真是會給周遭的人添麻煩。」

過於愚蠢可笑的內容讓他頭痛地不禁想抱住自己的頭。

不管怎樣，最終王牌醒來了還是一件值得高興的事。儘管還留有許多的問題——

「在祢的身體穩定之前，我希望祢能乖乖待在這裡。等到時機成熟，祢就可以主動離開這裡了，不過現在的祢會輸給四神的喔。因為祢還太弱了。」

『沒辦法。就當作光是能夠復活就不錯了吧……不過要就這樣將那些女神放著不管嗎？』

「這我倒是覺得無所謂。無法召喚勇者，信仰四神的國家聲勢正在下滑。祂們自己踏出了自滅的一步呢。」

『真傻啊……那些傢伙如此無能嗎？但是現在這樣贏不了啊……嗯～嗯。』

「等祢從這裡出來，下一步就來決定祢的名字吧。畢竟一直叫祢『邪神』實在太奇怪了。」

『事情真不如意啊。要是能解除管理權限的保護設定，就可以想點辦法了……』

「全都是造物主的錯。還真是讓人困擾啊……是說剛剛祢用了造物主這個說法，可是過去的書上記載的有造物神、創生神，或是創世神之類的好幾種稱呼呢。到底哪個才是正確的稱呼？要是有名字就更好了。」

『吾是用造物主，或是造物神來稱呼，可是知性生命體是用創世神這個稱呼。唉，不管是哪個都沒太大的差別吧？那一位是有名字……但人類無法發音。』

「那我就用創世神這個稱呼吧。然後我還有一個問題，那位創世神消失到哪裡去了？」

『恐怕是去其他次元建構新的世界了吧。因為造物主的力量變得強大到這個世界承受不住的程度，才會創造出吾來管理這個世界。』

「雖然四神太糟糕了……不過創世神更過分。（這樣說對小邪神很不好意思，可是我覺得創世神一定是太怕祢才逃走的喔～）」

神只在意世界的事情，對於住在這個世界的生命體漠不關心。

好不容易理解了整件事的來龍去脈，然而比想像中還要過分的發展讓傑羅斯傻眼得無話可說。

他為了讓心情平靜下來而點了一根菸，抽起來卻有股難以言喻的苦澀味道。

第十二話　大叔又隨意地接下了委託

傑羅斯繼續動手修理「漂浮機車」。

因為本來不是戰鬥用的工具，想要裝設武器就必須擴增空間。可是在空中使用威力強大的武器有可能會破壞平衡，必須特別留意這一點。

「真糟糕，明明有會在天上飛的魔物，沒有武器的話豈不是很不安心嗎。這樣一來只能讓人坐在後座，用手持武器來攻擊了嗎……」

只有彈藥的話，是有地方可以設置裝載用的支架，問題是武器。

「如果不是『槍刃』，用我另外做的那個……不對，誰能用那個啊？這樣除了騎車的人之外還需要一個槍手吧。這真是個難題啊。」

他放棄了「哈里・雷霆十三世」上加裝的「鋼釘發射器」。以手持武器來說，槍刃也太重了，不好維持重心平衡。

他只剩下最後的一個手段，那就是……

「要用Ｍ１３４……迷你砲嗎。這個要用兩手拿耶～」

曾在某部電影中出現，可以射出大量子彈的危險槍砲。從普通的戰爭到和外星人作戰，在各種情況下都十分活躍的小型機槍。而大叔的迷你砲不用說，只有外型和一般的迷你砲相同，裡頭是別的玩意。

不管外型如何，這台迷你砲不需要用火藥來發射子彈。彈帶從彈倉中運出子彈後，會在膛室內利用魔法誘發爆破來進行掃射。也因此他的彈殼是紙製的。

由於槍身也是靠魔力引擎來轉動的，不需要幫電池充電。

「說是這樣說，負責供給魔力的是槍手就是了……」

缺點是很浪費子彈。就算想製作子彈，光靠大叔一個人也來不及做出足夠的數量，單純用魔法攻擊還比較輕鬆。

然而男人就是儘管如此還是想要追求浪漫的可悲生物。

「能不能在正面的車頭燈那裡裝設魔導砲啊？只設置魔法術式進去的話，應該可以耐得住一次攻擊吧～再來就是……漂浮機車的名稱……」

大叔的命名品味糟透了。

在他煩惱許久後，居然決定取名為「響尾蛇號」。

感覺會像某個飛彈一樣爆炸，非常不吉利的名字。

在那之後他稍微加工了一下，修理好了「響尾蛇號」。

◇　◇　◇　◇　◇　◇

「「唉～……」」

發出沉重嘆息的是路瑟伊和路賽莉絲兩姊妹。

不用說也知道原因是母親的事，也包含了討論路賽莉絲往後的立場，兩人提出並交換了許多意見，決定了未來的方針。

路賽莉絲是希望維持現狀，事到如今就算叫她回皇族，她也不打算回去。

以路瑟伊來說，關在房裡一天思考後，她的想法也大致底定了。

可是阿爾特姆皇國會做出怎樣的判斷，又是另一個問題了。

最大的問題是兩人的母親梅亞・伊瑪拉是冤罪，而且已經不在人世了。

這件事情已經由外交官向阿爾特姆皇國報告，但是帶來了不少影響。

實際上好像有收到聯絡，說拉馮・伊瑪拉因為過於衝擊而病倒了，在族裡引起了大騷動。從報告到現在過了兩週，騷動仍不斷地在擴大。

「路賽莉絲……妳要怎麼辦？本國要求妳回國一趟。」

「就跟我之前說的一樣，我不打算去。我已經找到自己想做的事情了，事到如今說我是皇族，我也沒有感覺。我沒辦法處在那種需要遵守嚴格習俗的立場下。」

「父親雖然想要見妳，但照妳這樣說應該不行吧。畢竟是父親，他恐怕會把妳留在身邊，要是去了阿爾特姆皇國就回不來了。」

「我明明沒有身為皇族的自覺，我想硬是把這身分強加在我身上也沒用吧。說實話，我覺得他們會逼我接受皇族的教育。真令人困擾。」

「多半是吧。唉……皇室內似乎開始互相推卸責任，關係變得很緊繃的樣子。儘管是自作自受，但真是太難看了。我也不想回去。」

由於接下來可能會發生的麻煩事讓她們聊個沒完，兩人意外地很快就熟了起來。

不過她們兩個討論的地點是——

「為什麼要到我這裡來討論啊？這種情況下我幫不上任何忙喔？對手要用武力攻過來那又另當別論就是了。」

「不，我只是想說就算是小事也好，希望可以多少得到一些意見……」

「以我的立場來說，要是立刻回國，感覺也會被捲入各種麻煩事裡……」

這裡是傑羅斯家的客廳，兩人不知為何在這裡討論著。

順帶一提，大叔人在客廳旁的廚房裡。

「……說是這樣說，但真不知道事情會變成怎樣啊。就算尊重路賽莉絲小姐的意見，四神教也會是個問題吧。因為路菲伊爾族是信奉創世神教的啊～」

「我改宗比較好嗎？」

「這麼做或許比較好喔？那個國家也差不多要完了吧。周圍的小國都採敵視的態度，利用權力當後盾的外交也逐漸遭到包圍，被封了起來。」

「四神本身也不在乎這個世界的樣子。不如說祂們打算毀壞這個世界喔，那些傢伙……」

大叔一邊說，一邊把缽裡的蛋攪散。

他莫名地很想吃，所以今天的午餐是蛋包飯。

旁邊的鍋裡煮著剛做好的番茄醬。雖然有著無法長期保存的缺點，但是他有以史萊姆素材製作的密封袋，可以藉由道具欄來彌補這個缺點。

「香腸要用水煮的嗎？還是妳們比較喜歡吃煎的？」

「我的份請用煎的。」

「我也一樣。現在要用鍋子水煮得多費一道工吧？」

「了解。好了，都用番茄醬炒飯了，蛋上面還要淋番茄醬呢～要是有先做一些多蜜醬就好了。」

大叔經過了漫長的單身生活，下廚的技巧也不差。

因為要做三人份得花上一些時間，大叔是希望她們可以趁熱先吃，不過路賽莉絲和路瑟伊都是會規矩地等他一起開飯的那種個性。

對於打算最後再做自己的份的大叔來說，讓兩人等待的時間令他十分過意不去。他就是個容易在意這種事的人。

「孩子們在做什麼？我看他們今天早上也和咕咕們在鍛鍊。」

「那些孩子們好像為了籌備在傭兵公會登錄成為傭兵的資金，出門去了。我最近開始有這種想法，那些孩子們是不是故意在扮演年幼孩童的樣子啊？」

「事到如今妳才發現啊。孩子們相當堅強喔？是從作為孤兒在巷弄間生活的經驗中學來的吧。『讓對手大意的手段』……」

「這能夠派上什麼用場嗎？老實說我不是很清楚。」

「是在蒐集情報時能夠派上用場的技術呢。裝作不知世事的孩子，從閒聊的內容中獲得自己想要的情報。是相當狡猾的手法喔。盜賊也常會用這招。」

傭兵是伴隨著許多危險的職業。像是高階魔物會出現的地點，或是小型魔物棲息的區域等等，必須運用許多知識來賺取生活費。可是傭兵們絕對不會洩露沒什麼人知道的祕藏狩獵地點的情報。

然而沒有什麼比打倒強大魔物更讓人興奮的了，這時傭兵們也有可能會得意忘形，主動說出打倒魔物的方法。對於尚不成熟的傭兵來說，這是很有參考價值的情報。

裝作什麼都不懂的孩子這種態度對自詡為前輩的傭兵特別有效，只要順勢吹捧對方，對方就會輕易地洩露情報。當然也有口風很緊的傭兵，所以也需要具備觀察對象的眼力。

順帶一提，孩子們想要的情報是其他傭兵們體驗過的實際交手情報。

「那些孩子們想以挑戰迷宮為目標對吧？因為關於迷宮的情報，愈深處的階層消息就愈是不公開，他們才會用眼下最佳的手段來蒐集必要的情報吧。在戰爭時也是情報傳得愈快對戰況愈有利不是嗎？請妳當作那些孩子們是在學習讓自己生存下去的智慧吧。」

「嗯……我等路菲伊爾族可以飛行，所以能夠縮短在傳達情報上所需的時間。畢竟情報這種東西的時效性是很重要的。不過人族辦不到這種事吧。所以才需要能夠獲得確切情報的手段。」

「如果是沒有穩定收入的傭兵，就更重視情報了。而那些孩子卻辦得到這種事，前途無量得令人害怕啊。他們不僅相當堅強，也很善於處事。」

以前和孩子們去做狩獵訓練時，大叔曾讓他們去體驗蒐集情報這件事。

那時候他們就已經會用相當熟練的手法從對手口中套出情報了。孩子們用心學習、仔細思考、不斷實行。一想到他們在那之後成長了多少就覺得很可怕。

只能真心期盼他們不要走上歪路，把能力用在惡途上。

大叔一邊說話，做菜的手也沒停下。

沒過多久三人份的蛋包飯就完成了。

「是說我這裡也有酒，妳們要喝嗎？」

所謂的餐前酒。

「大白天的就喝酒？這樣好嗎……總覺得有點太奢侈了。」

「是哪裡出產的酒？我對酒可是很挑剔的喔？」

「是我自己釀的喔。是用來調配『香甜回復藥水』和『香甜魔力藥水』的素材。以前不小心做太多了……」

「香甜回復藥水」和「香甜魔力藥水」正如其名，屬於回復道具，是大叔在「Sword and Sorcery」裡製作的東西。

雖然是遊戲裡的道具，但現在仍有一大堆放在道具欄裡生灰塵。因為是用來製作回復道具的素材，所以他理所當然地存放了很多在身上。

大叔想說『既然是蛋包飯，配白酒比較好吧？』，隨意地拿出了裝有酒的白瓷瓶，用簡單的冰魔法冰鎮。

把不知為何會有的酒杯放到桌上後，將剛做好的蛋包飯端上桌。

「好了，那我們開動吧。」

「抱歉，因為我從沒下過廚，沒辦法幫忙……」

「這麼說來，我也沒去幫忙。真是不好意思……」

「哎呀，別在意，快點吃吧。涼了就不好吃了喔？」

大叔邊說邊拔起白瓷瓶上的軟木塞，在酒杯中倒入白酒。

葡萄特有的香氣刺激著兩人的鼻腔。

「好香的味道……」

「嗯，這是相當優質的酒呢。」

路賽莉絲和路瑟伊細細品味了倒入酒杯中的白酒香氣後，輕輕含了一口到嘴裡。

「「！」」

那是讓人說不出話的至高美味。

無法用言語形容就是這麼一回事，實在太過高雅的味道令兩人除了驚愕之外做不出任何反應。

這是連優質這種形容詞都顯得過於廉價，最高等級的美酒。

「這、這是多麼……這、這酒光是一瓶就足以傾國了喔！」

「像、像這樣的酒……真的可以喝嗎？這真是……」

「妳們太誇張了吧？這個只是藥水的素材耶……」

大叔不知道自己又幹了什麼好事。

這個世界中有魔力，經過長時間的熟成，酒的成分會變質，變得更為芳醇，裡頭含有的魔力也會更加凝聚、濃縮。

濃縮後的魔力最後會開始凝聚周遭的魔力，那魔力會讓酒的味道更上一層樓。

伊薩拉斯王國放了百年以上的陳年葡萄酒就屬於這種酒，而這種百年葡萄酒也是據說能令死者復生的「萬靈藥」的素材之一。其中又以紅酒的效果特別好，在古老的藥學書籍中甚至得到了「神之血」的別稱。

白酒也可以用來當作「萬靈藥」的素材，但真要說起來的話回復魔力的效果比較好，會拿去製作被稱為「精靈之露」的魔力回復藥。

現存品相當稀少，由於是稀有素材，無法輕易取得。

傑羅斯釀的酒基於「既然魔力含量愈高效果愈好，那從一開始就使魔力濃縮不就好了？」的概念，酒桶使用了「千年樹人」，葡萄酒則是用了稱為「元素葡萄」、及「龍玉葡萄」這些最高級的素材。

同時加上了可以儲備魔力的效果，還順便用了夢幻之花「安布羅西亞」來添增香氣。

用這些東西來釀酒，就會釀出所含的魔力濃度遠比神殿製作的「聖水」更高的優質葡萄酒。而且味道更是宛若瓊漿玉液。

在加入安布羅西亞時，葡萄酒就已經變成神酒「蘇摩」了，效果是回復所有魔力、完全淨化所有異常狀態、完全回復各種疾病，並使咒術系魔法完全無效。

醫療效果高得嚇人，以各種意義上來說都是非常不得了的酒。

「藥、藥水的素材？這個酒是素材……？」

「儘管幾乎變成『蘇摩』了，還是相當美味的酒呢。下次要不要去大深綠地帶採一些製作素材回來呢？畢竟這種東西有再多都沒問題……」

「蘇、『蘇摩』……傳說中的神酒。據說可以瞬間治癒各種疾病的……那個……」

「你、你……讓我喝了什麼啊！喝了這個，就沒辦法再喝其他的酒了吧！」

「這是自家釀造的酒耶？妳們真的太誇張了啦～……」

葡萄酒的味道實在太過強烈了，讓兩人吃不出蛋包飯的味道。

那就是如此極致的美酒。

一般根本不會在市面上流通的神酒。

大叔手上持有大量這種光是能活著喝到就稱得上極為幸運的極品。

這是危險到了若是被世間得知，各國恐怕會為了爭奪這酒而引發戰爭的東西。

「看來我還是不要拿去賣比較好。從兩位的反應看來，這東西好像很不妙……」

「這是相當明智的決定……為了這個酒，人會徹底墮入邪道吧。」

「……我到底喝了些什麼啊。『蘇摩』……啊哈，啊哈哈哈……」

路賽莉絲乾笑著。她這才是一般人的反應。

本來「蘇摩」是必須慎重地保管在國家寶物庫深處才行的東西，在梅提斯聖法神國也只有三小瓶被存放在某處而已。

當然不可能有小國家持有這東西，就算有，也會被視為王室的祕藏品吧。

畢竟梅提斯聖法神國將「蘇摩」視為聖遺物。要是知道小國家持有這個，一定會率先以大義為名攻進去。

就算嚴格來說不算是「蘇摩」，只要具有類似的功效，就有可能會成為戰亂的火種。非常危險。

「我也不要分給那古里先生他們比較好吧？雖然矮人收到酒應該會很開心。」

「要給矮人喝的話不如給我！那些傢伙根本不會品酒！」

「路瑟伊小姐，這話說得太過分了喔。就算是矮人，我想他們也是懂得品酒的。」

「路賽莉絲……那些傢伙只要有酒精，就算是用來當工業用燃料的酒精也會喝個精光喔？妳覺得他們懂得品酒嗎？」

「呃……不覺得。」

對矮人來說酒是當下享受的東西。

只要拿到好酒，就會當場一飲而盡。而且是非常豪快地——

矮人就是一群不管是高級的葡萄酒，還是工業用的乙醇，只要能醉什麼都好的酒豪。因為他們的座右銘就是「酒就是要大喝特喝」。

「這還真是讓人覺得有些浪費啊。畢竟他們是群每天開酒會的傢伙～」

比誰都更有和矮人相處經驗的大叔，腦中浮現了暴殄天物這句成語。

而他的想法是對的。

因為在進行道路工程時每天都開酒會，讓他也有些受不了。

想起那景象，傑羅斯一邊嘆氣一邊用湯匙將蛋包飯送入口中時，發現孩子們正貼在窗外的玻璃上。

活潑好動的兒童們今天也很餓。

最後大叔準備起了孩子們的蛋包飯。

◇◇◇◇◇◇◇

路賽莉絲他們離開家裡之後，大叔或許是突然想到了什麼吧，前往了克雷斯頓的宅邸。

屋子後方有一片小森林，索利斯提亞公爵家的別館就位在那座森林接近中央的位置。是座沒有任何多餘裝飾，純樸的小古城。

索利斯提亞魔法王國建國以前，這座城堡是防衛要地。這座利用了斷崖的落差，難以攻陷的要塞，訴說著在此處曾流過多少鮮血的歷史。

索利斯提亞公爵家的僕役溫暖地招待造訪這座古城的傑羅斯入內。

他被帶到接待室，靜靜地等著克雷斯頓到來。

『那麼先把這些酒放到桌上吧。分一些給鄰居。』

陶製的瓶子被排放在桌上。

瓶口當然用軟木塞和金屬製的蓋子固定住了。數量共計五瓶。

儘管對把酒分給矮人這件事有些遲疑，但分給克雷斯頓就沒問題了。

畢竟對方是前公爵，他也受了人家許多照顧。傑羅斯很注重和鄰居間的往來。

沒過多久克雷斯頓就現身了，不知為何相當疲憊的樣子。

「喔，傑羅斯閣下，好久不見了！今天來訪是有什麼事？」

「我正好拿到了一些不錯的酒，所以來分一些給克雷斯頓先生。在那之後發生了什麼事嗎？總覺得你看起來十分疲憊……」

「德魯那傢伙去王都了，要老夫代他處理公務……老夫都已經隱居了啊。」

就算是隱居的父親也會毫不客氣地使喚。德魯薩西斯公爵是個忙碌的男人。

要是有能和他匹敵的部下就好了，但那種人才想必在王都有著相應的地位吧。

隱居的克雷斯頓就這樣無端遭到了波及。

「這就是傑羅斯閣下所說的酒嗎？老夫晚點再來享用。」

「哎呀，雖然是有些特別的葡萄酒，但相當美味喔。」

「呵呵，這還真令人期待啊。是說傑羅斯閣下……老夫有件事想要問你。」

「什麼事？」

「你知道魔物失控的條件嗎？」

克雷斯頓的表情變得嚴肅起來。很有可能是發生了什麼嚴重的事。

「魔物失控？有發生了這種事情的徵兆嗎？」

「最近李巴魯特邊境伯爵的領地開始頻繁地出現魔物。老夫和他商量並順便調查了一下，發現最近討伐魔物的委託急速的增加了。」

「嗯……根據我所知的範圍——」

「失控」。是某種類的魔物因為缺乏糧食而開始移動，或是為了繁殖而成群移動到其他地點，又或是被強大的魔物追趕而引發的現象。

也有像魔物是從迷宮中被排放出來而發生的例外狀況，但不管哪種都不是會輕易引發的現象。要是出現龍種的話那還另當別論，這附近幾乎沒有會引發失控現象的案例。畢竟有一大片肥沃的土地，從環境上來說魔物不可能會挨餓。

就算是法芙蘭大深綠地帶的周遭，也因為嚴苛的生存競爭使得生態系變得相當均衡。

這樣一來，就只有可能是被強大的魔物追趕了，可是克雷斯頓也沒聽說過與此相關的消息。

儘管索利斯提亞公爵家的情報網不可小覷，但這次他們似乎沒有得到任何情報。

「不知道呢。剩下的可能性就是『地獄軍團』了，不過這是一個魔物集團在飢餓狀態下，一邊捕食周遭的魔物一邊移動的現象，可是沒有會引發這種最糟糕的失控現象的魔物棲息在這附近啊。要是有也會擴散開來，事情總會平息的。」

「嗯，這樣啊……那個，傑羅斯閣下……」

「……………………什麼事？（總覺得有股很不妙的預感哪～）」

「老夫想委託身為S級傭兵的傑羅斯閣下，可以請你找出魔物頻繁出現的原因嗎？老夫有種不好的預感……而且是特別不好的。」

雖然也要看種類，但魔物頻繁出現這件事非常奇怪。

魔物本來就是遵循弱肉強食的法則，可是生態系非常明確。照理來說不太會引發需要頻繁地提出討伐委託的狀況才對。

假設真的發生失控狀況，應該也會有些徵兆。像是目擊到本來沒見過的魔物，或是發現了好幾隻有些難纏的魔物之類的。

因為在有大量人類居住的區域，就算是「哥布林王」也會是很大的威脅，如果是能夠在法芙蘭大深綠地帶存活下來的大叔，應該很適合這個任務吧。

「最糟的情況下……說不定得去打擾鄰國喔？」

「沒關係。因為傭兵可以自由行動。有必要的話，你就算侵入梅提斯聖法神國，也不會有人說什麼的。如果是來自傭兵公會的委託，那個國家也沒辦法抱怨。」

傭兵的立場相對地自由許多。因為就算活動的地點是其他國家，傭兵們的活躍也能幫助許多人。

就算是魔導士，只要有登錄在傭兵公會，除了犯罪行為之外，是不會受到國家干涉的。也就是說他可以光明正大的踏入梅提斯聖法神國。

「是跨越國家藩籬的組織啊。仔細想想還真危險呢。」

「關於這方面，各國的法律規定不同。會引發騷動的傢伙不是罪犯，就是惹出了什麼問題被趕出國外的人吧。」

「唉～……像這樣一直接受委託，我也很難維持幹勁呢。等這件事情解決之後，我有好一陣子不會再接工作了喔？」

「抱歉啊，老夫也會把這件事告訴德魯薩西斯。不過老夫認為那傢伙要是沒辦法使喚人，就會動些手腳讓對方願意為他所用，所以老夫沒辦法向你保證……」

「還真惡劣呢。一切都在他的掌控之中嗎…………還真讓人笑不出來。」

大叔終於發現自己被人任意使喚的事情了。

不過，魔物失控並非和他無關，畢竟總有一天會危害到自己的生活，所以他還是接下這個委託。

因為失控造成的損害影響範圍是超乎想像的大……

◇◇◇◇◇◇

在阿爾特姆皇國的道路上，有輛不可能出現在這個世界上的交通工具奔馳著。

一言以蔽之，那是稱作「輕型高頂旅行車」的車輛，而正在開車的是一位魔導士。

後座上坐了兩位女性魔導士，她們正一臉無趣地望著窗外流逝而過的景色。

「總算來到阿爾特姆皇國的國境了。以前得從梅提斯聖法神國那邊繞道，所以得花上不少時間，不過多虧阿爾特姆皇國進行了道路整修工程，現在輕鬆多了。唉，雖然常有鳥型的魔物出沒就是了……」

「可是很無聊耶～亞特先生……不管到哪都沒有休息區或是得來速啊。」

「妳不能期望這個世界有那種東西啦。這裡的文化只有中世紀的水平啊……」

這輛「輕型高頂旅行車」是亞特利用生產職的技能做出的東西。

由於在雪地上行進，所以輪胎上纏了防滑鏈條，但也因為這樣搞得周遭全是噪音。為了安全地在山中行進，這也是無可奈何的事。

「根據我聽到的消息，前面的鎮上好像有溫泉喔？說是從索利斯提亞來的土木工程人員挖到的。」

「真的假的！是含鍺的？或是含鐳？也有可能是硫磺泉……」

「莉莎……就算是溫泉，這個世界也不可能去分析溫泉的成分啊。光是能泡湯就很幸福嘍？」

儘管溫泉有許多的種類，但這個世界上沒有可以完美分析成分的技術。

光是能好好讓身體放鬆一下就謝天謝地了。

「真想一邊喝酒一邊泡露天溫泉啊～是說有露天溫泉這種東西嗎？」

亞特對溫泉的想法就像個大叔。

不過莉莎和夏克緹都沒有吐槽他。因為她們兩個也很期待溫泉。

「說到酒，他們好像送了葡萄酒給同盟國耶？」

「是啊，是放了百年以上的美味好酒。」

「「…………咦？」」

「嗯？」

車裡瞬間陷入了沉默。

「亞特先生……放了百年以上的葡萄酒能喝嗎？」

「一般來說不是放了三十年左右的最好喝嗎？我也不是很清楚就是了。」

「咦？可是我喝過放了一百五十年的耶？」

「在哪裡？」」

「在『Sword and Sorcery』裡，是從迷宮裡找到的，上了年代的東西……」

「「咦？」」

「咦？難道我搞錯了嗎？」

不，在這個情況下亞特是對的。

這個異世界和「Sword and Sorcery」的世界，在設定上有許多相同之處，魔力會影響到葡萄酒的熟成，放了百年以上的酒，那滋味不是地球上的葡萄酒可以比擬的。而且還具有莫大的回復魔力功效。

另一方面，夏克緹所說的是地球上的葡萄酒，要是開封後放置了一段時間，酒會酸化，使得味道變得很酸。而她過去曾經體驗過，所以才會這麼說的。

莉莎本來就還不是可以喝酒的年紀，只是憑印象來說的。可是亞特也不是特別了解葡萄酒，便開始覺得「難道是我搞錯了嗎？」變得有些不安了起來。

順帶一提，地球上也有存放了百年以上的陳年葡萄酒。是酒莊繼承了古時傳下來的知識與經驗，仔細地控管溫度與濕度，才能留下如此珍貴的葡萄酒吧。

「糟、糟糕……我向國王建言，說可以把百年以上的陳年葡萄酒送給各國……」

「那很不妙吧！在酒桶裡面放了百年熟成的葡萄酒，絕對會變得很慘的！」

「沒弄好的話會引發戰爭呢。亞特先生……怎麼辦？同盟關係會不會破裂啊？」

「……」

彼此的知識不足招致了不安，逐漸陷入了恐慌之中。

要是國家間的友好關係破裂了，伊薩拉斯王國會被摧毀。最慘的情況下自己也會成為罪人。

不，如果演變成慘劇，會害許多的人喪命。背上的冷汗實在停不下來。

這種不安的情緒在三人的心裡有如烏雲般擴散開來。

「怎麼辦……怎麼辦啊啊啊啊啊啊啊啊啊！我該怎麼辦才好？」

「看、看著前面開車啊啊啊啊啊啊啊啊啊啊！」

「馬車，前面有馬車啊啊啊啊啊啊啊啊啊啊啊啊啊啊啊啊！」

然後又招來了更為混亂的狀況……

慌亂不已的亞特開著的「輕型高頂旅行車」，一邊蛇行一邊奔馳在道路上。

第十三話　大叔享受著漂浮機車

朝霧籠罩著一早的桑特魯城，許多離家打拚的人得去搶占市場的位置，迅速地穿過城鎮。

在遠離這些早晨喧囂的舊街區，異世界的居民們正為了獲得明天的糧食而拚命地揮汗辛勤工作，活在當下。

這不管在哪個世界都是理所當然的景象吧，但傑羅斯卻感受到了異世界才有的自由與堅強。

『不過魔物失控啊……是哪裡出現了迷宮嗎？』

在「Sword and Sorcery」中，在出現迷宮、引發魔物失控的活動任務時，玩家會以村落或城鎮為根據地，反覆進行防衛戰。

對傑羅斯來說是幹下許多好事，令人懷念的回憶，可是不管怎麼說，都是因為是在遊戲世界裡才能那樣亂來，要是在現實中重演過去的黑歷史，他肯定會是個罪犯。

「到底是為什麼呢～唉，不去看看也不知道就是了……是說你們也想跟著去嗎？」

傑羅斯的身邊不知為何出現了三隻黑色咕咕的身影。

「咕咕！（請讓我等一同隨行，師父。）」

「咕咕，咕咕。（鍛鍊是很好，但在下也差不多想累積一些實戰經驗了。我等希望能藉此測試自身的實力。）」

「咕咕咕咕咕！（在下也想測試自身的實力。總有一天要達到那個境界……）」

「唉，是可以啦。但要適可而止喔……」

這三隻是狂野咕咕的變異進化種。最近好像又進化了，烏凱的種族名變成了「格鬥大師咕咕」，山凱是「武士大師咕咕」，桑凱則是「忍者大師咕咕」。完成特殊變異進化的咕咕們充滿了戰意。

比低階傭兵更可靠，以戰力來說無可挑剔。包含大叔在內可說是戰力過剩了，不過既然不知道發生了什麼事，帶牠們去也沒問題吧。

三隻咕咕的外觀都變成了黑色，烏凱像始祖鳥一樣，翅膀上長出了指爪。山凱雙翼中的其中一邊變成了銀色。桑凱除了羽毛材質外看起來倒是沒什麼改變。

大叔對於這種奇妙的生物已經無話可說了。

『雖然不重要，可是這些咕咕到底是以什麼為目標啊？已經接近魔王級了吧？』

所謂的魔王級是指魔物過度進化時誕生的災厄級怪物。

這類魔物的實力因種族而異，但是基本上都有隻身就幾乎能毀滅一個國家的力量。比方說大叔在法芙蘭大深綠地帶遇見的二十公尺級強大巨蟑，就是被稱為要塞級的個體。

在索利斯提亞魔法王國附近發現的巨蟑約五公尺，一般稱為將軍級。強度等同於獸人將軍。

就算有環境和等級差，個體的進化仍然有極大的差異，無法用一貫的標準來決定階級，可是這在人類居住的區域算是常識。

儘管常識是種會被立刻改變的東西，但是只要沒發現什麼驚異的個體，就無法幫進化後的魔物加上階級。

因為再厲害的學者都無法預測進化的過程。

『還是別再鑑定這些傢伙了……感覺好像在培育世界的敵人，對心臟太不好了。』

大叔放棄思考關於咕咕的事了。

他用背影訴說著「我什麼都不知道喔，啊哈哈哈」，同時從道具欄中拿出「響尾蛇號」。本來他是想騎魔導機車「哈里·雷霆十三世」去的，不過他想說難得都修理好了，便順著當下的念頭改變了交通工具，決定來試乘一下。

「那麼就出發吧……呼啊～好睏……」

傑羅斯跨上響尾蛇號，插入鑰匙。

魔力從壓縮式魔力槽中流遍整個機體，舊時代的系統開始運作。

魔力送入了加裝在響尾蛇號下方的大型水晶裡，上頭浮現出各式各樣的幾何圖樣後，配備在一般機車的前後輪位置的大型空氣推進器開始逐漸吸入空氣。

然後藏於黑盒子內的魔法術式透過水晶展開並投射，形成了反重力力場。

「空氣推進器正常啟動！方向……應該是西北吧？」

他一邊確認指南針，一邊改變響尾蛇號的方向，緩緩地上升到空中。

傑羅斯聽著變更方向用的副推進器噴出「啪咻！啪咻！」的空器壓縮聲，眺望逐漸變小的桑特魯城街景。

「喔喔……這還真是美景啊。令人感動。」

滿是薄霧的城塞都市的樣貌實在是相當夢幻的景色。

有股和用飛行魔法「闇鴉之翼」飛在空中時不同的喜悅感湧上心頭。

他享受著這難以言喻的興奮感，有些不捨地催動油門。

加速的響尾蛇號馳騁於異世界的天空。

載著低聲說著「異世界真棒啊……」的大叔——

傑羅斯又再度感受到了飛在空中的特權。

大叔用浪漫蓋過了被委託的麻煩事，沉浸於飛馳於空中的優越感。

◇◇◇◇◇◇

生物必須藉由攝取某種營養來維生。

小動物會吃樹果或昆蟲，大型生物則是會吃野獸或不同種族的肉。

這點對魔物來說也不例外，身體愈是龐大，愈是需要攝取更多的能量。

不斷移動的「強大巨蟑」也逃不過這個法則，十分飢餓。

變得過於巨大的身軀渴求著更多的食物，然而得到的餌食卻都很小，只能勉強靠著跟隨自己的下級魔物屍體來撐過這總是煎熬著自己的飢餓感。

巨蟑摧殘的這個區域沒有大型生物棲息。

一般來說這樣會餓死，可是牠卻獲得了餓都餓不死的異常強大生命力。簡直超越了生物的範疇。

許多魔物都感覺到巨蟑的存在而逃離原處，追隨的下級魔物也因為飢餓而接連脫隊。

動物對於危險十分敏感。會全力逃離自己贏不了的存在也是理所當然的吧。因為逃跑也是一種生存戰術。

巨蟑雖然順著本能移動，但以某一刻為分界，牠意識到自己的身上起了變化。牠的移動速度下降，動作也漸漸慢了下來。

可是這絕對不是「死亡」。

牠注意到這是要變化為某種新的什麼的轉變。

『要怎樣才能滿足這份飢餓感？我該往哪裡去才好？』

這個疑問總是反覆出現在牠的思緒中，同時牠也了解，解放的時刻就快到了。

『這份飢餓很快就能得到滿足了……』

飢餓的巨大生物順從本能，靜靜地等待自己產生變化的時刻到來。

吃著暴屍荒野的下級魔物——

◇　◇　◇　◇　◇　◇

李巴魯特邊境伯爵領地。這裡鄰接梅提斯聖法神國的國境，是索利斯提亞魔法王國在國土防衛上的重要地點。

這裡發生異變是大約三週前的事。

出現了好幾種本來應該具有各自占地習性的魔物群，開始破壞鄰近的村莊或城鎮。

李巴魯特邊境伯爵也採取了對策，派遣傭兵和騎士團前去對應，狀況卻一面倒地不斷惡化。

對應速度快這點該說他處置得當吧。可是在數量接連增加的魔物威脅下，他下達了要附近的居民暫時前去避難的命令。

他實在沒有辦法對應增加的魔物群。

「阿雷夫大隊長，所有村民都前去避難了！」

「辛苦了。魔物的狀況怎麼樣？」

「不是什麼了不起的對手，但是數量太多了。簡直像是在逃離什麼。」

「這樣嗎……這情況……或許不是單純的『失控』啊。」

阿雷夫從結束法芙蘭大深綠地帶的護衛任務回來後，實力受到了上層認可，被任命為大隊長。過去的部下也被提拔並加入他的指揮下，現在成了特務遊擊騎士隊，出人頭地了。

從弱肉強食的地獄歸來的他們，實力海放其他騎士好幾條街。也因為經歷過地獄，阿雷夫對新成為他部下的騎士會進行嚴苛的訓練，此事也令他聲名大噪。

他也得到了「蒼鬼阿雷夫」的綽號。然而多虧了嚴苛的訓練，他的部下現在一個也沒少的在執行任務。部隊的損耗率遠低於其他大隊。

他現在已經成了騎士團代表性的將領之一。

「如果不是失控，那是有什麼強大的魔物出現了嗎？」

「只有這個可能性了。而且在這前面的國家是……」

「梅提斯聖法神國……是那些傢伙幹了什麼好事吧？怎麼想都是那邊的魔物跑到了這裡來。」

「那個國家現在正敵視著我國。理由你們知道吧？」

「唉……是因為我國開始販售回復魔法了吧。低階的回復魔法早已連傭兵們都能輕易購得了，神聖魔法的價值會因此一落千丈吧。」

「因為他們就是些不承認技術的進步，食古不化的傢伙啊。會想盡一切辦法來扯我們後腿吧。」

在魔導具、魔法藥的品質提升與魔法開發上，索利斯提亞魔法王國和梅提斯聖法神國處在完全對立的位置。

梅提斯聖法神國對魔法有偏見，便以「捨棄那些扭曲自然法則的邪惡知識吧！」的強勢態度施壓，相對的，索利斯提亞魔法王國則是以「技術沒有進步，文明就不可能有進展！你們身上穿的神官服也是魔法技術下的產物吧！」來反駁對方。

四神教的神官堅信神聖魔法是基於神的恩惠才能使用的神聖之物，徹底否定主張神聖魔法和其他魔法一樣的魔導士們。

這是信仰與理論、歪理與道理、幻想與真實、不合理與合理、停滯思想與革新思想互相衝突的無謂爭論。

反覆議論了好幾次，要說結果如何的話——

「你們是打算忤逆神的旨意嗎！這些邪惡的魔導士！」

「少開玩笑了，為什麼我們非得徵詢你們國家的意見啊！為國家發展鞠躬盡瘁不是理所當然的嗎，少來干涉我們的內政！」

「你說什麼？你們這些以可疑的藥來蠱惑人心的離經叛道之徒！為什麼不懂維持自然的狀態才是人

類的幸福呢！」

「那樣是對你們的國家有利吧！擁護妖精那種邪惡的生物，還說這種可笑的話！」

「妖精是最純真的種族！是心靈沒有半點污穢，最天真無邪的種族喔！你們這才是干涉內政吧！」

「哈！什麼純真的種族啊。那個了不起的純真種族會把人類和動物肢解得四分五裂，放聲大笑喔？神官大人們要說那些傢伙純真並且擁護他們嗎？這表示不管有多少人民因此犧牲，你們都無所謂嘍？神的信徒還真是了不起啊。」

「你、你這傢伙！居然褻瀆神的眷屬！跟我到外頭去！」

「求之不得！我就陪你打一場！」

——純然是無謂的爭執。

索利斯提亞魔法王國就這樣斷絕了和梅提斯聖法神國間的貿易行為，反而加強了和周遭諸國的合作關係。

此外在進行這個有如要吵架的外交時，他們私底下正穩定地推進舊矮人地下遺跡的道路工程。梅提斯聖法神國則是認為無法通商受害的會是索利斯提亞，所以率先停止了貿易行為，打算對他們施以經濟制裁。

然而梅提斯聖法神國直到收到地下通道完成的消息時，才得知這是陷阱。

由於地下通道，「礦物資源（伊薩拉斯王國）」、「棘手的神之敵（阿爾特姆皇國）」、「離經叛道之徒（索利斯提亞魔法王國）」互相聯繫在一起。經濟制裁反而帶來了反效果。

是自己主動用強硬的態度斷絕外交的，現在也無法低頭要對方恢復貿易。再加上除了這三個國家之外的小國也連帶地表現出了反抗的態度。

本來是想對索利斯提亞魔法王國施以經濟制裁的，卻反而受到了周遭國家的制裁。

國內明明因為前所未有的大地震造成了極大的損害，這樣是得不到外來援助的。

由於至今為止都靠著國力的差距做強勢的外交，現在陷入了想低頭也低不了頭的窘境。

「唉，因為這樣，他們就算做出什麼事情來找碴也不意外吧。」

「那個國家是笨蛋嗎？我只覺得他們也太看不起外交了吧。」

「他們好像對獸人們的國家發動戰爭並且吃了大敗仗，現在沒有戰力吧。就算做出誘導魔物的行為也不奇怪。」

「以找碴的行為來說還真是過分啊。」

「或者是……出現了什麼他們必須推給其他國家處理的怪物。」

儘管可以做出許多猜測，但目前還沒辦法釐清任何事情。

得想辦法控制住這混亂的狀況才行，騎士們光是為此奮鬥就用盡全力了。

「報告阿雷夫大隊長，避難民眾的馬車遭到魔物襲擊了！小隊長請求支援！」

「讓馬頓小隊過去！不能讓任何一個人死掉！」

「是！我去傳令給馬頓小隊長！」

「事態已經不容我們有半點猶豫了！我們是人民的盾也是劍。別忘了這份榮耀！」

「是！」

不管怎樣，現在首要的任務是讓人民前去避難。

阿雷夫的大隊活用了在法芙蘭大深綠地帶的經驗，做了許多獨特的嚴苛訓練。有必要的話他們甚至會再度前往那個魔物之森。

大隊中出現了好幾個具有能夠輕鬆勝過中等魔物實力的猛漢，他們幾乎都擔任了小隊的隊長。雖然這些訓練讓阿雷夫得到了不好聽的綽號，但他也相對的訓練出了一批具有實力的部下。

稱他們為精銳部隊也不為過。

「……好了，能將損害控制在多小的範圍內呢。」

「沒辦法拯救所有的人呢，痛切的感受到我們力有未逮啊。」

騎士們的人數有限。

不管再怎麼迅速的行動，戰力也不足以彌補一切。多少會有一些犧牲。

儘管盡量控制犧牲者的人數是他們的工作，阿雷夫還是很討厭以數字來看待人命。

他不禁祈禱著，要是情況允許，希望不要出現太多的犧牲者。

◇　◇　◇　◇　◇　◇

有個潛藏在森林中，窺視著民眾的黑影。

從各地的村落和城鎮前來避難的居民們遭受魔物襲擊，而黑影正在監視著這個狀況。

居民們旁邊跟著負責護衛他們的騎士，但這些騎士們的樣子很不尋常。

「喔啦喔啦！儘管放馬過來！」

「等級上升了……還真是美味啊，呼呼呼……」

「根本是魚拚命上鉤的狀態嘛，真讓人受不了啊，嘿嘿嘿嘿嘿～♪」

該怎麼說呢……他們發狂了。

對他們來說，襲來的魔物全是讓他們變強的餌食。

阿雷夫等人在法芙蘭大深綠地帶經歷了嚴苛的野外求生，活了下來。

他們體悟到若是自身太弱小將無法守護任何事物，便讓自己置身於更為嚴苛的環境中持續鍛鍊。

這結果導致棲息在這附近的魔物等於是小嘍囉。完全不是他們的對手。

對現在的他們來說，因失控而襲來的魔物，正好是能夠有效地讓他們鍛鍊職業技能，可以拿來試砍的肉。跟送上門的肥羊沒兩樣。

「喂！魔物往你那邊去了，別讓牠跑了！」

「你是在對誰說話啊，我怎麼可能會犯下那種失誤！」

「廢話少說了，趕快動手，要是民眾遇害了怎麼辦！」

他們嘴上喊叫著，仍確實地掃蕩魔物，朝著下一個獵物揮劍。

看了一眼被劈成兩半的魔物後，又朝著下一個魔物揮下手中的劍。沒有任何破綻。

『這、這些傢伙……是怎樣啊。強過頭了吧！』

潛藏在暗處的密探「莎蘭娜」因騎士們壓倒性的強大實力而感到戰慄。

神聖騎士團裡也沒有誇張到這種地步的傢伙。面對大舉襲來的魔物，神聖騎士團沒有足以將魔物掃蕩殆盡的實力。

然而索利斯提亞聖騎士團一揮就能擊倒數隻魔物，在保護著民眾的情況下仍占有壓倒性的優勢。

異端審問官們本來是打算將地獄軍團推給索利斯提亞魔法王國，再來物色財物或是沉醉於以審問異端為名目的殺戮行為中。

可是事情卻遠遠偏離了異端審問官們的預想，聖騎士們的行動十分迅速，守護著人民仍驍勇善戰。

不，他們甚至還有餘力說笑。

與他們正面交戰的話，莎蘭娜是不可能獲勝的。

『不妙……就算我們在人數上占了上風，但騎士的水準完全敵不過對方啊……』

莎蘭娜的目的不是將出現在聖法神國的超巨大蟑螂推給敵國，而是引出在這個國家某處的弟弟。

利用「回春靈藥」讓自己變年輕的她，因為靈藥的副作用只剩下幾年的壽命。

她單方面的認定傑羅斯身上有解藥而展開行動，卻沒想過和傑羅斯重逢會有什麼下場。就算她已經經歷過了也一樣。

「嗯？」

「怎麼了？」

「沒有……只是有種被什麼給盯著的感覺……不，的確有東西在看著這裡。」

「說不定是有魔物躲在哪裡。雖然我是不認為魔物在失控狀態下還有那種理性就是了……」

『糟糕！他們的直覺怎麼這麼敏銳啊，我明明至今為止都沒被人看穿過啊！』

莎蘭娜的實力並不特別突出。

以這個世界居民的角度來看是很有威脅性，但對索利斯提亞的騎士們來說等於是小嘍囉。若是雙方交戰，騎士們肯定可以打倒她。

更何況她在這個國家是通緝犯。絕不能輕易被看見。

『現在……先逃走比較好。這國家太難纏了吧！』

儘管抱怨連連，莎蘭娜還是離開了這裡。

她現在還無從得知，這些不妙的騎士之所以會誕生，背後的原因跟她在找的弟弟有關。

◇◇◇◇◇◇

莎蘭娜拚命地回到了異端審問官的據點。

她現在穿著表示自己屬於梅提斯聖法神國的神官服。

其他的罪犯當然也一樣，透過免罪符得到大國這個後盾，為了滿足欲望從事檯面下的工作。

那欲望就是「殺人」。

異端審問官的部門裡有著彷彿會在驚悚片中登場的準殺人狂，他們會喜孜孜地去做不可告人的骯髒工作，這便是他們的生存意義。

莎蘭娜為了錢和珠寶也不惜殺人，縱使方向性不同，也可說是他們的同類吧。

「呼……真的很難纏呢。這下可沒辦法趁機撈一票了。也不知道那個笨蛋到底在哪裡……」

「莎蘭娜，妳回來了啊。前線的狀況如何？對騎士們造成了多少損害？」

在她身邊的喬斯弗格立刻問起戰況。

他們的目的是將地獄軍團推給他國處理，但情況實在稱不上順利。

根據報告，由於強大巨蟑的動作漸趨緩慢，其他隸屬種也開始擅自散開了。儘管成功的誘導了主要對象，但低階種的小強在這裡擴散開來就沒意義了。

「狀況糟透了，他們一一解決了我們刻意引發失控的魔物，這個國家的騎士太強了。」

「怎麼可能……不，畢竟法芙蘭大深綠地帶的入口就在這個國家的旁邊，騎士會強或許也是理所當然的事。和阿爾特姆皇國一樣嗎。」

「一般來說是贏不了那些傢伙的喔？既然誘導作戰成功了，就此收手吧？」

「別開玩笑了。我們可還沒享受到呢！是因為可以虐殺他人，我們才接下這個職務的，要是放過這個機會，我們豈不是又得等上好一陣子了嗎……」

「可是啊……那些騎士很不尋常喔，他們太奇怪了。」

異端審問官幾乎都是快樂殺人狂。要是他們什麼都不做就回國，就有好一陣子得待在狹窄的房裡處理雜務。

畢竟表面上的職稱是神官，平常他們都處在被人使喚，得負責處理雜務的立場上。就算可以享受拷問的樂趣，最近反抗勢力也平息了下來，沒有異端審問官出場的餘地。

「沒辦法，只好將這個失控的範圍再繼續擴大了……」

「算了，反正樂於送死的棋子要多少有多少啊。」

「是啊，在這個國家的神官們被本國視為背叛者，多少牽制一下他們也行吧，我們也不痛不癢。」

「哎呀，真可憐，人家明明認真的在傳教，神官長大人真過分呢。」

「他們是異端。那麼讓這些異端人士來背黑鍋也無所謂吧？」

在各國巡迴並進行傳教活動的神官們，幾乎都是可能對現今的梅提斯聖法神國有所不滿的神官。

因為多少有些一般的良知或正義感，太礙事了。

對沉溺於權勢中的人來說，無論如何都希望這些人消失。

反正礙事，讓其他國家解決他們就好了。如此一來政敵就會消失，最重要的是還可以成為找索利斯提亞魔法王國麻煩的藉口。

現在梅提斯聖法神國的政治立場相當艱困。

「真是的……為什麼我們非得討好上層的傢伙不可啊。這樣的話，當個普通的罪犯還比較好。」

「光是能夠自由行動這點就輕鬆多了啊。唉，不過被抓到就完蛋了。」

「我哪會犯下那種失誤啊。被抓到的笨蛋都是留下太多證據了啦，我只覺得他們太笨了。」

「這我也有同感。那麼我去對那些虔誠的小笨蛋們下指示嘍。『這樣下去沒辦法讓眾人了解神的威嚴。拜託，請將你們的性命委託於我吧！』我會這樣哭著拜託他們的。」

莎蘭娜所說的「小笨蛋」是指隸屬於異端審問部的血連同盟的人。

他們本來就是崇拜四神過了頭的信徒，但是被任命為異端審問官後又變得更為盲信，只要看到有人做出些許違背教義的行動，就會毫不留情地奪走對方的性命。相對的，只要是為了四神，他們也很樂於奉獻自己的生命，是一群相當瘋狂的人。

所以只要跟他們說「請你們為了神國而死吧」，他們就會理所當然地去送死。

在眾多祭司的眼中，他們是群不知變通又麻煩的傢伙，不過對喬斯弗格等人而言可是上好的棋子。

「妳也真是個過分的女人啊，為了自己的利益就可以殺害其他人嗎？」

「哎呀，我只是拜託他們而已喔？是他們自己要選擇死亡的。你不也只是想殺人而已嗎。」

「不，我們只是將罪人送往神的身邊而已。這是『四神的旨意』。」

對快樂殺人狂來說，沒有比能夠將殺人行為合理化的正當理由更方便的東西了。

儘管是反被施加了政治壓力的大國，但這個正當理由對罪犯而言還是一張相當有價值的手牌。

「制裁神之仇敵」。異端審問官們只要打著這個名義，就能合理化自己的行為。

就算被捕了，他們也打算要把所有的責任都推給教皇。

就是「要死一起死」的概念。

他們甚至連自己可能會被拋棄這點都銘記在心。

雖然多少有個人差異，但熱衷於快樂殺人的人都有自己獨特的價值觀，連自己的死都能視為快樂的一環來享受。

是一群正因為有信念而更顯得惡質的人。

可以跟這種人以對等的角度對話的莎蘭娜，以某方面來說也是他們的同類。

『就算殺人就能得到錢，但壽命就沒辦法了。給我等著吧，聰……我一定會找到你的。』

她的字典裡面沒有「學到教訓」這句話。

總是作著對自己有利的美夢，無法去想像最糟糕的狀況。所以她沒注意到。

這個奇幻世界非常不適合她生存，而且是糟到了不能再糟的地步。

第十四話　咕咕替天行道

騎著「響尾蛇號」馳騁於天空上的傑羅斯發現了重大的缺點。

這個交通工具所需耗費的魔力超乎預期的多。

原因出在由於部件老朽而更換的空氣噴射發動機上。

這本來就不是原裝的部件，而是他拆解、複製壞掉的零件組成的。所使用的金屬、魔力傳導率、重量、風扇的轉數、空氣壓縮率都和原裝的部件大不相同。

構造看來單純，實際上各個細節都用上了舊時代的技術與智慧，傑羅斯自身的技術能力是無法匹敵的。幸好用來浮在空中的反重力裝置有正常發揮作用，不會發生從空中墜落的狀況。

光是能夠飛行就已經具備了充分的實用性，不在意消耗量的話算是及格了吧。

『該改騎機車嗎？不不不，再稍微觀察一下狀況吧。等出了什麼問題就太遲了，而且也需要了解一下這輛車可以運作多久。』

漂浮機車是未知的道具。

傑羅斯也只有在多人共鬥戰時看作為援軍登場的ＮＰＣ騎過。這是他第一次直接接觸到實品，所以想要好好地確認這東西的性能。

特別是可以運作的時間長短。因為使用的不是原裝的部件而是複製品，不知道魔力會在多久時間內消耗殆盡的話，往後也沒辦法使用。

『雖然不是什麼重要的事，但咕咕們好礙事啊～』

烏凱在前方腳踏墊的位置，後座則是載了山凱跟桑凱。既然車速相當快，表示也有相對強烈的風壓……然而烏凱牠們一動也不動。

或許牠們把這個也視為鍛鍊的一環吧。

「好了好了，這附近開始應該就是李巴魯特邊境伯爵的領地了，不過沿著國境的話……」

傑羅斯一邊看著地圖，一邊用從空中抄近路的方式前進到了邊境，可是為了確認現在的所在位置，他還是得比對一下道路和地圖上的標示。

這附近的道路因為是避開了山岳或濕地等難以通行的地方開闢的，十分曲折複雜。

加上開闢道路最重要的是安全性，既然有許多的商人要往來，就必須整頓得方便移動才行。如果是通商要道，最好也要方便整頓貨物或修繕車輛。

正因如此，沒有特殊情況就不會進行需要耗費大量預算的大規模整地工程，結果道路大多會配合地形，變得彎彎曲曲的。

『飛行時間大約三個小時吧？因為在那之前空氣噴射發動機的推進力就大幅下降了，所以大概是兩個多小時……明明是藉由壓縮空氣來移動的，為什麼會累積這麼多熱能？就算是魔力漏了出來，應該也只會擴散到空氣中才對，既然這樣，會發熱的原因是……搞不懂……』

如果是構造簡單的部件，儘管性能會差一些，大叔也能夠複製。

可是除此之外的系統他就沒轍了。畢竟中樞是黑盒子，所以他沒辦法拆解。那總之就是一個黑色箱型的部件，完全沒有螺絲孔，也找不到哪裡有熔接的痕跡。

既然不了解構造，拆解的風險就非常高，不能隨便出手。

大叔了解到這世上有作弊也沒用的事情了。

他反覆降落到地上，補充魔力再繼續飛行好幾次，終於飛到了李巴魯特邊境伯爵的領空內。

為了避人耳目，他用了「光學迷彩（匿蹤技術）」的魔法，從上空確認魔物的動向——確實覺得魔物的數量偏多。

『這……很明顯是在逃跑。牠們在害怕某種氣息？這前面有會威脅到魔物安危的東西嗎？』

野獸對周遭的氣息十分敏感。更何況這個世界上充滿了魔力，如果有具有強大魔力的魔物在，周圍的魔力會化為波動擴散出去。

在野生的世界裡，五感不夠敏銳是無法生存的。許多的野獸會透過感覺波動，來當作要狩獵或是逃跑的基準。不像人類會以視覺為主來判斷事物。

唉，人類或其他種族也不是感受不到這些氣息，正確來說只是比野獸更為遲鈍吧。

『雖然在滿遠的地方……但可以感受到很強的氣息。是龍王級嗎？不對，比那更弱……是什麼？是什麼正在逼近？』

察覺氣息技能Ｍａｘ的傑羅斯具有高度察覺這類魔力波動的能力。

皮膚感受到的這股緊張氣息，讓他預測有相當強力的魔物正在接近這個國家。畢竟現在他還看不到散發這個氣息的源頭。

「這個……比起氣息，應該說是魔力波動？是魔力被釋放到空氣中，化為了微弱的振動波嗎？到底是什麼狀況啊……」

從這點來推論，釋放魔力的就有可能是極為強大的魔物。

「從這裡看不到啊。但還是有股緊張的氣息吶～到底是怎樣的怪物……」

既然看不到對方，在這邊猜測也沒有意義。

問題出在別的地方上。

「既然逃了這麼多魔物過來，傭兵們可以大賺一筆呢。支解感覺會很辛苦就是了……應該不會引發什麼奇怪的傳染病吧？」

發生「失控」狀況，最辛苦的是對應以及後續的處理。

打倒湧來的魔物是還好，但是處理後續留下的魔物屍體需要耗費大量的勞力。要是有可以食用的魔物，還能用來當作受災民眾暫時的食物來源。但是也有不僅無法食用，甚至沒辦法拿去當成防具等裝備素材的魔物。

再加上要是處理的速度愈慢，魔物的屍體就愈容易腐壞，成為引發疾病的病原體溫床。若是病原體蔓延開來，最慘的情況下會招致二度受害吧。

魔物造成的「失控」現象乍看之下似乎有好處，實際上只是件得花高額的費用來做後續處理的麻煩事。因為屍體是不可能像輕小說或遊戲裡那樣消失不見的。

傑羅斯會擔心傳染病的事情也是基於現實的考量。

『唉，我在這邊擔心也無濟於事就是了。嗯？』

響尾蛇號在天空筆直前進，下方有許多的魔物在逃竄著。然而他發現在這個情況下，魔物不自然地避開了某個地方。

一開始他還以為是自己看錯了，但是可以看出成群的魔物以某個地點為分界分成了兩批，往其他的方向逃去。

在那中間可以看見一個小農村，可是那個村裡沒有任何魔物的身影。很明顯的不對勁。

『是用了「魔避香」嗎？可是能夠準備到足以圍起一個村子的量嗎？畢竟也是要價不菲的道具……總覺得很可疑。』

要製作「魔避香」很簡單，素材卻意外的昂貴。

就算國家有辦法，但小村落在預算上是不可能備有這個道具的。因為這道具的售價高到沒有一定的收入就買不起的程度。

『就算村子準備了這種東西，沒有事先預測到「失控」會發生，也做不出這麼厲害的對策吧。有可能發生這種事嗎？』

不管怎麼想都充滿了疑點。

「烏凱、山凱、桑凱……你們可以去看看那個村子的狀況嗎？」

「咕咕？（那裡有何令人在意之處嗎？師父。）」

「那裡很詭異喔。整個村子都沒事……明明是個就算已經被魔物吞沒也不奇怪的地方。」

「咕咕……咕咕咕咕。（有股奇妙的味道。在下有股不快感啊。）」

「咕咕……（我也是。雖然不去介意就無所謂了……）」

咕咕們也覺得有股不舒服的感覺。

這下可以確定那裡肯定是用了「魔避香」。

「因為『魔避香』對有一定強度的魔物是沒用的嘛。對你們應該起不了效用吧。可以請你們去討伐魔物，順便觀察一下狀況嗎？我去確認前面到底發生了什麼事。」

「咕咕！（遵命）」

「咕咕咕？咕咕咕咕。（可以砍了對手吧？那在下就接下這個任務了。）」

「咕咕……（要是那裡有老練的對手就好了……）」

三隻咕咕跳下響尾蛇號後展開雙翼，一邊劃出漂亮的弧線一邊降落。

簡直像是特種部隊，或是哪裡來的科學小飛俠。

奇特的野獸們再度被放了出來。

「好了……趕快去看看吧。」

傑羅斯催動油門，再加快了響尾蛇號的車速。

目標是比發生失控現象更前面的地點。

為了確認前面到底有什麼。

◇◇◇◇◇◇

村裡飄著的腥臭味讓降落到地面的三隻咕咕疑惑地皺起眉頭。

空氣中飄散著魔物討厭的獨特氣味，以及些許的鐵鏽味。是血的味道。

「咕咕……？（這是血腥味嗎？）」

「咕咕咕咕，咕咕。（恐怕是。想必是發生什麼事件了吧。）

「咕咕，咕咕咕咕咕？咕咕。（那麼，探查一下這個聚落如何？幸好我等從外觀上與低階種並無分別。）」

普通的狂野咕咕是純白的雞，烏凱牠們卻全身漆黑。不過除了長有指爪和銀色羽毛外，看起來沒有太大的差異。硬要說的話就是體型大了一圈。

脖子上還戴著表示牠們不是有人飼養的家犬，而是家雞的項圈，普通地在村裡走動的話絕對不會讓人起疑。

「咕咕咕。（好主意。但首先要先確認發生了什麼事。）」

「咕咕咕咕……（這點我也同意，不過要是有邪魔歪道在……）」

「咕咕，咕咕！（對其施予制裁也無妨吧。在下絕不放過惡徒！）」

「──「咕咕咕咕！（若是惡徒，也不愧對良心！）」」」

三隻咕咕的想法一致。

有如在說「如果是惡徒，殺了也無所謂吧？」仔細想想還真過分。

對牠們來說，惡徒是最適合用來實驗技巧的獵物。邪魔歪道就像是方便的帶骨肉。牠們的字典中沒有猶豫兩字。

因為牠們是魔物才會這樣想吧。如果是人類，就算對方是惡徒，仍會猶豫是否要動手殺人。

被放出來的野獸們壞心地笑了笑，開始各自分頭行動。

尋找處理掉也無所謂的獵物。

◇　◇　◇　◇　◇　◇

喬斯弗格等異端審問官為了滿足平日累積的殺人欲望，避人耳目地在森林裡持續移動著。

國境邊緣的城鎮和村落的居民們早就都被索利斯提亞魔法王國的騎士們引導去避難了，沒有他們可以拿來取樂的對象。

他們只好更侵入王國內，以傳教為由潛入距離國境邊緣有一段距離的村子裡。

他們半夜灑了「邪香水」，並利用在村子周遭施放「魔避香」的方法，成功地將村子與外界隔離開來後，便暴露出扭曲的欲望。

到昨天為止都還相當平穩的村子化為了地獄。

他們以協助治療與接受村人們的商量為名目，將裝有揮發性極強的麻痺毒藥的瓶子設置在各處，藉由弄破瓶子，讓村裡的人幾乎都因麻痺而動彈不得。

當場殺害強壯的男人（但有留下幾人活命，藉此來享受男人們的反應），將女人和小孩用繩子綁起來之後，他們便露出了駭人的本性。

儘管有人逃跑，卻只成了外頭失控魔物的餌食。面對無法期待外來的救援也逃不出去的村人們，異端審問官們讓他們吃家畜的飼料，並隨心所欲地殺害他們。

就這樣經過了大約三天的時間。

「唷，薩多拉。昨晚你好像很享受啊。我都聽到你開心的聲音了。」

「哎呀～因為是個相當可愛的孩子，我一不小心就忘記時間了。他向母親求助的樣子實在太認真可愛了，讓我不禁熱血沸騰吶。」

「你還是老樣子喜歡殺小男孩啊？不過我也是很興奮啦。」

「喬斯弗格神官長不也很享受嗎。傳出了非常棒的哀號聲喔？他還真是個虐待狂呢。」

「你在說什麼啊。我們只是將反叛神的人送往天國而已喔？這是慈悲啊。」

「你還真過分。唉，我也沒資格說別人就是了。」

相視而笑的兩人身上留有大量的血跡。

他們大多是基於小小的好奇心或是悽慘的家庭環境而墜入扭曲世界的人。

將目標從小動物轉移到人身上，又或者是由於反轉的愛情表現而使雙手染上鮮血，因此沉溺於殺人的快樂之中。他們不認為這是異常，反而視之為人的本質。

對他們來說同類是伙伴，其他的人則是獵物。

然而他們也有沒查覺到的事情。

強者會吞食弱者，那麼他們也有可能會成為獵物。

「嘎啊啊啊啊啊啊啊啊啊啊啊！」

「嗯？剛剛的聲音是波羅斯托那傢伙的？」

「那個人做事很隨便呢。應該是太得意忘形，遭到反擊了吧？」

「啊～有可能。因為他就喜歡慢慢折磨人嘛。」

波羅斯托是個有二十六項前科的性侵犯。

他有著因為強姦殺人罪而被判處死刑，卻藉著歸降而成了異端審問官的經歷。

喬斯弗格等人這時候還沒注意到發生了異變。

就在剛剛，有一個伙伴被砍成兩半，遭到處刑的事——

狩獵已經開始了。

◇◇◇◇◇◇

『咕咕……（被垃圾們給占領了啊……）』

山凱解決了性侵犯，一邊上下搖晃嘴裡咬著的葉片一邊思考著。

牠剛開始只是想看看狀況，才從窗外看了看建築物裡頭，卻因為裡頭的行為實在太過卑劣殘忍，讓牠忍不住義憤填膺地破窗而入。立刻斬殺了惡徒。

從外觀看來，這個人和在教會的雌性人類穿著類似的衣服，但山凱認為他怎麼看都不是什麼像樣的人，所以才殺了他，但他很有可能還有其他伙伴。

在山凱眼前的是變成兩半的男性屍體，以及在床上因恐懼而顫抖著的女性。女性的四肢被銳利的刀刃劃出了許多傷口，看得出對方有刻意手下留情，不讓女性因失血過多而死亡。

只是就這樣放著不管的話，這個女性仍很有可能會死於失血過多。

『咕咕咕咕。（放著不管的話，會讓同為人類的師父顏面掃地的。幫她治療一下吧。）』

山凱拍動翅膀跳上床後，女性「咿！」地發出了微弱的驚叫聲。

但山凱無視這點，用自己的腳爪握住了女性的手臂。

『咕咕！（「命氣」！）』

「命氣」是一種仙術系的治療魔法，具有藉由活化體內的魔力，提升修復再生能力的效果。女性的傷勢迅速復原，最後剛剛的傷勢像是騙人的一樣完全消失了。

『咕咕咕咕咕。（這樣就好了。再來是……）』

確認治療結束後，牠從闖入的窗戶飛了出去，觀察外頭的情況。

接著正好碰見了和剛剛斬殺的男人做同樣打扮的人。

儘管有兩人，但兩者身上都有著不少血腥味。

山凱眼中亮起了猙獰的光芒。

『咕咕！（受死吧！）』

白銀的羽毛閃過一道光輝，瞬間斬下了兩人的頭，血有如間歇泉般噴了出來。

而山凱沒停下來確認這個景象，身影便已經消失無蹤。為了尋求新的獵物——

被留在原處的女性由於自己得救了的安心感，以及在拯救自己的咕咕身上看到了神的影子，不禁說著「啊啊……神啊……」並流下喜悅的淚水祈禱著。

最後各處都響起了死前的哀號聲。

◇◇◇◇◇◇◇

在某間民宅內，一位中年男性正陶醉於快樂之中。
在他的身邊有幾位年紀尚幼的少女雙臂被綁著，全裸地被放置在一旁。
被強迫陪伴男人的也是未成年的少女，少女已經沒力氣抵抗，隨波逐流地任人擺布。
「呼嘻！妳……妳們都是我的玩偶喔。我我我……我是主人喔。呼嘻嘻嘻♪」
男人名叫波比．戴普。是有七項前科的罪犯。
主要的犯罪經歷是綁架少女、施暴、強姦及殺害。
這男人就是個異常地執著於年幼少女的變態。
然而他還沒有注意到。有個靈活運用翅膀上的爪子，靜靜地打開窗戶，闖入房裡的死神正逼近他的身後……
外觀看起來是狂野咕咕，顏色卻是漆黑的，並放出了非比尋常的鬥氣。
然後這凶猛的劊子手立刻展開了行動。
『咕咕！（去死吧！）』
烏凱從背後飛向波比，賞了他的後腦杓一記強力的踢擊。
這股衝擊徹底粉碎了波比的頸椎，頭部埋進了他胖得像隻豬的身體裡。絕對是當場斃命了吧。
『咕咕……（好了，下一個……）』

制裁了惡徒的烏凱解開少女們身上的拘束後，便走出去尋找下一個獵物。

牠的身影威風凜凜，宛如走在無人的荒野上。

◇◇◇◇◇◇

異端審問官賈布·阿爾卡是個狂人。

他異常的偏執心讓妻子逃離了他，他卻費時找出了逃走的妻子，殺害之後和屍體共度三年的時光。而且那段時間裡他還吃著腐敗的屍體。

精神異常得簡直不能稱之為人。

他相當執著於跟自己的妻子相似的女性，會囚禁她們，讓她們成為自己的所有物。

「啊啊……潔西卡～我好高興喔。沒想到居然會有三個妳……我是多麼地受命運所愛啊。我很幸福喔。」

賈布用陶醉的表情說著這些話，而被拘束在他面前的看起來是這家的母親和孩子（一對姊妹）。

她們最大的不幸就是長得和這男人殺害的妻子很像吧。

賈布聽不見受害者的聲音。他只看著自己的內心世界，一切都在他的心中下了定論。對現實的感受十分薄弱。

對方若是抵抗就毆打，變得順從的話就訴說愛語。這個男人眼中只有他逝去的妻子。

然而他的人生也將步向終點。

有個黑影無聲無息地出現位於房間上方的一道橫梁上。

倒吊在梁上的是漆黑的咕咕，桑凱。

『……』

完成了特殊進化的桑凱，身上有著羽毛和體毛。

桑凱默默地將魔力流入自己的一根體毛中，那根體毛便瞬間變長。

接著牠用那根體毛繞住賈布的脖子，以橫梁為支點，把賈布一口氣拉了上來。

「呃！」

突然襲來的痛苦。賈布想用指甲抓斷纏繞在脖子上的體毛，拚命地掙扎。

可是硬化的宛若鋼鐵的體毛是抓不斷的。

桑凱拍動翅膀降落到地上，罪人則是被吊在空中，與牠成了對比。之間只靠一根體毛牽繫著。

桑凱用在翅膀上的小爪子，像是在撥弦似地彈了一下。

『……咕咕。（惡徒就該接受制裁。）』

——錚——————！

罪人隨著清澈的聲音，墜入了黑暗中。再也不會醒過來了。

桑凱還沒確認到這件事，就切斷體毛，消失在黑影之中。

留下的只有驚愕的母親與一對姊妹，以及一具滾落在地的男性屍體。

◇　◇　◇　◇　◇　◇　◇

村裡各處都響起了慘叫聲。

他們一開始還是以為是其他異端審問官伙伴在對村人施以嚴刑拷問，到了外頭才看見許多伙伴成了悽慘的屍體。

喬斯弗格發現有敵人入侵了。

可是他們就算想逃，村子周遭的森林裡也全是魔物，完全無處可逃。還有一個問題是村民們拿出了鐮子或斧頭準備反擊。

在完全孤立的村子裡，異端審問官們成了被狩獵的獵物。立場完全顛倒過來了。

「可惡，怎麼會這樣……事情進行得很順利才對啊。」

「老大，該怎麼辦……？這下逃不掉啊。」

「吵死了！我正在想！」

異端審問官大多是殺人狂，但能力和一般人差不了多少。

儘管多少能用些神聖魔法，實力也不足以從這個孤立狀態下逃脫。

已經有半數的伙伴被什麼人給殺害了，本來被俘虜的村民也重獲自由，由於村子還處在失控現象的中央，外圍全是蠢蠢欲動的魔物。

他們眼前只有闖進魔物群中、被村民殺害，或是被來襲的不明人士給解決掉這三個選項。

無論哪個選項都很絕望。

「找到了！在這裡！」

「居然對我女兒……我要殺了你們！」

「弟弟……竟敢對我弟弟做出那種事…………你們這些殺人犯！」

「你們是殺了我媽的仇人！」

「爺爺……已經沒剩下幾年壽命了啊！你們卻……」

活下來的村民們對異端審問官們充滿了殺意。

他們不該為了享受久違的拷問而留下一定數量的村民。

導致村民的人數比他們還要多。

「嘎噗啊！」

「怎、怎麼了！」

一位異端審問官撞破了民宅的牆，倒在喬斯弗格眼前。

他全身都腫得不像樣，下場十分悽慘。

而從剛剛被打出一個洞的民宅裡走出來的，是比一般體型大上了兩圈，一身漆黑的咕咕。血從咕咕翅膀上本來不該有的指爪上滴了下來。

那隻咕咕——烏凱看到喬斯弗格後，伸出翅膀動了動爪子，像是在說「放馬過來」似地挑釁對方。

「狂、狂野咕咕……？難道這些事都是這種低階魔物做的嗎？」

「救、救命啊！」

「「「「！」」」」

轉頭過去，只見一位異端審問官正拚命地逃跑著。

然而下一瞬間，在銀色的閃光越過他的同時，他的身體被上下均等地砍成了兩半。

而斬殺異端審問官的，果然還是漆黑的咕咕。只是長在翅膀上的一片羽毛閃著銀白色的光輝。想必牠是用這片羽毛來代替劍吧，牠隨意地拍動翅膀，上頭的血液便飛濺四散。

接著那隻咕咕咬著葉片繞著喬斯弗格身邊走動，像是在衡量他的實力。

桑凱銳利的視線看穿了喬斯弗格。顯然不是尋常的咕咕。

「這些傢伙是怎樣……」

「老、老大～……後面，你後面……」

「你說後面？該不會！」

他連忙轉頭，只見他的背後不知何時又出現了另一隻咕咕。外觀上和其他兩隻相比並無特殊之處。可是這咕咕似乎有著高超的隱匿行動技巧，讓人就連牠在那裡了都無法察覺。

「咕咕……（這些傢伙是邪魔歪道呢……）」

「咕咕，咕咕咕。（沒錯，是垃圾。真難想像他們和師父同為人族。）」

「咕咕咕咕，咕咕咕咕。（這些傢伙的存在會汙辱到身為人族的師父閣下的名譽吧。在下認為應該立刻處理掉他們喔？）」

「「咕咕。（我也這麼想。）」」

喬斯弗格等人感受到一股強烈的殺意。

他們因為恐懼而動彈不得。

真要說起來，狂野咕咕的動作雖然快，和其他魔物相比還是比較弱。絕對不是可以隱匿行動、用斬擊砍殺、用拳頭（爪子）毆打敵人的魔物。

然而常識是用來被顛覆的。

牠們的共通點是會對強者展現敬意，習性上與隨意玩弄、奪去他人性命之徒可說是水火不容。

弱肉強食的世界中也是有規矩的。

魔物大多是靠著活下去的本能來行動的，所以弱者會作為強者的食糧被吞噬殆盡。這是加諸於生存本能中的自然法則。

正因為知道要活下去有多麼辛苦，烏凱牠們極度厭惡用玩樂的心態殺害其他生物的存在。這跟為了在自然界生存，必須教會孩子狩獵而特地捕捉弱小生物來的行為不同。

所以咕咕們無法容忍快樂殺人狂的存在。因為他們的殺戮行為不會成為任何人的食糧。

身為變異種的烏凱牠們具有對力量的信念格外強烈的傾向。

「咕咕咕咕！（我等乃師事至高武者，成魔之輩！）」

「咕咕咕咕咕！（給予褻瀆命理的愚蠢之徒帶來破滅的一箭！）」

「咕咕，咕咕咕咕！（對於汝等那不視罪惡為罪惡的傲慢想法，我等將施予名為毀滅的制裁！）」

「「「咕咕咕咕咕！（後悔吧，褻瀆者啊。汝等就抱著恐懼毀滅吧！變身！）」」」

在湧起了龐大魔力奔流的同時，烏凱牠們的身體也起了變化。

身體化為全長超過三公尺的巨大身軀，並從尾羽根部長出了蛇的尾巴，身上帶著各自擅長的魔力光輝，大叫出聲。

「咕喔喔喔喔喔喔喔喔！（光輝閃耀・雞蛇型態！）」

「嘎啊啊啊啊啊啊啊啊！（雷霆萬鈞・雞蛇型態！）」

「咕嘎啊啊啊啊啊啊啊啊！（暗黑深淵・雞蛇型態！）」

能與棲息在法芙蘭大深綠地帶的魔物匹敵的怪物在此誕生了。

烏凱化為了纏繞著紅蓮之火，全身染上深紅色的雞蛇。山凱變成了身上纏繞著強力的電漿，全身散發出金色光輝的雞蛇。桑凱則是籠罩在邪惡的黑暗氣息中，變為了漆黑的雞蛇。這三隻咕咕意外的容易動怒。

「「「咕嘎啊啊啊啊啊啊啊啊啊！（在力之法則下，賜予汝等毀滅！）」」」

異端審問官們的行為，觸動了活在弱肉強食的世界中的烏凱牠們的逆鱗。

所以牠們的憤怒化為了名為殲滅的暴力，展開了制裁。

不過說起看到這個景象的人——

「進、進化了……而且這是異變種吧！」

「居然是……雞蛇？如此強大的魔力，怎麼可能……」

「是怪物……救、救命啊……誰來救救我啊啊啊啊啊啊啊啊啊！」

——光是牠們的存在便令罪人因恐懼而膽怯不已——

「啊啊……多麼神聖啊。牠們是神的使者啊啊啊！」

「神……神來救我們了……我再也不會相信什麼四神教了！」

「裁處邪惡的制裁之鳳……這是傳說。我們現在正親眼見證了傳說的開端……」

「神獸大人來拯救我們了啊啊啊啊啊啊啊啊啊啊啊啊啊啊啊！」

——同時也創造了新的宗教。

然後烏凱牠們單方面的蹂躪便開始了。

說牠們只是在凌虐弱者可能還比較貼切吧。這是一場殲滅的風暴。

喬斯弗格等人在此受了重傷，落入了被衛兵們給逮捕的命運。

最後接受了審判，儘管渴望生存，仍在後悔中被推上了處刑台，拉下了人生的最後一幕。

順帶一提，烏凱牠們在痛揍異端審問官一頓後，就喜孜孜地衝進滿是魔物的森林裡了。牠們似乎無法按耐住沸騰的熱血。

就這樣，儘管有人犧牲，小小的村莊還是得救了。

而拯救他們的不是神，是奇怪的生物。

◇　◇　◇　◇　◇　◇

「別開玩笑了！如果是聽那傢伙來就算了，出現的居然又是那些怪物……」

正在物色財物的莎蘭娜在途中看見烏凱的身影，連忙躲了起來。

因為她曾經和咕咕交手過一次，所以認為身為飼主的傑羅斯應該在附近。

可是她發現敵人除了烏凱之外還有另外兩隻咕咕，便急忙用「潛影術」躲進了陰影中。

可是因為異端審問官一一被處決，害得她動彈不得。

『先躲一陣子，看準時機再逃走比較好呢……反正聽看起來也不在的樣子。』

莎蘭娜想要消除「回春靈藥」的副作用，所以無論如何都要見到弟弟傑羅斯。

就算世上根本沒有能夠消除靈藥效果的魔法藥，對於不相信這個事實的人而言，不管告訴她多少次真相都沒用。

她就是會徹底無視對自己不利的事物。

所以她才會和異端審問官那些快樂殺人狂合得來吧。

畢竟就算方向性不同，以罪犯的意義上來說他們仍是同類。

『真是的，到底是在想什麼啊！魔力藥水也是要花上一筆錢的耶。明知如此，他不僅對自己的姊姊見死不救，甚至還想殺了我……我絕對會讓他後悔的！』

她反而還像這樣愈來愈怨恨弟弟。

被害妄想實在太嚴重了。

真的是個只會考慮自己的方便與利益，無可救藥的女人。

而且偏偏就是這種人的運氣特別的好。

莎蘭娜就這樣賭上性命地持續潛藏了好一陣子。

第十五話　大叔與亞特重逢

有道是在家靠父母，出外靠朋友。

開著輕型高頂旅行車在道路上狂奔的亞特一行人，此時真的碰上困境了。

那就是——

「亞特先生……我們就算已經到了桑特魯也不奇怪了，可是沒看見任何大型城塞都市喔？」

「是啊～車都持續跑了差不多四天了……這條路真的沒錯嗎？」

「…………」

——迷路了。

道路雖然是連接著其他城鎮的經濟動脈，可是就像血管也會連接到其他身體組織一樣，道路也連接著不同領地的城鎮。

由於道路並不是單一個方向直通到底，途中會經過十字路口或三岔路，分別連接到各個城鎮。而亞特等人顯然在某處走錯路了。

雖然不知道是在哪裡走錯，但現在他們完全不知道自己在哪條路上。

「真奇怪……我明明照著地圖在開啊，為什麼會到不了桑特魯城呢？方位也沒錯，為什麼路會延續到西北方向呢……」

「那個地圖真的沒錯嗎？雖然那好像是諜報部調查出的地圖，但看起來有點老舊耶？」

「對啊～亞特先生，借我看一下。」

「好啊，拿去……」

莉莎從亞特手中接過地圖，看到的瞬間不禁啞口無言。

那的確是地圖，然而就算說客套話，那內容也跟小孩子的塗鴉沒兩樣，和正確的情報差得可遠了。

方位本身是沒問題，可是圖面不是經過準確測量畫出來的東西，距離和道路情報也一樣不精確，說這地圖只是隨便畫畫的也不為過。

追根究柢，這個世界的文明曾一度崩毀，是文明水平極為低落，世紀末後的世界。測量技術也回到了最原始的狀況。

不像哪個商人或武士在日本走一圈測量出的東西，比較像是人類剛開始踏入大洋航海時所畫出的模糊海圖。就是大陸的大小和島嶼位置都很不可靠的那種東西。

只要以北極星為起點，就能確認方位了吧。但遺憾的是這裡是異世界。亞特等人根本不知道哪顆星是等同於北極星的星。

說不定根本就沒有那種星星。

「……亞特先生。你真的相信這種地圖？這畫得超隨便的吧？」

「嗯……真虧你看著這張地圖，還覺得到得了其他國家呢。一定會迷路吧。」

「……果然會這樣想啊？」

「「……」」

亞特剛剛這句話讓夏克緹和莉莎的眼神變得極為冷漠。

拿到的這張地圖也讓亞特十分不安。可是以亞特的個性來說，他不可能把這份不安告訴她們兩人，便擅自埋藏在心中，一直到了現在。

明明多少和她們商量一下也好的，但亞特對兩人的顧慮導致他做的一切全是白費工夫。事情變成這樣之後，再說些什麼也只是藉口。

亞特就是個笨拙的男人。

「亞特先生，不管怎麼想，只靠這張地圖一定會迷路的吧！為什麼不跟我們商量啊！」

「不是，因為我想說大概沒問題吧～……」

「實際上不就出了問題而迷路了嗎！剛剛我問你『路線沒問題嗎』的時候，你一邊哼歌一邊說『去問問馬先生吧～♪』對吧？那個反應其實是想要掩飾早就徹底迷路了的事實吧！」

「嗯，其實是這樣沒錯。呼哈哈哈！真虧妳能看穿啊，明智。不愧是我怪人二十面相的好敵手，真是漂亮的推理。」

「「不要再裝傻了！還有請你反省！」」

「是……」

如果只是要反省的話，猴子也辦得到。

事到如今反省也無法改變迷路的事實。而亞特的好感度也下降了。

沒錯，雖然莉莎和夏克緹不知道，但亞特其實是個嚴重的路痴。

要是沒有青梅竹馬唯香在，他就是個一離開市區就會迷路的重症患者。

以往在小學的校外教學去爬磐梯山時，他還天才到在登山前就在山腳下遇難。

不管是之前去索利斯提亞魔法王國時，還是去找獸人們的時候，都是因為有薩沙那樣負責帶路的人在，他才沒有迷路。

做完道具實驗後也是在途中搭上了商人的馬車，才能輕鬆的抵達伊斯特魯魔法學院，但只有他一個人的話，肯定到現在還在迷路吧。

他似乎只有運氣還不錯。

「為什麼我們至今為止都沒發現呢……」

「真的是，亞特先生居然有這樣的弱點……」

在異世界是致命的弱點。

真是多虧他能活到現在。他應該要好好感謝身邊的人才是。

「我的確是個路痴，這點我承認。但除此之外還有其他的問題喔？」

「比方說？」

「妳們看那個。」

莉莎和夏克緹看向窗外，只見道路旁立著一個像是方尖碑的東西。

上面記載著這是誰統治的領地，以及標示現在所在地的號碼。也就是給旅人看的標誌。以日本來說就像是里程碑吧。在有民宅的地方也會刻上城鎮或村落的名字。

「那個啊，從剛剛開始就標示著同一個城鎮名，可是就算沿著這條路前進，也抵達不了城鎮。」

「原來如此……這表示那個標示是錯的吧？簡單來說就是舊有的東西沒被拆除，是這樣嗎？」

「就是這樣。上面明明刻著桑特魯，往前開了一段之後名稱卻變成了『桑特魯・維斯塔』。桑特魯到底上那去了啊！」

作為路標的方尖碑。雖然委任治理這塊領地的貴族管理這些路標，可是要重新刻上新的標示相當耗費預算。畢竟得派石匠到各地去才行。

其中比較老舊的路標甚至被放置了超過百年，初次造訪索利斯提亞魔法王國的商人肯定會迷路吧。實在是太不親切了。

地圖就更別說了。他們本來就不可能把自己國家的正確地圖交給其他國家。因為難保不會被拿去用在軍事用途上。從那份地圖的準確性就可以察覺到這件事了吧。

「亞特先生……既然這樣你早點說啊。」

「抱歉………」

「不要只顧面子，老實地問人吧。真虧你老婆能夠忍受耶。一般來說都會生氣吧？」

「是啊。亞特先生你是不是沒老婆在身邊就是個廢人啊？」

「真過分，我的確是個廢人沒錯，但也不用說得這麼白吧……唉，因為那傢伙是天生的保母啊。我們到郊外去約會時，她經常牽著我的手呢～」

「『你是幼稚園生嗎！比起那個，你居然承認自己是個廢人喔？』」

從旁看來就像是熱戀中的情侶吧。實際上卻是牽著不知道會跑到哪裡去的路痴男友，小心注意不要讓他迷路的能幹老婆。

至今為止這個路痴沒引發什麼大問題真是件不可思議的事。

「不過……真奇怪。」

「就算想要帥來隱藏你沒用的一面也無濟於事喔？亞特先生……」

「明明不說話就是個帥哥的……沒想到是個這麼令人遺憾的人。」

「不是，不要管那件事了啦！真的很奇怪。出現在森林周圍的小型魔物莫名地多，是不是發生什麼不妙的事情了啊？」

從輕型高頂旅行車車窗外流逝而過的森林風景中，確實有小型魔物的身影。

從獨角兔這種小型魔物到哥布林或半獸人，其數量愈是往前就愈多，多到他們差點輾過半獸人。

「這是魔物失控前的徵兆嗎？還真是老套的發展啊。」

「總覺得有種不好的預感耶……」

「嗯……這是會被捲入麻煩事裡的發展呢。現在掉頭回去比較好吧？」

亞特是很想同意莉莎她們的提案，可是現實沒有這麼容易。

「壞消息。魔力槽裡的魔力快要見底了。為了補充魔力，一定要在哪裡停下來休息才行。」

「這……是表示沒辦法掉頭吧？亞特先生你不能想點辦法嗎？」

「沒辦法。我在五小時前補充過魔力了，可是要補充備用槽也得花時間。莉莎的提案行不通。」

「那我們只能這樣一路開到能抵達的地方了吧？如果變成要野營的狀況，就得和魔物戰鬥了。」

亞特製作的輕型高頂旅行車和某個大叔的機車一樣，是以魔力引擎為動力來源。

後輪兩處裝設了強力的引擎，前方的車頭蓋下則是裝設了魔力槽。變速齒輪則是沿用了在「Sword and Sorcery」時和傑羅斯一起開發的部件，煞車系統也用了碟煞。

只要踩動踏板就能改變魔力的流量，也可以簡單地調整車速。

不過沒有冷氣之類的設備。

「引擎也不知道什麼時候會燒壞，開到不能開為止之後就得用走的了。」

「這笑話還真難笑。真希望你說這是騙人的……」

「放棄吧，夏克緹小姐。這種時候亞特先生是不會說謊的，對吧？」

「真希望他在迷路前就有這份體貼……」

「……」

犯錯的亞特被批判得體無完膚。這也是他自作自受。

在那之後，輕型高頂旅行車在還有魔力的情況下繼續前進，越過了變得空無一人的小鎮，在登上小山丘時拋錨了。

他們無可奈何地從輕型高頂旅行車上下來，將車收進道具欄裡後，急忙趕起路來。

然而在下了小山丘後，目睹鎮上的人正遭到魔物的襲擊。

「喂喂喂……這狀況不太妙吧？」

「得去救他們才行！」

「就算要救他們，那個數量也是個問題吧？而且不知道為什麼，有騎士在護衛他們喔？」

「不，等一下……」

亞特制止了莉莎和夏克緹。

他們本以為對方遭到魔物襲擊，陷入了苦戰，但仔細一看似乎還游刃有餘的樣子。

騎士和傭兵們合作，確實地葬送魔物。而且他們的眼神格外凶狠，散發出很～不妙的氣息。

「咿哈哈哈哈！儘管放馬過來，要請你們成為我們成長的食糧啊。」

「不夠……這樣還不夠我們升級啊～」

「已經結束了嗎～？真是群沒骨氣的膽小鬼！什麼魔物啊，太弱了吧。不像樣的東西！」

「嘻嘻嘻……升級了呢。再多來一點啊～讓我好好樂一樂吧！」

簡直像是吸食了什麼可疑藥品後的中毒狀態。

腎上腺素不斷湧出，完全發狂了。儘管如此，他們還是沒忘記要保護避難的民眾。

以某方面來說真是騎士的榜樣。

「好強喔……這就是騎士嗎。多麼可靠啊。」

「我們也不能輸！提起幹勁來！」

「「「喔喔喔喔喔喔喔喔喔喔喔喔喔喔喔！」」」

前來協助護衛的傭兵們也受到影響，讓謎樣的發展又更加地擴大了。力量就是正義這句話似乎是對的。騎士們的強大實力令所有傭兵們崇拜不已。

傭兵們無視要確保素材之類的事，化為一味殺死魔物的集團，結果他們的等級也跟著提升了。

多虧這個循環，他們確實地保護了避難民眾，也由於民眾們主動提供藥水等道具做後援，讓戰士們變得更有衝勁。

沒錯，這些騎士是接受了阿雷夫他們的戰力強化訓練，從法芙蘭大深綠地帶回來的人。接受過弱肉強食的洗禮，他們一面對魔物便會化為狂戰士。

也就是「在被殺之前殺掉對手」。雖然他們會變成這樣的原因背後藏著亞特熟知的某人的影子，但說起不知道這個事實的亞特等人的感想——

「「「好、好可怕……太糟糕了。」」」

——這一句話便道盡一切。老實說亞特等人一點都不想靠近他們。

「……該怎麼辦？亞特先生。」

「我是不想接近他們啦。一個不小心說不定會懷孕……我是指不好的意思。」

「哎呀，他們看起來有好好在護衛啊，而且這樣下去我們會孤立無援喔？」

「「……這是誰的錯？」」

「抱歉……」

對亞特的批判沒有結束的一天。

本來要是沒有迷路，就不會被捲進這種事情裡了。

「比起那個，我們也去幫忙吧。因為有避難的民眾，就表示某處有安全的都市啊。」

「唉～……沒得選擇呢。只能這麼做了……」

「唔……討厭啦～那些人……很可怕耶～」

亞特等人就這樣開始幫忙護衛避難的民眾。

加上他們三人後，避難行動進行得更為順利，他們在三小時後抵達了城塞都市「斯萊斯特」。

這只是順帶一提，不過化為狂戰士的騎士們其實出乎意料的紳士。

◇◇◇◇◇◇◇

「受諸位幫忙了。請讓我再鄭重地道謝。」

「不會……我們只是做了該做的事情而已。」

儘管內心有許多想法，亞特還是在臉頰抽搐的情況下，擠出應酬式的笑容應對。該怎麼說，騎士們平常和戰鬥時完全判若兩人，實在是讓人背上有股寒意。眼前謙恭有禮地做出應對的騎士真的很可怕。

「我們在這之後得去向大隊長報告，也會將諸位的事情告訴大隊長。真高興魔導士中也有通達事理的人。」

「……不會，不用介意。畢竟我們也受到了你們的幫助。我們正被魔物包圍，不知如何是好呢。」

「這樣啊，雖然這麼說……但諸位也協助了護衛工作，我覺得我們還是得準備一些報酬才行。」

「那就不必了，光是帶我們到這座鎮上我們就十分感激了。真的……我們不是什麼了不起的人。」

「閣下太謙虛了。哎呀～要是我國的魔導士品行也像閣下一樣，那該有多好啊……哎呀，抱歉。不小心就抱怨起來了。」

「啊……你們好像很辛苦呢。是說比起這件事，由於還得去找旅館落腳，就容我們先告辭了。畢竟我還帶著兩位女性。」

「說得也是，抱歉絆住閣下了。不能讓女性露宿在外呢。要是有什麼狀況，可以來本陣找我們。那麼就此告辭。」

騎士露出爽朗的笑容後離去了。

亞特總算是想辦法過了這一關，和騎士們道別了，但他的精神極為疲憊。

騎士的反差實在太大了，害他完全跟不上。

儘管累得垂頭喪氣，他還是踏著沉重的腳步回到莉莎和夏克緹的身邊。

這種時候當領隊最吃虧了。

「辛苦了……我可以理解你的心情，但不要仔細去思考比較好喔？」

「我也這麼想。那些騎士們雖然哪裡怪怪的，但也就只有這次了……」

「希望如此。老實說真的很可怕耶～感覺就像跟飢餓的野獸待在同一個籠子裡……」

這說法實在有些過分，但可以理解他的心情。

同時，關於現在發生的狀況，他們也得到了某種程度上的情報。

魔物的數量變多這件事大約是從半個月前開始的，在那之後規模逐漸擴大，治理此處的領主判斷這樣下去會有危險，發布了避難命令。

由於事情是在最近開始執行軍事改革的民眾集體避難訓練的途中發生的，藉由執行事先規定好的流程，成功地將民眾的受害程度控制在最小範圍內。

雖然是為戰爭設想的訓練，但這個訓練立了大功。

拜此所賜，魔物造成的死傷者少得嚇人。

「在這個等級就是一切的世界，總覺得很不對勁啊。」

「是啊。在奇怪的地方無視物理法則……我這種有常識的人跟不上這裡的現實呢。」

「妳說無視物理法則，該不會是像那種的吧？」

莉莎用手指指向天空，只見那裡有個不可能出現的東西在高空奔馳著。

「機、機車飛在天上……」

「那個是……『漂浮機車』？難道這個世界裡有那麼棒的道具嗎！」

「亞特先生，你好像很開心耶？你想要嗎？」

「想要！就算把靈魂賣給惡魔都想要！」

收集癖的本性完全暴露了出來，亞特用沉迷的眼神望著「漂浮機車」。

或者該說是少年般純粹的眼神比較好吧。

而亞特完全沒想到，騎著這輛「漂浮機車」的，正是比他更不合常理的熟人。

「賢者」與「大賢者」相遇的時刻接近了。

也可以說是重逢吧。

◇　◇　◇　◇　◇　◇

在空中飛行的大叔通過了李巴魯特邊境伯爵領地中的城塞都市「斯萊斯特」。

他在途中換過了魔力槽，現在正以加滿魔力的狀態朝著國境前進。

他在那裡看見的是魔物倉皇逃竄，一片混亂的慘狀。

而且這些魔物欠缺統率，因這個狀況而興奮起來的強大魔物開始戰鬥，使得眼下的情況更為混亂。

『牠們到底是在逃離什麼？這個數量太不尋常了……該一口氣解決牠們嗎？』

使用廣範圍殲滅魔法的話八成可以處理掉這些魔物，可是也會對這一帶的土地造成莫大的損害。不是可以隨便使用的方法。

「這可不好玩啊……要是這個數量襲向斯萊斯特就糟了。」

已經有部分失控的魔物襲向村子，使村子處於孤立無援的狀態。

雖然交給烏凱牠們處理了，但大叔也無從得知事情會怎麼發展。

『至少調查一下到底發生了什麼事嗎……接下來把狀況告訴傭兵公會就好了吧。哎呀哎呀……』

由於最糟的狀況已經發生了，事情沒那麼容易解決。

最重要的是他很在意肌膚感受到的魔力波動。他不管怎麼想，都只想得到有會被指定為災害級的魔物正在接近這裡的可能性。這是他在「Sword and Sorcery」中感受過好幾次的氣息。

他繼續前進了一陣子之後看到了草原。應該是越過國境了吧。

然而那片草原幾乎都全被某種物體給染成了黑色。

不對，那個黑色的物體在動。

「Ｏｈ……ＪＥＳＵＳ，怎麼會這樣……」

那個黑色的生物是小強。

數量多到爆的成群小強吃下餓死的同類屍體，以減少數量為代價成長得更為強大。而且後方還有不得了的怪物在。

「是強、強大……巨蟑……嗎？我一點都不想再見到那玩意！」

感覺會讓人留下心理陰影的景象。那隻「強大巨蟑」也有哪裡不太對勁。

黑色油亮的外殼有幾處變成了白色。從這點看來有可能是龐大的魔力正在凝聚。而傑羅斯對這個變化心裡有底。

『這傢伙該不會…………要進化為魔王級了吧！』

是具有強大力量的魔物，進化得更為強大的現象。

要是真的進化成魔王級就無計可施了。

『糟糕……那個就快要誕生了！不趕快通報，就大事不妙了！』

因眼前的情況而焦急起來的大叔將響尾蛇號掉頭。

「呃！」

這瞬間，成群的小強從地面上襲向傑羅斯。

牠們也能制霸天空。不會放過飛在空中的餌食。

傑羅斯將油門催到底，將下方的空氣噴射器出力提升到最大極限，同時迅速地發動魔法。

「『煉獄狂焱之漩渦』。」

他隨即展開廣範圍殲滅魔法。

這個魔法是會產生強大的火焰風暴的魔法，但是威力遠勝於一般的火焰風暴。

俗話說飛蛾撲火，但現在應該說是被煉獄之火吞噬的飛強撲火。

宛如地獄般的景象。

大叔會使用這個魔法單純只是因為他討厭小強。雖然很過分，但他可受不了自己被吃。

可是就算這樣，飢餓的小強們還是從空無一物的肚子裡擠出了最後的力氣接連襲來，企圖捕食傑羅斯。完全是惡夢。

「Ｏｈ　ＮＯ——————！」

大叔又放棄當日本人了。

儘管發出慘叫，傑羅斯仍拚命地脫離戰線。因為太噁心了……

以某方面來說最大的強敵正在逼近。

拚命逃跑的傑羅斯沒注意到「響尾蛇號」剩下的魔力正急速減少，就這樣撤退到了斯萊斯特。

在這種緊急情況下，他也沒空在意周遭的目光，發現傭兵公會的看板後便急速下降。

然後就因為衝勁太強，撞進了傭兵公會。

機車處在快要拋錨，勉強才能漂浮在空中的狀態。

一個不小心他就差點要從高處墜落了。

大叔又搞砸了。

◇　◇　◇　◇　◇　◇　◇

亞特等人來到了傭兵公會。

為了輾轉於各地的傭兵們，傭兵公會提供各種服務，其中一項服務就是介紹便宜的旅館。

在傭兵們的階級不高的情況下，大多數的傭兵都過著極為貧困的生活。

有工作的時候得從這個城鎮移動到另一個城鎮，包含馬車在內的移動也得花上不少錢。當然沒辦法做些額外的消費。

聰明的人會利用接受護衛委託的方式來節省馬車等交通費，但也不是所有的傭兵都能這麼做。因為不是有一定成績的傭兵是不能接護衛委託的。

想要盡可能的讓大家對傭兵公會留下好印象的結果，就是開始提供介紹旅館等服務。也多虧這個服務，讓很多快要倒閉的旅館又重新振作起來，評價意外地好。

順帶一提，由於傭兵以外的人也可以利用這個服務，所以旅人和行商也都很愛用。

「因為現在各處都幾乎客滿，我推薦你們去西區的『少風亭』看看。只要沒有臨時入住的客人，我想那裡應該還有空房。」

「西區啊……我剛剛看了張貼出來的地圖，離這裡很遠呢。」

「現在收留了從各個村落前來避難的居民，所以這附近的旅館都客滿了。負責對應魔物的騎士們也來到了這裡，這段時間很難提供更好的情報。」

「唉～……目前的狀況啊。沒辦法。拜託給我詳細地點的地圖。」

從職員手中接過旅館的地圖後，亞特走回伙伴的身邊。

傭兵公會裡有許多的傭兵和騎士們，非常擁擠。

碰到這種緊急狀況，騎士團和傭兵公會會相互合作。只有魔導士團不一定會參加，這態度也導致了魔導士的地位被貶低的結果。

這也是最近才發生的事，現在已經在各城塞都市中都安排了魔導士。這是因為國王的一點小抱怨，讓身為魔導士團中樞的宮廷魔導士們都面無血色。

儘管是間接的，但也是茨維特等次世代魔導士所立下的功績。

之所以會用傭兵公會當作臨時對應本部的據點，也是因為他們提出「緊急時還要反覆往來領事館，太麻煩了」的意見。

「……我們該不會捲入很不得了的事情中了吧？」

「沒有那個該不會也夠麻煩了！都是亞特先生太悠哉了啦！」

「不愧是高階玩家啊。在這種情況下也不為所動……」

莉莎和夏克緹都十分無奈。

從亞特的角度來看，「用壓倒性的火力打倒敵人就好了」是理所當然的事，所以很奇妙的不會驚慌到那種地步。因為他反覆參加了很多次多人共鬥戰，所以相當可靠。

然而，這不是遊戲而是現實，走錯一步伙伴就有可能會死。

絕對不是可以輕忽大意的狀況。

「喂，那個人……看起來好像是有點地位的人耶。我想他應該是指揮官階級的。」

「唔哇～是帥哥耶～他絕對有女朋友或是老婆啦。」

「莉莎……不要亂猜。這樣很失禮喔。」

在亞特等人的視線前方，穿著全套盔甲的騎士正帶著部下，和感覺是傭兵公會高層人士的人對話。

亞特希望能多少再多獲得一些關於現狀的情報，所以隱藏住自己的氣息，靠近他們的身邊。

幸好有張貼著委託書的看板在，就算豎起耳朵聽，從旁人的眼光來看，他也像是在看委託書的傭兵吧。就算被拆穿了也有辦法可以矇混過去。

「……所以城鎮外的狀況如何呢？阿雷夫閣下。」

「看來絕對是『失控』現象。可是還沒找到原因。雖然我有種不好的預感……」

「那是在現場的直覺嗎？也不能小看來自經驗法則的直覺呢。」

「肌膚有種一觸即發的緊張感。我有某種強大的魔物正在靠近這裡的預感。」

「不愧是馬庫斯騎士團長的愛徒啊。我有聽說你是王國最強的騎士喔？」

「怎麼會，我還只是個不成氣候的年輕人。據說真正的強者是絕對不會讓人看見自己的實力的。且對自己和他人都很嚴格。」

從這對話聽來也可以知道確實發生了麻煩事。

事到如今，亞特已經體悟到自己完全被捲入其中了。

「果然只能封城，度過這波難關了嗎？」

「恐怕是這樣。就算是我的大隊也免不了一番苦戰。防衛上也希望能請求各位傭兵支援。」

「畢竟是緊急狀況，這也是沒辦法吧。雖然可以調度弩砲用的箭，但真有什麼危險時，魔導士的數量不夠啊。」

「我等也只會初階的魔法。就算在對人戰鬥時可以用來牽制對手，但不知道對於湧上的魔物可以發揮多少效用。」

看來是免不了守城戰了。

亞特是不想引人注目，但既然都被捲進來了，不戰鬥也不行。

城鎮的外牆還好說，但城門是木製的。以防禦力來說遠比城牆脆弱許多。防不住湧上的魔物。

『真糟糕……要在這裡打多人共鬥戰嗎。魔物本身是沒什麼了不起的，但是數量很多吧。』

對亞特來說，只是小嘍囉的話，他可以輕易掃蕩。

可是多次施放魔法得耗費魔力。他無論如何都想避免因為魔力枯竭而無法動彈的狀況發生。

畢竟這個世界的魔導士很弱。為了活下去必須用全力來排除敵人，要是陷入魔力枯竭狀態，也會無法進行接近戰。

他是不希望有人因此犧牲，可是也沒打算只有自己一個人辛苦。

『活下來了就是英雄……麻煩死了～！可是也沒辦法逃走……嗯？』

亞特在思索現在的狀況時，注意到有個不知從哪來的尖銳聲音正高速靠近這裡。

而且那個聲音很像在原本的世界常聽到的飛機噴射發動機的聲音。

——嗡嗡嗡嗡嗡嗡嗡嗡嗡嗡嗡——！

他有種討厭的預感。

感覺自己繼續站在這裡會變得很慘，他連忙退開。

就在幾位傭兵和騎士也受他影響，連滾帶爬的逃離現場的同時——

——轟隆隆隆隆隆隆隆隆隆隆隆隆隆隆隆！

——傭兵公會的建築物遭到破壞，有什麼飛了進來。

「怎、怎麼了？發生了什麼事！」

「魔物已經攻來了嗎！」

「有沒有人受傷……呃，那是什麼啊？」

「是魔導具嗎？而且是人可以騎在上面的……」

亞特甩甩頭起身後，只見有個超棒的道具懸浮在空中。

那是他夢寐以求的男人的浪漫。

「……是『漂浮機車』。莫非是剛剛看到的傢伙？真的假的……嗯？」

接著亞特便僵住了。那是因為騎在漂浮機車上的，是以前他潛入索利斯提亞魔法王國時碰巧遇到，認真的和對方打了一場的大叔。

『呃，不妙……這不是那時候碰到的魔導士嗎……』

具有和作弊的自己同等以上實力的謎樣大叔。亞特雖然覺得對方應該是轉生者，但沒想到會在這裡遇見他。

「傑、傑羅斯先生……這到底是……」

「哎呀，我還想說是誰呢，這不是阿雷夫先生嗎。在這裡碰到你真是僥倖。有緊急狀況！現在『強大巨蟑』正朝著這個城鎮過來。要疏散居民……沒辦法嗎～」

「強、強大巨蟑？那麼大小是……」

「三十公尺級……是最大級的呢。而且正在進化為『魔王』級喔。」

「「「「什麼——————！」」」」

這消息震撼了整個公會。

沒有人能夠打倒魔王級的魔物。唯一有希望打贏的只有「勇者」，但就算有勇者在這裡，只有一、兩個人也是毫無勝算的。

「最糟的狀況是那個強大巨蟑……是從大深綠地帶過來的呢。肯定沒錯。」

「「「「糟透了——————！」」」」

完全是絕望的狀況。

前所未有的巨大災害正襲向城塞都市斯萊斯特。

既然發生了魔物失控現象，居民們也無處可逃。傭兵公會陷入一片恐慌之中。

「……『傑羅斯先生』？傑羅斯……傑羅斯．梅林？該不會是『殲滅者』的？」

「嗯？……你是……誰啊？既然知道那個稱號，我想應該是同類……吧？」

「我是亞特啊！『豚骨叉燒』的！」

「咦？亞特？」

脫線的兩人在此重逢。

無視周遭的混亂——

第十六話　大叔把亞特給拖下水

位於傭兵公會深處的貴賓室。

傑羅斯和阿雷夫，還有傭兵公會的公會長，老人「東沙克」正聚在此處。

三個人的臉上都掛著凝重的表情，儘管在討論要對即將襲來的「強大巨蟑」採取怎樣的對策，卻不管怎麼想都無法與其對抗。

很大一部分的原因是強大巨蟑就快進化成「魔王」級了。

一般的強大巨蟑就已經非常難應對了，進化成「魔王」的話別說贏不過了，絕對會全滅。

在進化前動作變得緩慢的這個時候正是避難的好時機，然而因為魔物失控，現在也無法避難。簡直進退兩難。

李巴魯特邊境伯爵領地的斯萊斯特有如風中殘燭。

「『魔王』……我不知道到底有多強。但可以料想得到會帶來等同於災害級的損害。」

「是啊……光是發生『失控』現象就已經夠麻煩了，現在又出現了魔王級……而且還無處可逃。」

「就算讓居民逃跑，感覺也會造成很大的犧牲。以防衛來說，牠維持巨大的身軀過來也很困擾，讓牠變成『魔王』的話又會更難對付。」

進化是魔物身上會發生的獨特變異現象。

就算本來不是多了不起的魔物，也能藉由提升等級變化為不同的樣子。

進化也會讓魔物的能力一口氣提升，根據情況不同，也會配合並適應嚴苛的環境。比方說在火山就會獲得對熔岩的抗性，在冰山則是能將冰纏繞在身上大幅提升防禦力之類的。

至於要說魔王進化是怎樣的東西，簡單來說就是勇者的能力往上跳到傑羅斯的水平。本來要好幾隻才能擊潰一座要塞的魔物，會獲得單一隻就足以摧毀一個國家的力量。

而且由於能力的效率提升，巨大的身體也有可能會一口氣變小。這點不等變化後是無法得知的，會獲得怎樣的能力也是未知數。

然而傑羅斯和亞特在「Sword and Sorcery」裡得知了巨蟑進化後的樣子。

「那傢伙進化的話，會變成人類尺寸呢～而且持有的魔力和原本一樣，連智力都會大幅提升。會變得不是靠本能，而是理智的學習喔。」

「糟透了呢。人類尺寸的怪物啊……完全是童話中出現的魔王。」

「魔力量根本無所謂。問題是牠本身有多強……」

或許是精神壓力非常大吧，東沙克吐出了有些不滿的話語。出現災害級魔物就已經是前所未聞的事了，那魔物還在進化成魔王的途中。已經不是驚天動地可以形容的了。

「這個嘛……如果有十位等級900的勇者或許可以打贏吧。武器也要用使用了稀有素材的最強裝備就是了……唉，梅提斯聖法神國的勇者是贏不了的。因為他們的等級最高也就500，被監視著不能再變得更強的樣子。」

「「……沒辦法。」」

阿雷夫現在的等級是303，雖然也有等級到了500的騎士在，但實在沒有勝算。

順帶一提，傑羅斯一個人或許贏得了，但問題是他不知道強大巨蟑的等級。

最近他只對咕咕們用過鑑定技能，使用上比起鑑定，更像是觀察。

唉，他本來就不是很相信鑑定技能，所以很難說，可是現在是緊急狀況，他或許該試著鑑定一下才是。

大叔覺得自己犯下了失誤。

「唉，只要在魔物抵達這裡之前改變牠的行進方向就好了。比方說推給梅提斯聖法神國。雖然只是猜測，但我想他們也在想著同樣的事情吧。」

「難道！」

追根究柢，強大巨蟑從梅提斯聖法神國那裡往索利斯提亞魔法王國前進本身就是件怪事。

如果是有常識的國家，碰到這種天災或魔物帶來的損害，都會全力去應對，以避免危害到其他國家才是。

然而強大巨蟑越過了梅提斯聖法神國的國境，開始侵略索利斯提亞的領地。而且梅提斯聖法神國完全沒有做出要抑止這件事情發生的行動。

既然這樣，只能認為是梅提斯聖法神國刻意把強大巨蟑誘導過來的。根據那個國家的現況來判斷，他們的確很有可能會做出這種事。

「梅提斯聖法神國的動機數都數不清吧。不管怎樣，只要利用『邪香水』，就有辦法誘導魔物。」

『『會做到這種地步嗎？不，如果是他們，感覺做得出這種事……』』

阿雷夫和東沙克都說不出話來。

他們都沒想到對方會陷害我國到這種程度。以某方面而言，這行為說是宣戰也不為過。不過目前他們沒有梅提斯聖法神國做了這件事的證據就是了。

「問題是二度受害。要是強大巨蟑化為魔王，受害範圍又會再擴大……我們不趕快準備迎擊的話，斯萊斯特會淪陷的！」

「阿雷夫先生，冷靜點……我這麼說也沒用吧。這座城塞都市有多少物資將會改變整個戰局喔。得多保存一些箭矢，也得盡量多蒐集一些藥水來才行。還有準備投石器用的石頭和弩砲……唔哇，感覺會花上很大一筆錢呢。該不會連破壞經濟都在他們的盤算之中吧？」

「那個假神國！」

東沙克過去曾經請求神官治療他生病的母親，對方卻要求收取誇張的高額治療費，最後無法治療，母親就這樣過世了。

所以他非常痛恨梅提斯聖法神國，視神官為仇敵，不過由於神官中也有比較像樣的人在，所以他平常絕對不會將這些感情表現出來。

然而這次的事情實在讓他難掩怒氣。

順帶一提，他的父親在幾年後也罹患了同樣的疾病，最後因為魔導士製作的魔法藥保住了一命。

「從我的角度來看，由少數精銳來當巨蟑的對手，把重點放在失控的魔物上比較好。生存才是戰爭啊。」

「抱歉……我太情緒化了些。」

「可是誰要當強大巨蟑的對手？我們之中沒有能打倒巨蟑的人材啊。」

「這個就交給我跟另一個人吧。老實說我是不想當牠的對手，但為了避免更大的犧牲，這也是無可奈何的事……就放棄掙扎，當作我運氣不好吧。然後我也會讓他放棄的。」

「「……讓誰？」」

大叔想起了碰巧遇見了合適戰力的事，露出了壞心眼的笑容。

這笑容真的非常毒辣。

裡頭包含著非常個人主觀，「只有我一個人當小強的對手，太不公平了，我要把你也拖下水」的想法。也可以說他就是這點很有「殲滅者」的風格。

大叔一點都不想獨自去當小強的對手。

亞特的命運就這樣擅自被決定了。

真是過分。

◇◇◇◇◇◇◇

「事情就是這樣，亞特。希望你跟我一起去對付小強。因為這個世界的人是贏不過那玩意的。拜託你嘍。」

「不，這也太突然了……傑羅斯先生，你打算無視我的意願嗎？」

「呵呵呵，那不是當然的嗎。為什麼我非得一個人去跟那傢伙戰鬥？要請你來陪陪我嘍～」

「你為什麼這麼開心的樣子……」

「這是因為……呵，我要拖你下水。我一個人和那傢伙戰鬥豈不是很寂寞嗎。」

「是故意要拖我下水喔！你還是老樣子耶。和在『Sword and Sorcery』的時候一點都沒變嘛！」

對亞特來說這跟要強制帶走他沒兩樣。會面露難色也是當然的。

然而傑羅斯這時拿出了王牌。

「亞特……你的太太是個相當可愛的女孩嘛。要是讓她知道你現在跟兩位女性一起行動，她會怎麼想呢？」

「為、為什麼你會知道唯香的事……難道！」

「本名叫唯香小姐啊。唉，這是無所謂啦……我是在某個地方碰巧遇見她的～陪我一起去當小強的對手，我就會把她的所在位置告訴你喔？這是正當的交易，嗯。」

「太卑鄙了！這是一個成熟大人該做的事嗎！」

「哎呀～我平常就常被說很不成熟呢，事到如今還說什麼呢。」

『『唔哇～個性超爛的……有夠骯髒～～～！』』

大叔這骯髒的態度讓莉莎和夏克緹不禁對他退避三舍。

亞特的妻子——正確來說是未婚妻才對。傑羅斯偶然在哈薩姆村遇見了那位唯小姐。雖然約好了會把唯平安無事的消息告訴亞特，但對方可沒說他不能把這件事拿來當作交涉材料。

「哼哼哼……所以呢？你願意接受了嗎？放心，我也不是要你一個人去戰鬥。我也會出手的。」

「你……果然是『殲滅者』啊。做的事情根本和那些人一樣嘛！」

「有什麼不好的，我還算是比較親切的喔。不僅太太，我還會附贈一個很有趣的情報喔～你也很在意吧？孩子的事。」

「什麼！」

「對，她懷著孩子，來到了這個世界。這代表了什麼意思……亞特你怎麼看？」

對話內容忽然認真了起來，亞特也難掩臉上的困惑。

亞特確實也在找唯，唯先遇見傑羅斯這點在他意料之外，可是他沒想到唯維持著懷有孩子的狀態來到了這個世界。

這表示的意思是——

「該不會不是轉生……而是『轉移』？」

「太好了呢。如果是以遊戲角色為基礎的轉生，孩子就會死了。不過……」

「是啊……到底是怎麼一回事？是四神說謊嗎，還是……」

「讓我們轉生的好像是地球的諸神。既然這樣，或許是想找四神的麻煩？也說不定只是出於好意而已。不過……不管怎樣，你就快要當爸爸嘍。亞特。」

「哈哈哈……是說傑羅斯先生，你沒打算把她在哪裡的事情告訴我吧？」

「你來幫忙的話我就會告訴你喔？要我幫你帶路也行。我覺得服務精神旺盛是我的賣點喔？」

亞特腦中的天秤劇烈地上下擺動。

『唯香～妳為什麼先遇見了這個人啊。要是我打倒了大強，也得和傑羅斯先生一起行動吧～要是不小心被他知道我之前和他互相廝殺的事，他之後會出怎樣的難題給我啊～！』

這該說是不幸，還是神的安排呢，亞特的心激烈地擺盪著。

「這樣下去的話，這個城鎮會被吞沒的。要逃走是很容易，但麻煩事還是會從後面追上來呢～要我一個人對應太辛苦了。」

「……『強大巨蟑』。我對牠實在沒什麼好印象……畢竟我被魔王化的傢伙殺掉過。」

「那個『強大巨蟑』感覺只差一點就要變成『魔王』了呢……」

「那傢伙進化成魔王後，會是那個吧～……」

「對……是那個。」

「真的假的～～～～！」

約三年前，在「Sword and Sorcery」裡發生了名為「強大巨蟑的進擊」的多人共鬥討伐任務。主要的內容是殲滅迫近城塞都市的小強大軍的防衛活動，可是參加的玩家人數特別少。很大一部分的原因是「太噁心了」。

都市被湧上的小強攻陷，參加的玩家也全滅，活動就此結束……大家本來是這樣想的，然而活動實際上卻沒有結束。

攻陷都市的巨蟑以那裡為據點，增加了軍團的數量，開始進行組織性的侵略。儘管有大量的玩家向官方抗議，卻沒得到回應。

然後許多的玩家便知道了。

讓「強大巨蟑」進化為「魔王」這件事——

自由度高得嚇人的「Sword and Sorcery」。讓玩家了解到輕視被指定為災害級的魔物，反而會逼死自己。

而化為魔王的巨蟑成了一種有bug的角色。

「那、那個惡夢又要降臨了……居然要再和那玩意碰面……」

「唉，就算變成了魔王，光靠我們應該還是有辦法對應的啦。那個時候還沒有『極限突破』這種解除上限的技能呢。」

「不，我也學會『極限突破』了，可是這不會太亂來了嗎？是魔王級耶？」

「喔？真的假的？幹得好啊！這樣就打得贏了……吧？唉，反正也沒邪神那麼難搞吧。我想先把小嘍囉給掃光呢。畢竟除了巨蟑之外全都是小嘍囉。」

「我不想再上演一次那時的悲劇啊～……多麼討厭的活動啊。」

「更討厭的是這是現實。我也不想戰鬥啊。」

化為魔王的巨蟑在失去巨大身軀的同時，也會失去壓倒性的防禦力。

相對的是會學會幾個具有破壞力的招式，而且學習能力也會變得驚人的高。

「所以要怎樣清光那些小嘍囉？要連續使用殲滅魔法嗎？」

「雖然沒別的辦法了，但這得和騎士團商量呢～一個沒弄好可能會改變地形啊～」

「那不是只能跟領主商量了嗎？我是不想跟高層人士談話啦。」

「只要巨蟑還在，就會留下大規模的魔物群呢。不管小嘍囉再怎麼擴散開來，只要源頭還在，就會一直反覆發生一樣的事。真想趕快掃蕩掉牠們。」

「啊啊……隔壁的煩人神國會有很多意見呢…………是說強大巨蟑該不會是他們推過來的吧？」

「我也這麼想。雖然還無法下定論，但說不定是利用了很好操控的人，把他們當成了棄子呢。什麼血連同盟的……」

「啊啊～盲信者啊。如果是那些願意做自爆式攻擊的傢伙，應該很樂於送死吧。在我看來只覺得是在褻瀆生命就是了。」

「因為操控這種傢伙當棋子，引導這次事件的傢伙絕對不會上前線吧。在背地裡說些對自己有利的事情，在安全的地方煽動大家。然後一邊認真的說要構築神的世界，結果卻持續在泥淖的混亂狀況中。感謝自己誕生於世，在有生之年盡情享受生命的態度還更有建設性呢。」

「傑羅斯先生……你這話不要在宗教國家說比較好喔？會率先被異端審問官逮捕的。」

「就是將追求安穩的每一天視為異端，世界才會完蛋啦。光是國家不同，就否定不犯罪，每天努力的過活這件事。他們完全沒有注意到正是以教義為盾，只注重自己利益的蠻橫行為才會招致現況嗎？」

「唉，因為梅提斯聖法神國是優待神官的社會，地位愈高就愈會對周遭帶來影響，最重要的是薪水也很高。民眾無論是誰都會將孩子送去教會或神殿，儘管如此，只有一小部分的人可以成為神官喔？」

「那些位居高層的祭司和主教也覺得會威脅到自己地位的人很礙事吧。他們應該會一邊賺養老的資金，一邊從待遇豐厚的職位上退休吧？」

「不，這個……感覺很有可能會發生呢。結果這世道，只要爬到高層，白的也會變成黑的嗎？」

社會就是這樣。

在這個充滿了地位和名聲等價值觀的世界，因此許幸福就滿足的人成了肥羊。愈是特權階級的人，愈常出現濫用權勢的人。

這誤解太超過的話，就會變成會為周遭帶來重大不幸的獨裁者。這點不管是貴族還是神官都一樣。將權勢拿去對其他國家作威作福，就會像梅提斯聖法神國這樣遭到排斥。對老實的人來說還真是相當困擾。

『『為什麼會從小強的事情講到開始分析宗教過家的內政狀況啊？是多人共鬥吧？魔王要攻過來了吧？』』

莉莎和夏克緹跟不上男人之間的對話。

而兩人也沒注意到，自己要參加這場防衛戰的事情早已成定局——

由於失控的魔物和大叔，亞特等人已經沒了後路。

不合理的事總是這樣突然地降臨。

◇◇◇◇◇◇

亞特等人在公會問了旅館的地點後，為了療癒旅途的疲憊而前往西區。

那裡毫不意外的是間遠離市鎮的寂寥獨棟旅館，周遭有些一看品行就很差的人拚命打量他們三個。

感覺是個一有破綻就會被捲入事件中的地方。

而大叔不知道為什麼跟在他們後頭。

傑羅斯也在找可以下榻的地方。

順帶一提，說起咕咕們，牠們現在也在不知名的村子裡充滿活力的狩獵魔物，拯救了好幾個差點毀

滅的村莊。

「那個，你是叫傑羅斯先生嗎？你為什麼跟在我們後面啊？」

「哎呀～我也要找地方住啊。想說只要跟在你們後面就能找到了吧。」

「這個大叔意外的強韌耶……總覺得不管在哪裡都能堅強的活下去。」

莉莎的看法是對的。

傑羅斯就算過著野外求生的生活也能活下去。之所以不那麼做，只是因為他不想過原始生活而已。有旅館的話當然要住，要是還有味道不錯的餐點那更是無可挑剔。

真要說起來，他也沒期望這種位在市郊的旅館能給出高級餐廳或飯店那種待遇。只要有睡覺的地方就夠了。

「感覺很有氣氛呢～我雖然在某國的小巷裡迷路過，但這裡也有黑道在爭地盤的感覺。」

「……希望你別說這種話。」

「是啊。感覺晚上會被襲擊，總覺得好可怕……」

「為什麼你這麼放心啊？要是被襲擊，傑羅斯先生也會面臨同樣的危險吧？」

「亞特……你會想襲擊男人嗎？照一般的想法，會被盯上的是她們吧？」

從小混混眼中看來，莉莎和夏克緹就像是美味的獵物，傑羅斯和亞特則是能搶到錢就好，無關緊要的傢伙。

簡單來說就是金錢和性的意義會大幅改變他們的價值。

要是襲擊男人，就算對方外觀看起來很瘦弱也不能大意，但女人基於體格差距，總是有辦法解決。

唉，莉莎和夏克緹雖然比一般的傭兵強，可是外觀看起來很纖細，不適合動粗。就算實力很強，在精神層面上還是很脆弱。

「這裡啊……唔哇，就算是說客套話，也很難說這裡是間好旅館啊～」

「哈哈哈，這下睡著的時候也不能大意了呢～晚上很有可能會被襲擊喔。」

「「真的要住這裡？」」

感覺破爛到不行的旅館，「少風亭」。而且還是用漢字寫的。

說不定是前勇者開的旅館，但從老舊的狀況看來是很久以前的房子了。

看來是有在保養，但從周遭新的建築物來看，應該已經建造超過百年以上了吧。真虧這裡還能保持原形。

「喔，底下是酒館呢。睡前喝個一杯好了。」

「不要緊嗎？要是錢被偷了可就不好玩了……」

「夏克緹小姐，把錢包放進道具欄裡吧。不想被偷的話。」

「說得也是。還有為了避免半夜被襲擊，我會把小刀放在枕頭旁邊的。」

「如果是在熟睡時被襲擊，就沒有意義了呢～」

「「……」」

雖然是合理的判斷，但什麼事都有個萬一。

「唉，不管怎樣，和盜賊勾結的旅館這種事……應該不太可能會發生吧。」

「中間那段空檔是怎樣？是想說可能會有和盜賊勾結的旅館嗎？」

「這或許是我的錯覺，但你是不是以煽動我們的不安為樂啊？」

「傑羅斯先生……莫非是個虐待狂？」

「妳在說什麼啊？『黑之殲滅者』肯定是個虐待狂吧。這事還滿有名的喔？」

「「我可沒聽說過啊，亞特先生！」」

沒錯，從傑羅斯平常的行動是沒辦法辨別，但在「Sword and Sorcery」裡，他做了很多虐待狂會做的事。

大叔久違的遇見了玩家，不禁回到了原點。

而傑羅斯忽然以認真的表情思考後，一臉突然醒悟的樣子抬起頭。

「亞特……我問件無關的事，房間要怎麼分配？」

「咦？傑羅斯先生會跟我們分開住吧？那應該就我一間，莉莎她們一間吧？」

「……至今為止，你們有三個人共住一間房過嗎？」

「「「沒這回事！」」」

「三人異口同聲啊……也就是有吧？這個……是不是該向唯小姐報告呢……」

「住手————！你是想破壞我跟那傢伙的關係嗎！」

看到亞特的樣子，傑羅斯露出了愉快的笑容。

「在太太不在的時候和兩位女性同住一間房，發生一些由於年輕氣盛而犯下的錯誤也不奇怪。這部分就請你們夫妻間好好溝通解決吧。我會向唯小姐打小報告的，解釋就請你們自己來了。因為唯小姐只請我確認亞特是不是也到這個世界來了。」

「拜託你住手！那傢伙嫉妒起來很可怕，我會被殺的！」

『『亞特先生……很怕太太呢～真意外～……』』

非常害怕比自己小的太太，亞特的額頭上冒出了大量的汗水。

傑羅斯看唯只覺得她是個溫和穩重的女孩，不覺得她會燃起嫉妒之火。

「放心吧。這個世界是可以開後宮的喔？」

「完全不能放心啦！沒弄好的話她們兩個會被殺的！」

『『咦～太太這麼會吃醋嗎！我們的生命有危險嗎？』』

亞特給出了激烈到連傑羅斯都瞬間想說『咦？真的假的！』的程度。

看來太太有病嬌的特質。

「……她……該不會是病嬌吧？」

「是啊。平常看起來是出身良好的大小姐，但是那傢伙光靠一根頭髮就能找出我在哪裡，追蹤能力超強的……」

「這還真厲害……是某個國家會來挖角的少見人材啊。能夠在二十四小時內解決事件的程度。」

「為了找我的話，那傢伙無論何時都能變成鮑爾吧。」

「還好她懷孕了呢，不然現在……」

「我們就躺在冰冷的土裡了。她是會帶著天使的笑容變成惡魔的傢伙啊……不能惹她生氣。」

傑羅斯雖然很佩服亞特這樣也敢對唯出手，但照亞特的說法是周遭都被唯給攻陷了，他只能跟她開始交往。

儘管如此，唯平常是屬於犧牲奉獻的個性，所以亞特也沒什麼不滿的。

聽人炫耀戀情的大叔在內心抱怨著：『爆炸吧，你這個現充！嘖！』男人的嫉妒真是醜陋。

「進旅館吧。我會對你太太保密的。」

「拜託你了……要是被她知道，我就必須連續三十年每天都在人前對那傢伙說『我愛妳』了。要是有一天沒說就會被刺殺。」

「都這麼大年紀了，這還真難受。超乎預料的妻管嚴啊……」

亞特的新婚家庭狀況非常慘烈。

大叔面對單身的自己無法理解的夫妻問題，決定放棄深究。

這是為了避免因為他不謹慎的言行造成「我要殺了你之後去死！」這樣的發展。

雖然在這種情況下，被殺的會是亞特他們——

「咦？我們的人身安全呢？」

「沒有人打算要保護我們喔。奇幻世界說穿了就是弱肉強食啊……」

兩人由於太太的嫉妒而體會到了異世界有多殘酷。

因為在這個劍與魔法的世界，只要有心，是能夠做出完全犯罪的。

傑羅斯等人踏入旅館後，只見酒館裡頭坐滿了壯碩男人。

簡單來說就是滿身肌肉的壯漢狂野地互相乾杯，或是在桌前比腕力，飄盪著世紀末後的世界或西部劇的氣氛。

而在吧檯後方擦拭酒杯的，是個光頭且渾身肌肉，圍著圍裙，下半身只穿一條緊身三角褲的店長。非常具有衝擊性。

這裡顯然不是普通的旅館。

「「「「…………………」」」」

有什麼地方搞錯了。然而現場的氣氛讓他們猶豫著不敢將這話說出口。

在酒館裡的客人們似乎也不在意的樣子，傑羅斯等人察覺到這時候吐槽丟臉的只會是自己。順應強權有時也是聰明的處事方針。

「歡迎光臨。喝酒嗎？還是要住宿？不對，是要乳清蛋白吧？」

『『『『為什麼是乳清蛋白？這裡到底是怎樣的旅館啊！』』』』

這旅館比想像中更有特色。肌肉店長會推薦乳清蛋白。

「不，一般住宿。」

「還有空房嗎？我們至少想要兩間房。」

「二樓的兩間房還空著。也會幫各位準備足夠的床。還有乳清蛋白。」

「不，不需要乳清蛋白。」

「這樣啊，那免費服務，我會幫各位準備啞鈴和擴胸器。畢竟身體是傭兵的資本。」

『『『『這什麼免費服務？』』』』

店長打算準備乳清蛋白和健身器材給因長途跋涉而十分疲累的旅客。

是間往意想不到的方向發展的奇怪旅館。

「這是房間與獲勝的鑰匙。」

『『『『……………』』』』

店長交給他們的房間鑰匙上面掛著的吊飾，不知為什麼是握力器。是要他們在去房間的路上鍛鍊握力嗎？

「我累了，想早點回房休息……」

「嗯，不知道為什麼沒有食慾……因為在各種意義上都累了吧。」

「這樣啊，總之好好休息吧……妳們有辦法休息嗎？」

「似乎對精神造成了很大的負擔呢。這間旅館……初次入住的衝擊性太強了啊。」

目送踏著疲憊的腳步走上樓梯的她們之後，傑羅斯和亞特深深地嘆了一口氣。

「我們稍微喝幾杯後休息吧。稍微吃點東西比較好，我也想跟你聊些正經事。」

「……說得也是啊，傑羅斯先生。不過你覺得這間旅館的餐點沒問題嗎？」

「他們總不會拿些奇怪的東西出來給客人吧。」

「這裡可是會忽然推薦你喝乳清蛋白的旅館喔？」

「……搞不好有問題呢。」

儘管心中帶著一抹不安，亞特和傑羅斯還是坐上了吧檯的位子。

然後開始說起彼此轉生至今所發生的事情，以及獲得的情報。

他們在練拳擊的肌肉壯漢店長前把酒言歡，城塞都市斯萊斯特的夜也漸漸深了。

賢者大叔的異世界生活日記

異種族風俗娘評鑑指南 懸絲傀儡危機

Kadokawa Fantastic Novels

作者：葉原鐵　插畫：W18

再度體驗天國玩樂♡
話題沸騰的極限擦邊球奇幻作品♡

冒險者史坦克與異種族的損友們一起評鑑夢魔女郎，激盪彼此（性方面）感性的差異。一行人造訪了風俗店「性愛懸絲傀儡」，在店裡製作的魔像，和常去的酒場的女侍梅多莉一模一樣，並且大大地享樂一番……可是沒想到魔像竟然逃走了！

NT$240/HK$80

涼宮春日的直覺

Kadokawa Fantastic Novels

作者：谷川流　插畫：いとうのいぢ

瞭違9年半的涼宮系列最新刊！
輕小說界最強女主角涼宮春日重磅回歸！

都升二年級了，涼宮春日也一樣異想天開。一下帶領SOS團想走遍全市神社作新年參拜，一下想調查根本不存在的北高七大不可思議，此外，鶴屋學姊還從國外寄來了一封神祕信件，向SOS團下戰帖？天下無雙的超人氣系列作第12集震撼登場！

NT$280/HK$93

小惡魔學妹纏上了被女友劈腿的我 1 待續

Kadokawa Fantastic Novels

作者：御宮ゆう　插畫：えーる

第四屆KAKUYOMU網路小說大賽
戀愛喜劇類「特別賞」得獎作品！

聖誕節前夕被女友劈腿的我——羽瀨川悠太，遇見了穿著聖誕老人裝的美少女——志乃原真由。身為學妹的那傢伙，總是捉弄著正處情傷的我，卻又看不下去我自甘墮落的生活而做美味的料理給我吃——相近的距離教人心焦，有點成熟的青春戀愛喜劇登場！

NT$220/HK$73

以我的能力創造開外掛的老婆們 1~8 待續

Kadokawa Fantastic Novels

作者：千月さかき　插畫：東西

這次凪竟假扮成蕾蒂西亞的未婚夫!?
全系列突破33萬冊的最強後宮系列第八彈！

凪一行人回到伊爾卡法與蕾蒂西亞重逢。但城市卻遭到石像鬼的襲擊，幸好凪等人打倒了石像鬼，但功勞卻被譽為「慈愛的克勞蒂亞公主」的第三公主的士兵搶走，對市民宣稱是他們拯救了城市……!?被捲入王家陰謀的凪等人能否化險為夷!?

各 **NT$200~240/HK$65~80**

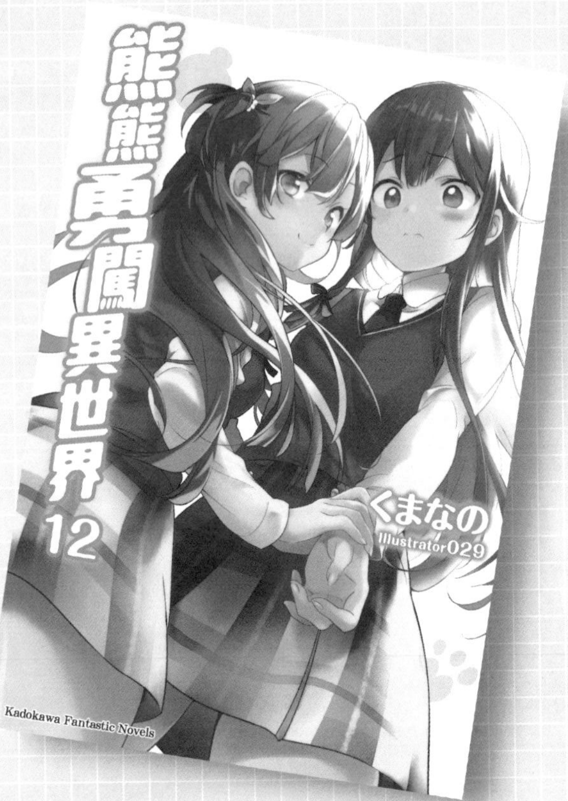

熊熊勇闖異世界 1~12 待續

Kadokawa Fantastic Novels

作者：くまなの　插畫：029

為了保護重要的朋友，
優奈於校慶大顯身手！

優奈一行人享受校慶的樂趣，玩了遊戲，觀賞了話劇，做了許多事情。校慶第三天，優奈等人跟希雅一起逛攤位，可是在觀看學生和騎士的訓練時，有笨蛋貴族脅迫希雅跟自己的兒子訂婚……為了拯救希雅的危機，優奈挺身而出！

各 NT$230~270/HK$70~83

助攻角色怎麼可能會有女朋友 1~3（完）

Kadokawa Fantastic Novels

作者：はむばね　插畫：sune

「平地同學，這次……我要主動出擊了。」
嚴重缺乏自覺的誤會系戀愛喜劇迎來完結！

庄川同學的妹妹——真琴學妹不是魔光少女。（是普通人！）為了實現她的戀情，我連暑假出門旅行都是助攻的命。在夏天必備的活動當中，我的助攻還是一樣完美！由於庄川同學跟好乃同學的發言，我們之間的關係迎來巨大變化——

各 NT$200~220/HK$67~73

狼與辛香料 1~22 待續

Kadokawa Fantastic Novels

作者：支倉凍砂　插畫：文倉 十

赫蘿與羅倫斯的甜蜜生活第五彈！
巧遇故人艾莉莎卻委託他們調查魔山祕密!?

前旅行商人羅倫斯與賢狼赫蘿再度踏上旅途。他們遇見了老友艾莉莎，並受她所託去調查一座魔山，挖掘「鍊金術師與墮天使」的祕密？另外羅倫斯還以商人直覺拯救小鎮脫離還債地獄；而赫蘿的女兒繆里和矢志投身聖職的青年寇爾卻傳出舉辦婚禮？

各 **NT$180~250/HK$50~83**

這是妳與我的最後戰場，或是開創世界的聖戰
the War ends the world / raises the world
7
細音啓
猫鍋蒼
swords and
the sorceress Princess of
Kadokawa Fantastic Novels

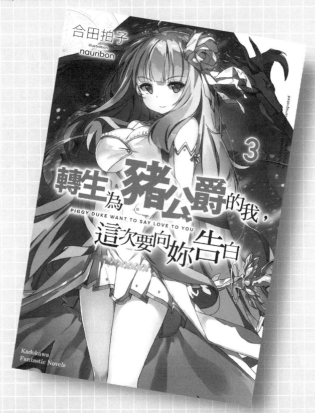

無職轉生～到了異世界就拿出真本事～ 1~20 待續

Kadokawa Fantastic Novels

作者：理不尽な孫の手　插畫：シロタカ

魯迪烏斯帶著喪失心神的塞妮絲回去。
但等待著他們的竟是極為蠻橫的要求！

魯迪烏斯與札諾巴一同從西隆王國回到了拉諾亞王國，每天都為打倒人神而進行布局。就在那樣的某天，從魔法大學畢業的克里夫收到了米里斯神聖國的祖父寄來的一封信。與札諾巴那時相同，魯迪烏斯懷疑這是人神的陷阱，卻沒想到他手上也收到了信……！

各 **NT$250~270/HK$75~90**

國家圖書館出版品預行編目資料

賢者大叔的異世界生活日記/寿安清作 ; Demi譯. -- 初版. -- 臺北市 : 臺灣角川股份有限公司, 2021.01-
冊 ;　公分. -- (Kadokawa fantastic novels)
譯自 : アラフォー賢者の異世界生活日記
ISBN 978-986-524-188-9(第8冊 : 平裝)

861.57　　109018334

Kadokawa
Fantastic
Novels

賢者大叔的異世界生活日記 8

（原著名：アラフォー賢者の異世界生活日記 8）

2021年1月20日　初版第1刷發行

作　者：寿安清
插　畫：ジョンディー
譯　者：Demi

發行人：岩崎剛人
總編輯：蔡佩芬
編　輯：黎夢萍
美術設計：黃永漢
印　務：李明修（主任）、張加恩（主任）、張凱棋

發行所：台灣角川股份有限公司
地　址：105台北市光復北路11巷44號5樓
電　話：（02）2747-2433
傳　真：（02）2747-2558
網　址：http://www.kadokawa.com.tw
劃撥帳戶：台灣角川股份有限公司
劃撥帳號：19487412
法律顧問：有澤法律事務所
製　版：巨茂科技印刷有限公司
ISBN：978-986-524-188-9